RACING - DOMINIC

VERSIONE ITALIANA

KYLIE GILMORE

Traduzione di
MIRELLA BANFI

Racing – Dominic © 2022 di Kylie Gilmore

Copertina di: Michele Catalano Creative

Traduzione di: Mirella Banfi

Pubblicato da: Extra Fancy Books

ISBN-13: 978-1-64658-117-7

1

Eve

Sto per diventare zia! Jenna, mia sorella maggiore, è in travaglio proprio in questo momento. Se solo il teletrasporto esistesse davvero, mi trasporterei da Los Angeles a Summerdale in un nanosecondo! Già, mi piacerebbe. Il primo volo che ho trovato per New York è domani pomeriggio. Per allora il bebè sarà già arrivato. Non sappiamo se sia maschio o femmina. Jenna voleva la sorpresa.

Parcheggio la mia Prius color argento accanto al negozio per bambini Stork Rave. Sono passata centinaia di volte davanti alle sue vetrine e non ho mai avuto un motivo per entrare. Non ho la minima esperienza con i bambini. Tutte le mie amiche sono nubili o sposate senza figli.

Sono agitata e piena di energia nervosa mentre cammino lungo il marciapiede, pensando a Jenna in travaglio, a tutto quel dolore e all'attesa. Mi ha detto che il primo figlio di solito ci mette di più a nascere. È in travaglio da un'ora all'ospedale e da parecchie ore prima a casa. Sono super concentrata da quando mi ha chiamata dicendomi che questa era la volta buona. Ho prenotato il volo, fatto le valigie, mandato un'e-mail al mio capo informandolo che era finalmente ora che prendessi quella settimana di ferie che mi aveva promesso e

adesso sono al negozio per bambini per un regalo di benvenuto al bebè.

Apro la porta dello Stork Rave e vengo immediatamente
travolta da tutta quella roba per bambini. Il posto è più
grande di quanto avessi pensato guardando l'ingresso, si
estende in profondità con file dopo file di accessori. E c'è
anche un piano inferiore. Ci sono un mucchio di donne
incinte con i mariti adoranti che guardano culle, fasciatoi,
vestitini e pannolini vari. Che cos'è questa cosa? Sembra una
pattumiera dell'era spaziale. Serve una pattumiera speciale
per i pannolini?

Sentendomi appariscente con il mio abito chemisier senza
pancione in mostra, mi avvio verso la sezione dei vestiti alla
mia destra. Wow. C'è una netta differenziazione di genere. Il
reparto bambine è dominato da un po' troppo rosa. A Jenna
non piacerebbe, giusto? In effetti non lo so. È mia sorella
maggiore ma è solo di recente che abbiamo ripreso i contatti,
due anni fa, dopo non averla vista da quando eravamo
bambini a seguito del disastroso divorzio dei nostri genitori.
Il giudice aveva chiesto a noi di decidere con chi avremmo
voluto vivere. Jenna aveva scelto la mamma, io papà. Da
piccola mi opponevo sempre quando mio padre voleva che
andassimo a trovare la mamma e Jenna, mi sembrava di aver
scelto da che parte stare e che la scelta di Jenna fosse stata
contro di me. Avevo nove anni.

Jenna e io avevamo parecchio di cui parlare per rimetterci
al passo, da adulte, cosa non facile, visto che viviamo ai lati
opposti del paese. Ci siamo tenute in contatto con telefonate
settimanali e messaggi quotidiani, oltre a qualche visita
avanti e indietro. Sono lieta di dire che mi sento nuovamente
vicina a lei, anche se non conosco i suoi gusti personali in
fatto di guardaroba del bebè.

«Posso aiutarla?» chiede una sorridente commessa. Dà
un'occhiata di sottecchi alla mia pancia piatta e continua a
sorridere. «La mamma ha una lista maternità da noi?»

«No, sto solo guardando, grazie.» Vado alla corsia succes-
siva e mi trovo circondata da reggiseni industriali, coppette

assorbi latte, creme e giganteschi affari di suzione. Ah, sono i tiralatte. Sembra doloroso.

Non so proprio che cosa prendere per il bebè. Scendo al piano di sotto dove c'è un mucchio di altra roba: seggiolini per auto, passeggini e recinti. Ovviamente ho bisogno di qualcosa che possa entrare nelle valigie.

Oh, ecco una bella palla di pelo! C'è un animaletto di peluche contro la parete in fondo. Qualcuno deve aver cambiato idea e deciso di non comprarlo oppure è caduto dallo scaffale vicino. Dovrei prendere qualcosa di simile per il bebè di Jenna.

Mi avvicino. «Ah!» Mi sbatto una mano sulla bocca. Si è mosso!

Ho gli occhi incollati sulla cosa mentre mi avvicino. «C'è qualche impiegato del negozio?» chiedo a voce alta. «C'è qualcosa di peloso e vivo qui.» E se fosse un ratto? Qualcuno dovrebbe decisamente portar via da qui questo coso. Ma poi sento un suono, un piccolo lamento come di un bambino.

Mi avvicino ancora e lo guardo. È un gattino grigio. *Aww.* Mi guarda con gli occhi verdi ed emette un altro lamento. Non è proprio un miagolio, è acuto, come se stesse cercando la sua mamma.

Lo raccolgo e si arrampica sulla mia spalla, impastandomi con le zampine attraverso il tessuto di cotone del vestito. *Ahi.* Lo tengo con delicatezza, togliendo gli artigli dal tessuto. «Come hai fatto a entrare?»

«Non sapevo che offrissero in adozione dei gattini» dice una voce profonda. «Sembra che il mio lavoro mi segua.»

Mi volto e vedo gli occhi azzurro cielo e brillanti di un uomo fantastico. Mi manca il fiato. Probabilmente è poco più che trentenne, più alto di me, ed è sempre una cosa piacevole per una donna alta quasi un metro e ottanta. Ha piccole rughe di espressione agli angoli degli occhi. Ho visto la mia parte di uomini belli a Los Angeles, per la maggior parte attori, ma quest'uomo ha qualcosa di diverso. Un calore negli occhi. Gli occhi azzurri contrastano piacevolmente con i capelli corti scuri e la pelle olivastra. Zigomi alti, una mandibola squadrata con un accenno di barba. *Deve* essere un modello. È vestito in modo casual con una t-shirt bianca che mette in evidenza le spalle larghe e la curva dei bicipiti. I jeans sbiaditi sono perfetti sulle sue gambe lunghe.

Mi accorgo appena delle unghiette del gattino che mi impastano le spalle. Sento un'ondata di calore salirmi al collo quando quell'uomo si avvicina. Il mio respiro accelera, il cuore batte forte. È come se fossi andata a fare una corsa, senza tutto quell'orribile sudore.

Lui mi rivolge un sorriso affascinante, con i denti che brillano bianchi sulla pelle olivastra. «È la nuova moda a Los Angeles? Andare a fare spese con il gatto?»

Sbatto gli occhi un paio di volte, senza fiato. «L'ho appena trovato.» La mia voce risuona acuta e cerco di riportarla al tono normale. «Non so da dove sia venuto.»

«Posso?» mi chiede, indicando il gattino. «Sono un veterinario.»

Faccio un profondo respiro per calmarmi e glielo passo. Non è un modello. Forse dovrei prendere un gatto, solo per poterlo portare dal veterinario. Peccato che nel mio condominio non sia permesso tenere animali. Vorrei sventolarmi, ma riesco a tenere le mani lungo i fianchi.

Lui ispeziona il gattino sulla pancia e gli controlla i denti prima di accarezzargli teneramente la testa. «È un maschietto, probabilmente ha nove settimane. Forse è venuto dal vicolo dove c'è sua madre e il resto della cucciolata, o dalla casa di qualcuno. Non sembra malnutrito, quindi sospetto che qualcuno si occupi di lui.»

Quella voce profonda mi fa qualcosa, come se mi sfregasse dentro. Potrei ascoltarlo recitare il dizionario. Di solito non sembro un'adolescente con la sua eterna cotta. Mi dicono che sembro fredda, diciamo gelida. Sospetto che abbia più a che fare con i miei capelli biondi, occhi azzurro pallido e un carattere riservato, che con la mia vera natura. La passione e il dramma passano direttamente da me alle pagine delle mie sceneggiature. Sono uno degli sceneggiatori di uno show televisivo fantastico: *Irreverent*, che parla di una famiglia multigenerazionale. Sul mio laptop, ancora invendute, ho anche parecchie sceneggiature originali per fantastici lungometraggi.

L'uomo fantastico mi ripassa il gattino, sfiorandomi il lato della mano con le lunghe dita e mandandomi una scarica elettrica lungo il braccio. Accarezzo il gattino su una guancia, cercando di ignorare le sensazioni che mi stanno inondando. «Ti sei perso?»

Il gattino fa le fusa con il piccolo corpo che vibra, appoggiando la testa contro la mia mano.

«Hai il tocco magico» dice il favoloso veterinario.

Ho il cervello in fiamme. È raro che sia attratta da un uomo così in fretta. Dovrei chiedergli di venire a bere qualcosa? Mi chiedo se è di queste parti. La verità è che una parte di me vorrebbe qualcuno con cui condividere la vita e un'altra parte ha paura di una relazione seria. Sono bloccata a metà strada ed è un posto molto scomodo dove trovarsi. Tutta colpa di Jenna. Il suo matrimonio è forte, felice e mi ha fatto rendere conto che forse potrei farcela anch'io, se ci è riuscita lei, dopo aver vissuto, come me, il trauma del divorzio dei nostri genitori.

Quindi che cosa avevo fatto dopo essermene resa conto? Ero andata fuori di testa e avevo cancellato l'app di appuntamenti dal telefono. Un conto è se saltare direttamente al punto in cui sono Jenna ed Eli, ma mi spaventa il percorso accidentato per arrivare a trovare proprio la persona giusta.

Tutto ciò che ho visto sono persone mal assortite, litigi che finiscono con uno dei due che se ne va e abbandona. Non fa per me. Almeno credo. Sono stata così confusa negli ultimi sei mesi a causa del desiderio che provo dentro di me.

Voglio veramente un uomo nella mia vita, o voglio solo un po' di buon sesso una volta ogni tanto? È passato molto tempo da quando ho avuto l'uno o l'altro.

Vedete, ho una storia di scelte sbagliate in fatto di relazioni, da quanto avevo vent'anni, incluso un matrimonio fallito, un misto di bassa autostima e una dipendenza da antidolorifici dopo un intervento al ginocchio. Adesso sono pulita, a ventinove anni, con un drink ogni tanto e niente droghe di qualsiasi tipo, mai. Anni di terapia mi hanno portato ad avere standard più alti quando devo decidere con chi stare.

Forza, Eve. Non incontri mai uomini come questo nella tua vita quotidiana. Tra le mie lunghe ore di lavoro nella stanza degli sceneggiatori in una televisione e il tempo passato a scrivere altre sceneggiature originali nel mio tempo libero, le uniche persone che vedo sono i miei colleghi. Otto uomini, tre donne. Gli uomini a questo punto sono come fratelli. So perfino che odore hanno i loro rutti.

Puah! So che dovrei cercare di essere più disposta a incontrare gente nuova se mai volessi sbloccarmi. E oggi ho incontrato qualcuno, senza che fosse necessaria un'app. *Di' qualcosa.*

È così vicino che riesco a vedere la sottile riga blu scuro intorno ai suoi occhi azzurri come il cielo, incorniciati da folte ciglia scure. Mi arriva il suo profumo pulito, di sapone e qualcosa di familiare, come l'oceano. Forse è la sua acqua di colonia. È delizioso.

Con un dito accarezza il gattino sotto il muso e il cucciolo chiude gli occhi per la beatitudine. «Sono Dominic.»

Mi manca un po' il fiato. «Eve.» Sono stranamente tentata di allungare la mano e toccare il velo di barba sulla sua guancia.

«Oh, Frankie!» esclama una dipendente del negozio, correndo verso di noi. La sua targhetta dice che si chiama Connie. «Scusate! L'avevo sul retro con me mentre pranzavo e dev'essere scappato. Dove l'avete trovato?»

Le porgo il gattino. «Era in fondo al negozio.»

Lei lo coccola tenendolo vicino. «Non potevo separarmi da lui per tutta la giornata. Il mio capo ha detto che andava bene. L'ho preso solo la settimana scorsa.»

«Mistero risolto» dice Dominic.

Lo fisso negli occhi, con una domanda nell'aria tra di noi. È la fine o un inizio? Ho la bocca secca, lo stomaco in gola, come quando si guida troppo in fretta su un dosso stradale. Un momento di assenza di peso, un'ondata di eccitazione.

«Dovrei...» comincia a dire Dominic.

Lo interrompo, rendendomi conto che vuole andarsene e questa è la "scena finale", come diciamo nei nell'industria. «Vado di sopra.» Indico il livello superiore. A volte la mia immaginazione ha la meglio su di me e mi ha fatto pensare che fosse l'inizio di qualcosa. La mia vita è piena di momenti ordinari che abbellisco per renderli straordinari. Scommetto che se chiedessi alla mia migliore amica di darmi la sua opinione su Dominic, lei non penserebbe che sia attraente come un modello. Probabilmente mi direbbe che le ricorda il tizio della porta accanto. Tutto nella mia immaginazione, rafforzata da sei mesi di astinenza.

Dominic mi rivolge un sorriso, con le rughe di espressione agli angoli di quegli occhi azzurri scintillanti. Sento le farfalle nello stomaco. È *davvero* favoloso. Mi volto in fretta per andare verso le scale, un po' depressa. Non capita spesso di incontrare un uomo attraente. E un veterinario. Ama gli animali e questo significa che è una brava persona, con un tocco gentile. Forse avrei dovuto chiedergli di uscire con me. Anche se è completamente possibile che fosse interessato al benessere del gattino randagio e non a me.

Una volta arrivata al piano superiore, trovo la corsia degli animali di peluche e scelgo una giraffa carina. Graziosa e neutra dal punto di vista del genere. Potrebbe essere sia una giraffa maschio o femmina, non lo sapremo mai, con un collo bello lungo a cui il bebè potrà aggrapparsi. Presumo che sia quello che fanno i bambini con le giraffe di peluche. O forse le masticano.

Prendo la giraffa e vado alla cassa. La persona davanti a me se ne va e faccio un passo avanti. «Salve.»

La cassiera, una rossa carina, mi sorride. La targhetta dice che si chiama Melody. «Salve, vuole un sacchetto regalo?»

«Sì, grazie.» Metto la mano nella borsa per prendere il portafogli ma non c'è. *Merda.* Ho preparato la borsa da viaggio più piccola per assicurarmi che ci stesse tutto e pensavo di avere rimesso le cose essenziali in questa per il mio giro di compere. Come ho fatto a dimenticare il portafo-

gli? Poi mi viene in mente che sono passata a un portafogli
più piccolo perché ci stesse nella borsa più piccola. Quello più
grande, sul tavolo della cucina, adesso contiene solo qualche
inutile tessera del supermercato. Cerco di viaggiare leggera,
in modo da non dover consegnare i bagagli e dover poi aspettare che arrivino. Resterò via solo per una settimana. Sono
tutte le ferie che sono riuscita a prendere e sono stata fortunata che me le concedessero. Siamo nel bel mezzo della
stagione.

Frugo nella borsa grande cercando dei contanti sparsi e
arrivo a due dollari e cinquantatré centesimi. Direi che non
bastano. Prendo il telefono. Non ho mai aggiunto la carta di
credito all'app sul mio telefono. Forse potrei usare l'app della
banca per usare la carta di debito. Clicco sull'app e mi chiede
la password. Non registro mai le password sul telefono
perché un amico mi ha detto che è meglio non farlo, per via
degli hacker. Non so se sia vero ma vorrei non averlo ascol-
tato perché non riesco a ricordare la password. È imbarazzante.

Melody, la cassiera, mi porge un grande sacchetto regalo.
Dall'alto spunta solo la testa della giraffa.

Le rivolgo un debole sorriso. «Mi dispiace, sembra che
abbia dimenticato il portafogli. Può tenermela da parte? Devo
tornare a casa a prenderlo. Tornerò tra un'ora.»

«Ci penso io» dice una voce profonda dietro di me. Mi
viene la pelle d'oca sulle braccia.

Mi volto e vedo Dominic, il favoloso veterinario che ho
conosciuto solo qualche eccitante minuto fa. «Non sei obbligato a farlo.»

«Ehi, io ci sono per tutti gli animali, perfino quelli di peluche. Inoltre ho preso la stessa cosa.» Mette la sua giraffa sul
ripiano, insieme a una specie di tasca azzurra a disegni cache-
mire dove, secondo l'immagine, la madre dovrebbe portare il
bambino, come fosse un canguro. Ho visto fasce e zaini porta
bambini, ma mai tasche.

Mi viene in mente di colpo che l'uomo per cui mi sto
eccitando forse sta comprando quelle cose per sua moglie.

Siamo in un negozio per bambini. La mia eccitazione svanisce immediatamente. Potrò anche non volermi sposare, ma non mi immischierei mai con un uomo sposato. Quei voti sono sacri. Viene ferita troppa gente se vengono presi alla leggera.

«Va tutto bene» dico. «Vado a casa a prendere il portafogli. Tornerò presto.»

Esco dal negozio, sentendomi un po' stordita. È solo il sollievo di essere uscita da un negozio che ovviamente non è il mio posto. Non ho mai voluto sposarmi o avere figli, più che altro perché non voglio incasinare un matrimonio e finire per farmi male, e decisamente non voglio figli che finiscano per essere feriti come lo sono stata io. In questo momento la mia vita va bene, ho un buon lavoro e sono contenta di vivere da sola nel mio appartamento a North Hollywood. Che cosa c'è da non amare?

Arrivo alla fine dell'isolato e mi fermo, rendendomi conto che sto camminando nella direzione sbagliata. Quel negozio mi ha veramente scombussolata.

Faccio dietro front e vado nella direzione opposta proprio mentre Dominic esce dal negozio. «Lieto che tu sia ancora qui. La tua giraffa ti aspetta. Immagino che sia per una festa per il nascituro e tu non sappia ancora qual è il sesso, quindi hai deciso per un oggetto di genere neutro.»

Vado da lui. «Hai notato come i vestiti in quel negozio fossero molto specifici per il genere?»

«Difficile non notarlo.»

Il suo profumo meraviglioso mi fa quasi sentire stordita. *Datti una calmata. Probabilmente è sposato.* «Mia sorella è in travaglio proprio in questo momento. È un regalo di benvenuto per il bebè.»

Mi porge il mio sacchetto regalo. «Il mio è per degli amici che hanno appena avuto un bambino.»

Il mio cuore accelera di colpo e filtra un barlume di speranza. «Sembri un tipo sposato. Avrei immaginato che fosse per tua moglie.»

«Io?» Fa una pausa, studiando la mia espressione con gli

occhi azzurro cielo che brillano di intelligenza. «Aspetta, stai cercando di scoprire se sono single?»

Beccata. Sento un raro rossore che mi sale lungo il collo. Cerco di fare l'indifferente.

«Certo.»

«Sì, e tu?»

«Sono single anch'io.»

Lui sostiene il mio sguardo per un lungo momento. «Beh, è stato *veramente* bello conoscerti, Eve. Sfortunatamente, sono in città solo fino a domani. Sono qui per una conferenza veterinaria e ho prolungato il soggiorno per andare a trovare il mio amico, altrimenti ti chiederei di venire a bere qualcosa con me, caldo o freddo. Sembra che qui i frullati verdi siano di gran moda.»

Sorrido, con la speranza che fiorisce. Dominic potrebbe rispondere alla domanda che mi sto facendo da un po': mi manca solo il sesso o un uomo nella mia vita? Non si farà male nessuno perché entrambi sappiamo che sarà solo per una notte.

Sorride anche lui, un sorriso caloroso che sembra il sole sulla pelle. «Mi piace davvero il modo in cui mi stai guardando.»

Questa volta cedo alla tentazione, alzo la mano e accarezzo la peluria sulla sua guancia, guardandolo negli ardenti occhi azzurri.

Dominic mi alza il volto verso di lui, così vicino che sento il suo respiro sulle labbra. «Sei contenta che sia qui per una notte o che voglia invitarti per un drink?»

«Sì.»

Mi sorride prima di abbassare la testa e sfiorarmi la tempia con le labbra. Mi guarda negli occhi, controllando, con un sorriso sulle labbra prima di chinarsi di nuovo e sfiorarmi con un bacio la guancia e la mandibola.

Mi sposto verso di lui proprio quando si stacca, appoggiando le labbra sulle sue e sento una scossa a quel contatto. Dominic prende il comando, appoggiandomi la mano sulla guancia e i

suoi baci diventano una carezza gentile e un'esplorazione. *Oh sì.*
È il tipo di uomo che si prenderà tutto il tempo. Sento il desiderio
che cresce nel mio basso ventre. Infilo le dita tra i capelli morbidi
sulla sua nuca, tenendolo vicino, quasi stordita per la deliziosa
sensazione della barba e delle labbra di velluto.

Dominic interrompe il bacio, sfiorandomi il labbro inferiore con il pollice. «Adesso devo andare a casa dei miei
amici. Stasera?»

Annuisco e poi gli afferro la testa, cercando di più. Lui mi
sorride sulle labbra, con il braccio forte intorno alla mia vita
che mi ancora contro di lui. Il suo bacio è famelico, imperioso
e promette di più. Ho le gambe molli e mi aggrappo alle sue
spalle. Sento appena il suono dei sacchetti che cadono sul
marciapiede.

Dominic alza la testa e sembra stordito quanto me. «Che
ne dici se ci vediamo al bar del mio albergo?»

Mi mordo il labbro, prendendo in considerazione di
saltare il drink e andare direttamente in camera sua. È troppo
sfacciato? In questo momento il desiderio è al massimo. So ciò
che voglio e *non* è un drink.

Dominic fa un passo indietro e mi porge il sacchetto con la
mia giraffa. «Niente pressioni.» Mi dà il nome dell'albergo,
non è lontano dal centro congressi. «Ti do anche il mio
numero.»

Sorrido, decisa a mantenere questo tempo con lui il meno
complicato possibile. È l'unico modo in cui nessuno dei due si
farà male. «Non serve, conosco il posto.»

Dominic prende il suo sacchetto dal marciapiede e piega la
testa. «Se non dovessi rivederti, il tempo passato insieme mi è
piaciuto moltissimo.»

Lo guardo allontanarsi, un po' sorpresa dalla sua
dolcezza. Aspettate, non crede che ci rivedremo stasera.
Com'è possibile che non mi abbia creduta dopo il bacio più
sensuale della mia vita?

«Anche a me!» grido. «Ci vedremo questa sera alle otto, al
bar dell'albergo.»

Lui si volta sorridendo e procurandomi una scarica di adrenalina. «Okay, miss... Non so nemmeno il tuo cognome.»

«Niente cognomi. Ci vediamo alle otto.»

«Facciamo le sette.»

Sento le farfalle che riprendono il volo. «Okay, alle sette.»

«Continua a guardarmi così e non riuscirò a smettere di baciarti, proprio qui sul marciapiede.»

Mi fa ridere. «Vai, c'è un bambino da qualche parte che ha bisogno di essere infilato nella tasca che hai comprato.»

Con un ultimo sorriso, alza la mano in un saluto e va verso l'auto, una Ford Mustang rossa. *Bella l'auto a noleggio.*

Apro la portiera della mia auto, salgo e resto semplicemente seduta lì per un momento, con la testa in fiamme. Ho incontrato un uomo che mi fa battere forte il cuore e mi sconvolge. Sarebbe un bell'incontro in una commedia romantica. Peccato che non scriva quelle. Non potrei mai credere al lieto fine.

Comunque... Sorrido, con lo stomaco che fa una piroetta mentre penso a Dominic. Non vedo l'ora che arrivi stasera.

2

Dominic

Una bella donna che coccola un gattino è come erba gatta per un veterinario, ma era più di quello. Era il modo in cui mi guardava, come se fosse pazza di me, come se fossi importante. Mi faceva sentire un uomo invece del tizio divorziato per cui la gente prova compassione quando sentono che la mia ex-moglie mi ha fottuto. Non ho una relazione da tre anni, dopo il divorzio. Non credo più che esista una brava donna, una su cui contare per il lungo periodo.

La cosa strana è che Eve mi sembra così familiare, c'è qualcosa nel suo volto. Non so perché. È bella, alta con i capelli biondo scuro tagliati all'altezza della mandibola, zigomi alti e definiti e labbra piene. Forse l'ho vista in qualche pubblicità, o alla TV. Tutto è possibile a Los Angeles. Tutto ciò che so è che non vedo l'ora che arrivi stasera.

Spero solo che si faccia viva. È stata attenta a mantenere un po' di distanza, non ha nemmeno voluto il mio numero. Mi fa dubitare che anche lei stia uscendo da un brutto divorzio. La mia ex-moglie, Lexi, mi aveva lasciato per un ricco banchiere, che oltretutto era l'ex-marito di sua sorella. E la cosa era ancora peggiore. Il giorno in cui mi aveva lasciato, mi aveva informato che era incinta del *suo* bambino. Era stato un brutto colpo e non avevo fatto domande, le avevo solo detto addio. Stringo i denti pensandoci. Ha mandato all'aria il nostro matrimonio e la sua famiglia. Sua sorella era furiosa, ovviamente.

Se stasera succederà con Eve, sarà solo sesso per puro divertimento e forse è meglio così. Conosciamo entrambi le regole, così nessuno dei due si farà male. Ho troppe cose in ballo nella mia vita e pochissimo tempo libero, tra la clinica veterinaria che ho rilevato e il rifugio per animali che ho fondato alla porta accanto.

Suono il campanello nella casa in stile ranch del mio amico, con un giardino curato in un bel quartiere di Los Angeles. Si apre la porta e vedo Brian, il tizio che ho conosciuto durante il tempo passato nei Marines. Sta bene, è abbronzato e in forma. I capelli biondi sono ancora tagliati corti in stile militare.

«Dottor Russo» dice con la voce fintamente ossequiosa.

«Sì, sì. Congratulazioni, amico.» Gli passo il sacchetto con la roba per il bambino. Lo prende e mi dà un abbraccio fraterno.

«È bello rivederti, Dom. Il bambino sta facendo un sonnellino.»

Ci raggiunge sua moglie, Connie, e mi saluta con calore, dandomi un bacio sulla guancia. È una donna minuta, di origine messicana, con lunghi capelli castano scuro e occhi marrone. Ha conosciuto Brian quando lui aveva cominciato il college, dopo il servizio militare. «Grazie per essere venuto fin qua.»

Alzo una spalla. «Mi piacerebbe venire più spesso. Ero in città per un congresso veterinario.»

«Riesci a credere a questo tizio?» dice Brian, indicandomi con il pollice. «Dai Marines alla Facoltà di Veterinaria. Chi l'avrebbe mai detto?»

«E tu sei passato dai Marines a Hollywood» dico. «Chi l'avrebbe mai detto?»

Brian si mette a ridere. «Sono un cameraman, non una stella del cinema. Come va il ginocchio? Sarà meglio farti sedere.» Indica un divano verde nel soggiorno, che sembra comodo.

«Il ginocchio va bene.» Sono stato congedato per ragioni mediche dal Corpo dei Marines quando ho sfasciato il ginocchio, o dovrei dire, quando uno shrapnel me l'ha sfasciato. Riesco a camminare bene, ma non avrei mai potuto tornare nella forma fisica necessaria per essere un Marine combattente. «Mi sarebbe piaciuto restare con te e i ragazzi, ma sono contento di essere un veterinario.»

«Due volte un vet» dice Connie ridendo. «Un vet-erano che è un vet-erinario. Posso portarti qualcosa da bere?»

«Ci penso io, baby» dice Brian. «Tu hai bisogno di riposare.» Poi si rivolge a me scuotendo la testa. «I neonati ti tengono sveglio giorno e notte. Acqua, birra o tè freddo?»

«Acqua, grazie.» Lo seguo in cucina. «Come va il lavoro?»

Brian mi versa un bicchiere d'acqua. «Il lavoro va bene. C'è un vero senso di cameratismo sul set. Non così stretto come nei Marines, ma comunque va bene. Mi piace quell'ambiente. E come va la vita a New York? Come si chiamava la città in cui ti sei trasferito? Sunnyville?»

«Summerdale» dico, prendendo il bicchiere d'acqua. Brian ne versa un altro per Connie e torniamo in soggiorno.

Brian si siede sulla poltrona reclinabile, quindi io mi siedo sul divano con sua moglie. «Sembra che tu stia facendo un gran bel lavoro con il rifugio e i cani da terapia per i veterani» dice indicandomi.

Alzo una mano. «Non posso prendermi tutto il merito. È un programma già esistente Best Friends Care. Io ne gestisco solo una sezione.»

«Comunque...»

Si sente piangere dalla stanza in fondo e Connie balza in piedi, affrettandosi ad andare dal bambino.

«Lo sta allattando, quindi appena Jaden piange, il latte comincia a scorrere» mi confida Brian.

Resta sempre una delle persone più concrete che abbia mai conosciuto. È cresciuto in una fattoria con mucche da latte nel Wisconsin. Io vengo dal Michigan, mi ero trasferito a

New York per frequentare la Facoltà di Veterinaria; poi avevo conosciuto la mia ex ed ero rimasto. C'era un tempo in cui Lexi mi guardava come se fossi il suo mondo. Aveva gettato la maschera una volta sposati. Avevo cercato di far funzionare il matrimonio, per lealtà. Gente se mi si è ritorto contro!

«Ti stai abituando a essere padre?» gli chiedo.

La domanda lo fa parlare a lungo sulla cura dei bambini, da come avvolgerlo al cambio dei pannolini. Sembra un esperto, dopo sole tre settimane.

«Perfetto» dico, quando finisce gli argomenti.

«Hai conosciuto qualcuno a New York?» mi chiede.

«Certo, un mucchio di gente.»

«Sai che cosa intendo. Un po' di movimento post-Lexi.»

«Sono veramente preso con la clinica e il rifugio.»

«Dom, non puoi permetterle di frenarti per sempre.»

Mi agito un po'. «Non è così.»

«Non hai mai avuto un rapporto serio dopo il divorzio. Quanto tempo è passato?» Ci pensa un momento. «Sono tre anni. Ti stai perdendo il momento migliore per trovare una compagna. Esci, amico, prima di perdere i capelli.»

Mi passo a disagio la mano sui miei capelli corti e folti. «Non sto perdendo i capelli.»

«Sicuro che non si stiano diradando, lì in cima?»

«Smettila» dice Connie, tornando in soggiorno con un fagottino in braccio. «I tuoi capelli sono perfetti, Dominic. A Brian piacerebbe avere i tuoi capelli folti.» Si siede accanto a me sul divano. Il bambino è avvolto in una copertina a righe e ha un cappellino con un disegno di cuccioli che giocano. Da sotto il cappellino spuntano ciuffetti di capelli scuri. Sono sorpreso, perché ero convinto che tutti i bambini nascessero calvi.

«Guarda tutti quei capelli» dico.

Connie lo tiene stretto al petto e gli sorride. «Tutti i bambini della mia famiglia nascono con una testa piena di capelli.»

«Crescono diritti verso l'alto» dice Brian, indicandosi la testa.

«Ti piacerebbe tenerlo?» chiede Connie, sorridendomi come se fosse un grande onore.

Annuisco, tenendo le braccia. Ho tenuto in braccio cagnolini appena nati e gattini, ma mai un bambino. Lo predo e lo appoggio al petto. Provo un senso di meraviglia davanti a questo piccolo umano. Il peso caldo del suo corpo, le piccole dita strette nei pugnetti, i ciuffetti di capelli scuri.

Il bambino sposta un po' la testa, fissandomi con gli occhi castani. Sento il cuore che si sposta insieme a lui in quel momento, aprendosi come gli ho impedito di fare per anni. Sento una fitta di desiderio, seguito immediatamente dal rimpianto. Mi uccide pensare di essermelo perso. Avremmo dovuto essere io, Lexi e il nostro bambino. Non potrò mai riavere quel momento.

«È meraviglioso» dico con la voce rauca.

~

Eve

«Oh, mio Dio, Jenna, è *meraviglioso!*» Fisso il mio neonato nipotino sullo schermo del telefono. Jenna ha chiamato proprio mentre arrivavo all'ingresso dell'albergo di Dominic. Mi allontano un po' dall'ingresso e mi passo una mano tremante tra i capelli, con un groppo di emozione in gola. Non avevo idea che la nascita di mio nipote mi colpisse così profondamente. Il fatto è che Jenna mi ha tenuta al corrente per tutta la durata della gravidanza. Sembrava quasi che fossi incinta anch'io, un'eccitazione vicaria. «Sono una zia!»

«E io una mamma!» Jenna bacia la guancia grassoccia. Suo marito, Eli, dev'essere quello con in mano il telefono per esibirli entrambi. Jenna sta bene, i capelli biondi sono raccolti in una coda di cavallo, la pelle è luminosa.

«Oh, non vedo l'ora di conoscerlo. Il mio volo arriverà tardi domani sera. Verrò a casa vostra il mattino dopo, o sarai ancora all'ospedale?»

«Che giorno è oggi? Ho perso il senso del tempo quando sono entrata in travaglio.»

«Domenica.»

«Spero di essere dimessa al più tardi martedì mattina. Dormo sempre meglio nel mio letto. Te lo farò sapere.» Allunga la mano per prendere il telefono e lo punta sulla mano del bambino. «Guarda i ditini.»

Mi metto una mano sul cuore. Ovviamente so come sono i neonati, ma questo è diverso. È mio nipote. Sullo schermo appare la sua faccina e sbadiglia. Un nasino così piccolo e le labbra arricciate come un bocciolo di rosa. «Aww!» Mi si riempiono gli occhi di lacrime.

«Lo so» dice Jenna. «Non riesco a credere che lo abbiamo fatto noi. Theodore Robinson, ti abbiamo fatto noi.» Theodore sbadiglia di nuovo.

«Lo chiamerete Theodore o Teddy?»

«Theo» mi risponde. «Si sta addormentando. Le infermiere dicono che dovrei dormire quando dorme lui. Mandami un messaggio quando arriverai domani.»

«Lo farò. Vi voglio bene!»

«Ti vogliamo bene anche noi.»

Suo marito, Eli, appare sullo schermo, un poliziotto dall'aspetto pulito, i capelli scuri e un cuore d'oro. A volte mi chiedo se Jenna non si sia presa l'ultimo brav'uomo. «Buon viaggio, Eve.»

«Grazie. Ci vedremo presto.» Chiudo la chiamata, con un groppo in gola e gli occhi che bruciano di lacrime. Scuoto la testa. Di solito non sono così emotiva. Ho solo questo fortissimo desiderio di tenere in braccio il bambino. Non avrei mai pensato di avere voglia di avere un figlio mio.

Un respiro profondo. Non posso arrivare a un appuntamento tutta lacrimosa per via di un bambino. Qualche respiro profondo dopo, entro nella hall, diretta al bar dell'albergo, tutto lucido metallo con qualche tocco di blu.

Cerco velocemente intorno, trovando un paio di coppie e molte sedie vuote. È domenica sera, quindi c'è da aspettarselo. Non vedo Dominic. Mi ha dato buca? Davvero, è così difficile per un uomo farsi vivo quando ha detto che lo farà?

Ispeziono lentamente l'intera hall e mi sento stringere lo stomaco. Non c'è. Beh, accidenti, ero veramente eccitata all'idea di vederlo di nuovo.

«Eve!»

Mi volto di scatto, vedendo Dominic che viene verso di me dagli ascensori. Si muove con una grazia virile, sicuro di sé. Sento il polso che accelera.

Mi rivolge un sorriso che gli illumina il volto. «Ho dovuto fare una doccia dopo un incidente con un bambino.»

Allunga la mano verso di me, toccandomi leggermente il braccio e si china per darmi un bacio sulla guancia. Il mio respiro accelera e il cuore batte più forte.

«Che cos'è successo?» gli chiedo.

Dominic mi mette una mano sulla schiena, un'impronta calda attraverso il tessuto sottile del mio vestito rosso. «Sono andato a trovare l'amico che ha appena avuto un bambino. L'avevo in braccio, il bambino intendo» dice facendomi ridere. «Mi ha vomitato addosso.»

«Disgustoso.»

«Già, quindi ho pensato che sarebbe stato meglio fare una doccia e cambiarmi. Sono abituato alle docce veloci, dato che tratto con gli animali tutto il giorno.»

Ci sediamo al bar. Il barista, un ragazzo giovane e biondo, arriva subito e mette due sottobicchieri davanti a noi. «Che cosa posso portarvi?»

«Per me acqua frizzante» dico.

«Lo stesso per me» dice Dominic.

Gli do un'occhiata di sottecchi mentre mi sistemo il vestito sulle ginocchia. Indossa una bella camicia azzurra con le maniche arrotolate che mostrano avambracci muscolosi con una lieve peluria. Ha un buon profumo, di pulito e con qualcosa di solo suo.

Il mio telefono suona con un messaggio. Sorrido alla foto di Theo che mi ha appena mandato Eli. Mio nipote ha un cappellino azzurro a righe ed è avvolto in una copertina azzurra. Il testo in fondo alla fotografia ha il suo nome, la lunghezza e il peso. Eli è ovviamente un padre orgoglioso. Mostro la fotografia a Dominic, che sorride. «Ecco un bambino a cui piacerà una giraffa di peluche. Potrà prenderla per la testa e rotearla in giro come una spada.»

Rido. «E l'hai capito da una fotografia con la faccina tutta schiacciata?»

«Ho due fratelli minori. Praticamente qualunque cosa si può usare come fosse una spada, ma il collo lungo della giraffa è l'ideale.»

Arrivano i nostri bicchieri d'acqua con una fettina di lime. Strizzo il mio prima di bere un sorso.

«Non bevi alcolici?»

«Ho pensato di non farlo, visto che non l'hai fatto tu.»

«Sentiti libero di ordinare quello che vuoi. Non mi piace che i miei sensi siano offuscati prima di *sai che cosa*.» Inoltre preferisco restare perfettamente sobria se c'è un uomo, per evitare di prendere decisioni sbagliate. Qualche volta bevo qualcosa di lievemente alcolico se sono con altre donne. Gli alcolici forti e farmaci più forti della Tachipirina sono sempre off-limits.

Dominic mi rivolge un lento sorriso sexy e inclina la testa. «Va bene così. Non sono un gran bevitore. Solo una birra una volta ogni tanto.»

Un altro tratto da mettere nella colonna dei pro. Dopo la mia storia con gli uomini, incluso il matrimonio con il mio spacciatore, adesso cerco un uomo che abbia fatto le giuste scelte di vita. Anche se ho già la forte percezione che Dominic si prenda buona cura di sé. È un uomo virile, vibrante. Gente, tira veramente fuori il mio talento per le allitterazioni.

Datti una calmata, è l'uomo di una notte, un modo di metterti alla prova. Ecco tutto. Se il desiderio per un uomo svanirà dopo il sesso, allora saprò che è tutto ciò di cui ho bisogno. E non c'è niente di male del godersi un po' di buon sesso ogni tanto.

Apro la borsa e prendo dei contanti dal portafogli. «Ecco, per il prestito che mi hai fatto per la giraffa. Al bambino dei tuoi amici è piaciuta la giraffa?»

Dominic scuote la testa. «Non è necessario ripagarmi.»

«Dominic, insisto.» Abbasso la voce, chinandomi più vicina. «Niente complicazioni, niente debiti, niente legami. Penso che sappiamo entrambi che non ci vedremo più dopo questa notte, giusto?» Spero che non gli sia sembrato troppo sfrontato. «Hai detto che tornerai a casa domani» aggiungo. «Io sono vincolata qui per il mio lavoro di sceneggiatrice per la TV. È più facile in questo modo. Non si farà male nessuno.»

L'ultima cosa che voglio è fare il gioco *mi manderà un messaggio, dopo*? Meglio una rottura netta.

«Giusto, hai ragione.» Prende i soldi. «Difficile dire se a Jaden sia piaciuta la giraffa. Non ha reagito, d'altro canto ha solo tre settimane.»

«Dagli qualche altra settimana, o mesi. Non so molto di bambini.»

Dominic prende il telefono e mi mostra una fotografia di lui con in braccio il bambino e le mie ovaie si contraggono per la dolcezza e tutto quel potenziale paterno. Giuro che non ho mai considerato quel potenziale in un uomo prima d'ora. Decisamente mi è venuta voglia di avere un bambino. Spero che stare con mio nipote la faccia passare perché non ho idea se mi risposerò mai, men che meno se avrò dei figli. C'è un'altra fotografia presa da vicino della faccia del bambino. Ha i capelli neri ritti in testa.

«Guarda quei capelli!» esclamo.

Dominic sorride, guardando la fotografia. «Ho detto la stessa cosa. È un tratto di famiglia, secondo la mamma. Dovevo fargli una foto.»

«Sembra che ti venga spontaneo tenerlo in braccio. Hai esperienza di bambini?»

«No.» Guarda di nuovo la foto, con un'espressione malinconica. «È una sensazione diversa rispetto a tenere in braccio un cagnolino o un gattino, questo è certo.» Ripone il telefono, beve un sorso d'acqua frizzante, studiandomi a lungo. «Sei famosa? Non sono molto al corrente delle celebrità.»

«Non hai bisogno di questo tipo di battute con me. Sai già che ci sto.»

«Non era una battuta, davvero. È solo che mi sembri così familiare. Questa è Los Angeles. Attori e modelli dappertutto.»

Sento un lieve rossore salirmi alle guance a quel complimento. «No, non sono famosa.»

Lui si china vicino, sorridendo, con gli occhi azzurri che scintillano di buonumore. «Sicura?»

Non riesco a resistere. Gli metto la mano sulla guancia pelosa, sentendone la morbidezza. Sollevo lo sguardo e vedo il desiderio nei suoi occhi. Mi manca il fiato.

Mi chino verso di lui e premo le labbra sulle sue. Una scossa a quel contatto mi fa tirare indietro per guardarlo, con una domanda inespressa tra di noi. *L'attrazione chimica tra di noi è ancora fantastica. Possiamo andare di sopra adesso?*

«Beh» dico, mormoro.

Dominic mi mette la mano sulla nuca, tirandomi vicina per un altro bacio. Le sue labbra si muovono abilmente sulle mie, senza premere troppo, giuste. Il tempo si ferma. Non c'è altro che il calore di quel bacio, la sensazione di cadere in un una pozza di sensazioni. La sua lingua entra nella mia bocca e il bacio diventa carnale. Sento le farfalle nello stomaco e la pressione più in basso mi fa venire voglia di essere più vicini, pelle a pelle.

Dominic interrompe il bacio e appoggia la fronte sulla mia. Il suo respiro è irregolare come il mio.

«Saliamo adesso?» gli chiedo.

3

Dominic si alza, getta sul bancone i contanti che gli ho dato, e significa lasciare una grossa mancia, e mi tende la mano. La prendo e gli resto vicina in modo indecente. Oh, sì, mi desidera quanto lo desidero io. Ne ho la prova.

«Normalmente non lo faccio così presto dopo aver conosciuto qualcuno» mi dice.

«Nemmeno io» dico mentendo e praticamente saltellando verso l'ascensore con lui. Sarà fantastico. Una volta che il desiderio prende il sopravvento, il mio cervello sempre attivo si spegne. Grazie al cielo, altrimenti non potrei mai divertirmi.

Dominic preme il tasto per chiamare l'ascensore, mangiandomi con gli occhi. «C'è qualcosa in te...»

«Attrazione chimica. Casuale, rara e veramente fantastica».

«Chimica» ripete piano Dominic. «Immagino che sia così.»

Entriamo nell'ascensore e siamo solo noi due. Appena preme il tasto per il suo piano mi lancio su di lui, mettendogli le braccia intorno al collo e baciandolo con passione. È ancora meglio di prima. Questa volta le sue mani mi accarezzano dappertutto, la sua bocca è impaziente come la mia, cerca di più. Dominic si volta e mi spinge contro la parete, alzandomi una gamba e premendosi contro di me. Sento un'entusiasmante, bollente fitta di piacere. È passato troppo tempo.

Dominic si sposta, passandomi la bocca lungo il collo, sfiorandomi con i denti. Rabbrividisco, sento piccole scosse elettriche. Mi accarezza il seno, passando sui capezzoli. Gemo piano, voglio di più. Accarezzo la sua massiccia erezione e lui si stacca di colpo.

«Che cosa c'è che non va?»

Lui alza un dito. «Sono troppo eccitato. Inoltre siamo in ascensore.»

Sorrido e gli bacio la gola prima di mordergli piano il lato del collo.

Lui emette un gemito. «Eve, che cosa mi fai? Trattieni quel pensiero.»

«Per quanto?»

«Almeno finché saremo a letto.» Ma la sua mano scivola sulla mia spina dorsale e si ferma sul sedere, tenendomi stretta a lui. «Dio, ti voglio.»

Gli mordicchio il labbro e lo bacio di nuovo.

L'ascensore suona per avvisare che siamo al piano e Dominic mi afferra la mano. Corriamo ridendo verso la sua stanza. Non capita spesso di incontrare una persona con cui si è immediatamente in sintonia. Almeno dal punto di vista sessuale.

Appena entriamo nella stanza, siamo premuti uno contro l'altra, le bocche fuse insieme, le mani che accarezzano e stringono. Dominic mi fa arretrare verso il letto e mi abbassa sotto di lui. Le sue mani sono un miracolo di destrezza, riesce a togliermi il vestito, il reggiseno e le mutandine continuando a baciarmi febbrilmente.

Mi sposto verso l'alto, nuda sul letto. «I preservativi sono nella borsa. L'ho lasciata accanto alla porta.»

«Ne ho qualcuno nel comodino. Speravo veramente che ti saresti fatta viva.»

Do un'occhiata alla prova e poi mi volto verso di lui, passandomi la lingua sul labbro superiore. «Spogliati adagio.»

Solleva un angolo della bocca. Mi accontenta, slacciandosi lentamente la camicia e mostrando un petto muscoloso con i solchi tra gli addominali e la V che porta al rigonfiamento del mio futuro piacere. Così sexy.

«Mi piace.» Roteo in aria il dito. «Vediamo la vista posteriore.»

Lui si volta e mi guarda girando la testa. Oh, sì, mi piacciono le spalle larghe e la schiena potente. Allenamento? Sollevare animali tutto il giorno? Non m'interessa come li ha ottenuti, li voglio.

Dominic si volta verso di me, slacciandosi lentamente i jeans e abbassandoli con cautela sopra l'erezione massiccia.

«Continua» gli dico con la voce roca, allargando le gambe per offrirgli un incentivo.

Lui si toglie in fretta scarpe e calze, poi jeans e i boxer di maglia, con gli occhi incollati su di me. Mi raggiunge sul letto, coprendomi e sistemandosi tra le mie gambe. *Sì!* Prendo un preservativo dal comodino e glielo passo.

Dominic ha altre idee però, lascia il preservativo sul letto, preferendo concentrarsi su di me. Mi bacia tutto il volto, morbide carezze che mi scaldano la pelle, piccoli morsi lungo il collo. Avevo ragione. È un uomo che si prende il suo tempo. Se solo non fossi già così eccitata. Lo voglio con un'intensità da paura.

Dominic si sposta lungo il mio corpo, continuando a baciarmi, centimetro dopo centimetro, succhiando e baciando prima un seno e poi l'altro. Ogni insistente risucchio è una linea diretta di piacere col mio sesso.

Alzo i fianchi. «Sono pronta.»

«Non c'è fretta.»

Speravo che si sarebbe preso il suo tempo, ma ora che è arrivato il momento ho già aspettato abbastanza. I nostri corpi sono fatti per unirsi. Ne ho bisogno come del mio prossimo respiro.

«Per favore» dico. «È ora.»

Dominic inserisce le dita tra le mie gambe e ansimo all'ondata di piacere. La sua bocca copre la mia, ingoiando i lievi gemiti mentre le sue dita fanno la magia. Mi tendo, quasi al picco, quando si ferma di colpo.

«Ero così vicina» protesto.

«Non ancora» mi dice e poi si abbassa lungo il mio corpo, fissandomi negli occhi.

Il mio respiro è irregolare, lo stomaco pieno di farfalle, il cuore che batte fortissimo.

«Rilassati» mi dice con la voce roca. «Potrebbe volerci un po'.»

«Non ce la faccio...» Ansimo quando mi assaggia. Mi lecca, mi bacia, mi mordicchia. Tutto sembra così bello, ma non basta. Muovo senza pensare i fianchi contro di lui, che infila un dito e poi un altro, riempiendo il vuoto. Il mio corpo si contrae intorno a quell'invasione. Lui mi accarezza da dentro mentre continua a leccarmi, spingendomi sempre oltre.

E poi le sue dita si spostano, colpendo un punto dentro di me che mi fa sgroppare selvaggiamente e gridare. Con una mano sul fianco Dominic mi tiene ferma per la sua dolce tortura. Respiro affannosamente, tremando sull'orlo dell'orgasmo. Il mondo diventa buio e poi c'è un'esplosione di luce mentre rabbrividisco, venendo, con l'orgasmo che mi travolge, un'ondata dopo l'altra di piacere mentre Dominic rallenta, restando con me finché mi affloscio.

«Mmph» dico, a mo' di ringraziamento. Non sono in grado di parlare.

Dominic risale lungo il mio corpo, sorridendomi. «Va tutto bene?»

Gli afferro la testa e lo bacio sonoramente. «Sì.»

Lui si infila il preservativo e mi penetra. Mi manca il fiato per la fantastica sensazione di essere riempita. E poi comincia a muoversi e ogni spinta mi porta più piacere. Dominic mi alza i fianchi, andando più in profondità e ansimiamo entrambi.

Lui solleva la testa, guardandomi negli occhi con tanta tenerezza che mi manca il fiato. Apro la bocca, scioccata mentre l'emozione mi chiude la gola. Nessun uomo mi ha mai guardata così. È come se mi avesse affondato la mano nel petto e mi avesse strizzato il cuore.

No. No. No. Doveva essere un test, non farmi *provare* qualcosa. Almeno niente di così potente. Pensavo che forse quando se ne fosse andato avrei avuto quel desiderio familiare di avere di più. Non questo. Non adesso con un uomo che andrà a casa domani.

Sto respirando appena, ma non riesco a distogliere gli occhi, catturata dalla sua magia.

Dominic mi scosta i capelli dal volto. «Eve, che cosa mi stai facendo...»

Chiudo gli occhi, una difesa contro questa inaspettata intimità. «Ancora, più veloce, più forte» gli ordino.

Lui abbassa la testa, mordendomi piano il collo e facendo nascere un'ondata di sensazioni. E poi comincia a spingere lentamente, riempiendomi fino in fondo, ogni volta premendo esattamente dove ne ho bisogno, ogni spinta colpendo il mio punto G, con il piacere che arde di nuovo. E continua. Mi arrendo alle sensazioni inebrianti, volo sempre più in alto.

Grido, con la testa buttata indietro, quando un altro orgasmo mi travolge, accorgendomi a malapena del suo basso gemito quando anche lui cede al piacere.

Restiamo lì, respirando affannosamente per un lungo momento. Ho le gambe che tremano, il corpo non abituato a tutte quelle sensazioni. Dominic si tira fuori e resta sdraiato accanto a me, tirandomi accanto. Sono troppo debole per protestare contro le coccole, anche se so che dovrei rotolare giù dal letto, vestirmi e andare a casa. Non posso permettermi di affezionarmi.

Dominic mi bacia i capelli. «Resta per questa notte. Non ho ancora finito con te.»

Stringo le labbra per impedirmi di sorridere. Sono ridicolmente felice che voglia che passi tutta la notte con lui. È tutta quell'emozione nata dal modo in cui mi guardava che mi fa sentire quasi inebriata? Forse sono in uno strano momento della vita, con l'arrivo di mio nipote e l'amore che provo già per lui.

Dominic mi alza il mento. «Okay?»

Mi sforzo di mantenere un'espressione impassibile. «A una condizione.»

«Parla.»

«Mi prenderai da dietro. Un veterinario dovrebbe conoscere bene quella posizione.»

Lui mi rotola sopra e mi fa il solletico. Ridacchio, dimenandomi sotto di lui. Nessuno mi fa mai il solletico.

Dominic mi morde l'orecchio e lo tira. Sento la sua voce roca accanto all'orecchio. «Che cosa intendi dire, che sono come un animale?»

Gli sorrido. «Lo spero.»

Mi bacia e sento il suo sorriso sulle mie labbra. Una notte e la sfrutterò al massimo. L'addio può aspettare ancora un po'.

«Grazie al cielo sei qui! Sono esausta!» Jenna mi abbraccia come se fossi la sua ultima speranza. Sono finalmente a Summerdale, stato di New York, e le sorelle riunite sono la cosa migliore.

Lascio cadere la borsa e il sacchetto regalo e l'abbraccio. Povera Jenna. Sono meno di quarant'otto ore che è mamma ed è già esausta. Questo da una donna che gestisce una pasticceria, fa la volontaria in un mucchio di comitati cittadini e al rifugio per animali ed è la moglie, l'amica e la sorella migliore al mondo. Essere mamma dev'essere veramente dura.

I suoi due pitbull, Lucy e Mocha, corrono intorno a noi, lasciando cadere i loro giocattoli ai nostri piedi. Jenna dà un calcio spedendo un tubo da pompiere giocattolo rosso verso il soggiorno e i cani lo inseguono.

Jenna dondola da un lato all'altro mentre ci abbracciamo. «Mi sei mancata! È passato troppo tempo.»

«Sei mancata anche a me!» Non mi ero resa conto di

quanto mi fosse mancata fino a quel momento, abbracciate in anticamera. Ho gli occhi pieni di lacrime e mi sento leggera tanto sono felice.

Dopo la mia notte con Dominic, ho preso il volo il lunedì pomeriggio e sono arrivata la sera tardi. Non volevo disturbare Jenna di notte, visto il bambino, quindi avevo prenotato un albergo e sono andata a casa sua l'indomani mattina. Tra il viaggio e la differenza di fuso orario, avrò già meno di una settimana da passare con lei, da martedì a domenica. Sfortunatamente, quello di lunedì pomeriggio era stato il primo volo che avevo trovato quando, domenica, avevo saputo che era in travaglio. Accidenti alla distanza.

Ogni riunione con la mia sorellona sembra un affare enorme per via di tutti gli anni che ci eravamo perse a causa della custodia divisa e i cattivi rapporti tra i nostri genitori. Adesso è come tornare a casa, in quella più felice che abbia mai conosciuto. Negli ultimi due anni abbiamo recuperato il tempo perduto. Non sono particolarmente legata ai miei genitori e nemmeno loro erano legati ai loro, perché la mamma aveva lasciato il college al primo anno, incinta di Jenna. Sembra una famiglia piccolissima, composta solo da Jenna e me. E adesso anche Theo ed Eli. Non posso dimenticarli.

Jenna si tira indietro e si asciuga gli occhi. Io tiro su col naso e asciugo i miei.

«Perché stai piangendo?» mi chiede con una risata lacrimosa. «Sono io quella in piena tempesta ormonale e mancanza di sonno.»

«Perché è la riunione di noi sorelle.»

Jenna mi abbraccia di nuovo e mi bacia i capelli. «Sono così contenta che tu sia tornata nella mia vita.»

Ci stacchiamo, entrambe facendo respiri profondi per tentare di calmarci. Nessuna delle due è normalmente molto emotiva. Io sono riservata ma il modo migliore in cui descriverei Jenna è sarcastica.

«Per favore, non fare caso al mio aspetto disastroso» dice, indicando vagamente se stessa. «Mi sono alzata ogni due ore la notte scorsa, con Theo, e non sono ancora riuscita a fare la

doccia. Siamo venuti a casa solo un'ora fa. Due notti all'ospedale è tutto quello che sono riuscita a sopportare. Il medico ci
ha dato il via libera.»

«Stai benissimo» dico doverosamente. Ha le borse sotto gli
occhi e indossa una t-shirt e pantaloni di felpa, ma comunque
è la solita. Ci assomigliamo, con i capelli biondo scuro,
entrambe alte e snelle. Lei ha gli occhi verdi, che ho sempre
pensato fossero così belli.

Jenna sbuffa. «Sì, certo.» Va verso il divano grigio e si
siede con cautela.

Faccio una smorfia per solidarietà e mi siedo accanto a lei.
Ho sentito che il parto può essere devastante per la parte
sotto. «Il bambino sta dormendo? È tutto così silenzioso.»

«Oh no, non gli piace dormire. Eli l'ha portato a fare una
passeggiata. Theo è racchiuso in questa piccola tasca che
ricrea la sicurezza del grembo materno.»

Mi fa pensare a Dominic che aveva comprato una tasca
simile per il bambino dei suoi amici. Non riesco a togliermelo
dalla testa, rivedo continuamente la nostra notte insieme e
anche prima, il modo in cui ci siamo incontrati, com'era stato
dolce, pagando per la mia giraffa, il nostro primo bacio sul
marciapiede. Mi sento stringere il petto. È possibile che ci
manchi qualcuno che abbiamo conosciuto solo per un giorno?

Controllo realtà! Non sai come metterti in contatto e probabil-
mente lui vive lontano da Los Angeles, dato che doveva prendere un
aereo per tornare a casa.

Forse questo desiderio di avere di più significa che voglio
qualcosa che non sia solo buon sesso (diavolo, è stato fenomenale!) ogni tanto. Ho solo bisogno di farmi coraggio e aprirmi
di nuovo. Niente fretta. La prossima volta cercherò un uomo
come Dominic.

«Eve?»

Torno di colpo a prestarle attenzione. «Scusa, colpa del jet-
lag. Non credevo che saresti stata esausta così presto. Sei
circondata dalla famiglia e dagli amici.» Eli ha una grande
famiglia in città, inclusa una sorella maggiore, Sydney, che è
una delle migliori amiche di Jenna.

Lei alza un dito. «I fratelli di Eli non sanno come aiutare con un bambino. Sydney ha il suo da fare con la sua bambina di otto mesi, è *di nuovo* incinta e la nausea mattutina la uccide. Non dovrei dirlo a nessuno. È stata una gravidanza a sorpresa.»

«Wow, due gravidanze veramente vicine.»

Jenna alza una spalla. «È il motivo per cui insisterò per il controllo delle nascita se e quando riuscirò nuovamente a fare sesso.» Fa una smorfia e si sposta a disagio.

«Il parto è stato difficile per te?»

«Non è stato facile, te lo posso dire, anche sapendo che cosa dovevo aspettarmi, grazie ai corsi preparto.» Arriccia il naso. «C'è stata una lacerazione e hanno dovuto darmi dei punti.»

Sento la bile che risale in gola. Incrocio le gambe per solidarietà.

Jenna annuisce. «Le cose che non avresti mai voluto sapere, né sperimentare se è per quello.»

«Che cosa ti posso portare? Sai che non so niente di bambini. Sono qui per prendermi cura di te.»

«Pensi che *io* sappia qualcosa? Ho avuto bisogno di una specialista in allattamento che mi mostrasse come fare per allattare Theo. Semplice allattamento e non avevo idea.»

Le stringo il braccio. «Nei vecchi tempi, probabilmente c'era sempre una donna più esperta che aiutava le neo mamme, non credi?»

Lei alza le braccia. «Piange e non so che cosa vuole. Immagino che voglia mangiare o essere cambiato. Eli dice che a volte Theo ha solo voglia di rilassarsi, ma che ha bisogno di aiuto per farlo.» Eli è il capo della polizia qui in città ed è una brava persona. Eravamo in classe insieme alle elementari. Vivevo a Summerdale prima del divorzio e molte delle persone con cui sono cresciuta sono tornate a vivere qui.

«Parlando di rilassarsi.» Prendo la borsa e il sacchetto regalo da dove li avevo lasciati in anticamera e torno da lei. «Per Theo.» Le porgo il sacchetto regalo, anche se è ovvio che cos'è perché la testa della giraffa sporge.

Lei sorride, con gli occhi che si riempiono di lacrime. «Oh, che carina.»

Frugo nella borsa per prendere il regalo dell'ultimo minuto che ho acquistato all'aeroporto. «E un po' di cioccolato per te.» È una scatola sottile con una selezione di cioccolatini.

Lei appoggia la giraffa sul divano accanto a lei e apre la scatola di cioccolatini, offrendomene uno.

«No, grazie, sono tutti per te.»

«Sei la migliore!» Si mette in bocca un tartufo intero e mastica beata. Almeno le ho regalato un po' di gioia in questo momento estenuante.

Lucy, un incrocio di pitbull, viene verso il divano, adocchiando la giraffa.

«Lucy, no!» le ordina Jenna. «Vai a prendere la tua palla.»

Lucy corre verso la sua cesta dei giocattoli. Mocha la batte sul tempo, afferra una pallina da tennis e la lascia cadere ai piedi di Jenna, che si infossa nel divano, con la scatola di cioccolatini in grembo. Lancio io la pallina per Mocha ed entrambi i cani la inseguono.

«Non sapevo che cosa prendere come regalo per un bebè» dico. «Mi è sembrato che una giraffa andasse bene, sia per un maschietto sia per una femminuccia.»

«Certo, comunque non credo che i giocattoli siano strettamente per i maschi o le femmine. Darò a Theo una bambola insieme a un camioncino.» Si mette in bocca un altro cioccolatino e richiude la scatola. «Posso portarti qualcosa?»

«Che ne dici se ti porto io qualcosa? Oppure potresti andare a sdraiarti se vuoi.»

«Dovrei bere più acqua, grazie.» Si allunga sul divano, mettendosi un cuscino dietro la schiena.

Vado in cucina, dove c'è un lavandino pieno di piatti sporchi e roba da bambini sparpagliata sul ripiano: biberon e tettarelle, uno sterilizzatore, un tiralatte, succhiotti ancora nelle loro confezioni e una pila di panni bianchi che sembrano morbidi. Bavaglini? Pannolini di tessuto? Non ne ho idea. Trovo un paio di bicchieri e li riempio d'acqua per entrambe.

Torno in soggiorno e Jenna si raddrizza. «Grazie.» Beve subito l'acqua.

Mi siedo sulla penisola del divano per darle lo spazio per allungarsi se desidera. «Sono tutta tua fino a domenica pomeriggio. Dovrò tornare al lavoro lunedì mattina.»

«Vorrei che potessi fermarti di più.»

«Anch'io. Sono stata fortunata ad avere un po' di ferie. Siamo a metà della stagione, quindi hanno bisogno di me. Con le ore di viaggio e la differenza di fuso, è stato tutto quello che potevo fare.»

«Se solo vivessimo più vicine.»

«Sarai la benvenuta se vorrai trasferirti nell'assolata California.»

«Ho la pasticceria. Eli è il capo della polizia e tutta la sua famiglia è qui.»

Abbiamo già avuto questa conversazione. Ora che ci siamo riunite, è difficile vivere così lontane. Quando si scrive per la TV, Los Angeles è il posto dove stare. È un lavoro che si fa in gruppo.

Sospiro. «Lo so, siamo entrambe legate a dove siamo. Allora, che aiuto ti serve per il bambino?»

«L'intera famiglia di Theo si è fermata ieri per vedere il bambino. Poi Audrey ha organizzato una catena del cibo per farci portare la cena ogni sera per tutta la settimana.» Audrey è un'altra delle sue amiche. Jenna è fortunata a essere cresciuta con tre ragazze che per lei erano come sorelle. Io avevo un'amica che mi aveva pugnalato alle spalle alle superiori ed era stato straziante. Non vedevo l'ora di andare al college in California. Non che sia ancora amareggiata. È andato tutto per il meglio.

Jenna continua. «Temo che dopo la prima settimana, in cui avrò tutto l'aiuto, dovrò cavarmela da sola. Tu partirai, Eli dovrà tornare a lavorare e la catena del cibo si fermerà.»

«Mi assicurerò che tu abbia qualcosa di pronto da scaldare in freezer. La mamma verrà a darti una mano?»

Jenna fa una smorfia. «Non voglio il suo aiuto.»

Io ho perdonato i nostri genitori per il trauma del loro

divorzio che si è protratto per due anni e per aver diviso la famiglia. *Grazie, terapia.* Jenna ci sta ancora lavorando. È arrabbiata perché i nostri genitori stanno vivendo nuovamente insieme e proclamano di essere innamorati. Avevano perfino organizzato un matrimonio, ma la mamma si era fatta indietro all'ultimo minuto, lasciando papà all'altare. Inserite una sbuffata. Comunque sono rimasti insieme. La mia opinione è che sono adulti e possono fare quello che vogliono. Non mi tocca più.

«Hai detto loro di Theo, vero?» lo chiedo.

«Sì, verranno qui sabato a trovarlo. Sono così contenta che ci sarai tu a fare da cuscinetto tra di noi.»

«Ho la sensazione che ci penserà Theo. Saranno così incantati dal loro primo nipotino che la visita andrà liscia.»

Si apre la porta ed entra Eli che porta Theo in una specie di marsupio azzurro sul petto. Non riesco nemmeno a vedere il bambino, solo la sua sagoma.

«Ehi, Eve!» dice allegramente Eli, venendo verso di me. È in una forma strepitosa, ben rasato con corti capelli castani e caldi occhi nocciola.

Balzo in piedi. «Ehi, neopapà! Il bambino sta dormendo?»

«Sì.» Tira indietro il tessuto della fascia per mostrarmelo. Theo è rannicchiato nella tasca, con il piccolo pugno accanto alla guancia grassoccia. Risucchio il fiato. Probabilmente dormiva così quando era nella pancia.

Tocco la sua manina e sussurro: «È ancora più bello di persona».

«Grazie» dice Eli. «All'ospedale ci hanno detto di non preoccuparci di abbassare la voce. I bambini si abituano al rumore in casa.»

Resto incantata guardando mio nipote che sembra così angelico. «Ciao, Theo, sono tua zia Eve. Sono così felice che tu sia qui.»

Eli si rivolge a Jenna. «Come stai?»

«Stanca, dolorante, sopraffatta.»

«Sembri me, meno il "dolorante". Vuoi il cuscino a ciambella?»

Jenna lo rifiuta, «No, resterò sdraiata qui mentre Eve mi intrattiene con le storie su Hollywood.»

Eli si rivolge a me. «Jenna mi ha detto che stai in albergo. Abbiamo una stanza per gli ospiti di sopra. Perché non trasferisci qui la tua roba?»

«Devi farlo» dice Jenna, che sembra più se stessa. «L'hai sempre fatto in passato.»

«Lo so, ma non volevo che vi preoccupaste per un'ospite mentre vi state prendendo cura di un neonato.»

«Tu non sei un'ospite, fai parte della famiglia» dice Eli.

«Esattamente» aggiunge Jenna.

Sento gli occhi che si scaldano per le lacrime. È così bello sentirsi parte di una famiglia. «Okay, devo tornare in albergo prima delle undici per fare il check-out e poi porterò qui la mia roba.»

Jenna sorride soddisfatta e si sdraia di nuovo. Eli le mette un cuscino sotto le ginocchia, poi le dà un bacio in fronte. Lei lo bacia sulle labbra, sbircia nella tasca per ammirare Theo, allunga la mano per toccarlo e poi si sdraia di nuovo, soddisfatta.

«Vado a metterlo nella culla» dice Eli, dirigendosi al piano di sopra.

Io mi allungo sulla chaise longue da un lato del divano e Jenna si sdraia, appoggiandomi i piedi sul fianco. «Ho già detto che sono contenta che tu sia qui?»

Mi fa ridere. «Sì. Sono contenta anch'io.»

Qualche minuto dopo sentiamo la voce profonda di Eli attraverso il baby monitor sul tavolino. «Sei il bambino migliore al mondo, lo sai? Sì, proprio così.»

«Dio, lo amo ancora di più adesso» dice Jenna asciugandosi le lacrime. «Eli è un papà meraviglioso.»

Anche i miei occhi si riempiono di lacrime. Vedere Jenna con suo marito e il bambino appena nato rende l'intera faccenda di avere una famiglia molto più allettante. «Sei così fortunata.»

«Lo so. Un giorno incontrerai anche tu l'uomo perfetto.» Fa una pausa. «Hai rimesso online il tuo profilo su quell'app di incontri? So che sei stata occupata, ma nella vita c'è di più del lavoro. Voglio che anche tu abbia l'amore nella tua vita.»

Scuoto la testa. «Ma...»

«Se correrai il rischio e aprirai il cuore, potresti restare sorpresa dalle cose belle che arriveranno. Non permettere all'esempio di mamma e papà di frenarti. Loro sono pazzoidi.»

Sorrido. «In effetti ho conosciuto un uomo proprio nel negozio per bambini, pensa, ma non era destino. Era in città solo per una conferenza.»

«Dove vive? Forse non è lontano e potreste incontrarvi.»

Faccio spallucce. «Doveva prendere un aereo per tornare a casa, quindi immagino che non abitasse vicino. Comunque, avevamo deciso fin dall'inizio che sarebbe stata solo una notte di sesso. Niente legami, niente complicazioni, quindi non ci sarebbero state delle aspettative incasinate e nessuno si sarebbe fatto male.»

Distolgo gli occhi, sentendomi molto meno indifferente nonostante le mie parole. Continuo a pensare a Dominic.

Occhi azzurro cielo scintillanti.

Voce profonda e sexy. *Rilassati, ci potrebbe volere un po'.*

L'inaspettata tenerezza nei suoi occhi quando eravamo vicini quanto possono esserlo due persone.

Bevo un sorso d'acqua per ingoiare il groppo che ho in gola. Non sono sicura che incontrerò di nuovo un uomo come Dominic.

«Beh, almeno è stata una notte piacevole.» Fa una pausa. «Quanto piacevole?»

Jenna e io non risparmiamo i particolari. Tra di noi possiamo condividere *tutto*.

Sorrido sognante. «È stato fantastico. Sapeva quello che stava facendo e si è preso tutto il tempo.»

Jenna sospira. «Non sei felice quando succede? È così raro.»

«Lo so!»

Jenna mi rivolge un'occhiata da sorella maggiore preoccupata, sopracciglia aggrottate, labbra arricciate. «E sei veramente soddisfatta sapendo che non lo riavrai? L'attrazione chimica può essere un ottimo punto di partenza. È ciò che avevamo Eli e io all'inizio.»

«È stata una cosa completamente diversa tra te ed Eli.» Eli è un uomo su cui si può contare, che dice quello che pensa ed è sempre disponibile. È ciò che segretamente voglio per me, anche se ho seri dubbi di poter trovare questo raro esemplare. Non credo al lieto fine quando si tratta di uomini. Sono rimasta scottata troppe volte.

Al suo sguardo ansioso, continuo. «Lui non cercava niente di serio. Inoltre mi piace la vita da single.» Mi sforzo di infondere entusiasmo nella voce, cercando di convincere lei e me stessa.

La verità è che non sono pronta per le montagne russe di una relazione. *Stringi la cintura mentre lo stomaco arriva ai piedi e la tua vita va fuori controllo.*

Jenna insiste. «Lo so, ma...»

La interrompo. «Tutto è esattamente come voglio io: un fantastico appartamento, un ottimo lavoro, amici e ogni tanto una notte di divertimento con un uomo. Ho tutto ciò che serve, Jenna. Il sogno di una nubile di ventinove anni.»

«E che cosa succederà quando compirai trent'anni?»

«Ho intenzione di continuare ad avere ventinove anni.»

«Ottima idea.» Mi dà un altro colpetto con il piede. «Esattamente, quanto era bravo?»

«Quattro orgasmi in una notte.»

Con gli occhi semichiusi, Jenna si copre la bocca sbadigliando. «Bello.»

«Giusto? Oh, devo raccontarti l'ultima di Ray.» È uno dei miei colleghi scrittori. «Ha appena acquistato un'iguana e ne è ossessionato.» Continuo raccontandole storie sulla stanza degli sceneggiatori e sulle eccentricità dei miei colleghi. Qualche minuto dopo Jenna si addormenta, proprio come pensavo che avrebbe fatto.

Prendo una copertina bianca di pile dallo schienale e la copro. Anche se sono la sorella minore, mi sento protettiva nei suoi confronti. Niente può spezzare il legame tra sorelle, non anni di allontanamento, né genitori egoisti, né quattromila chilometri tra di noi. Mi si riempiono gli occhi di lacrime quando le do un'ultima occhiata prima di andare in cucina a lavare i piatti.

È sempre difficile andarmene dopo una visita. Immagino che questa volta sarà doppiamente difficile, dovendo lasciare anche il mio nipotino. Ma è la vita.

Vorrei restringere magicamente il paese in modo che le coste est e ovest fossero a distanza di auto, oppure inventare il teletrasporto, o spostare Hollywood. *Immaginazione uno, vita reale zero.*

4

Pensavo veramente di non avere istinto materno, ma sono bastati tre giorni e sono così legata a questo bambino che mi sembra di essere una seconda mamma per lui. Comincio a capire quanto mi piacerebbe veramente avere un bambino mio. È impegnativo curare un piccolo umano impotente, come aveva detto Jenna, ma è anche meraviglioso, in tutti i sensi. Non avevo mai pensato di poter voler bene a un bambino come voglio bene a Theo.

Jenna dice che, dato che siamo sorelle, dobbiamo avere un odore simile, che Theo riconosce. Non so se sia vero, ma questo fagottino reagisce a me. Mi guarda negli occhi come un'anima antica. Si calma quando lo tengo in braccio e una volta ha perfino cercato di farsi allattare. Ah, spiacente, amico, niente latte qui.

Mi viene in mente un'immagine di Dominic con il bambino dei suoi amici in braccio. Sembrava così naturale e pieno di potenziale paterno. Mi sarebbe quasi piaciuto avere una copia di quella fotografia. Stupido, lo so, includerlo nella mia fantasia sul futuro, una brava persona come lui con in braccio il nostro bambino. La realtà è che non ho modo di contattarlo, probabilmente vive lontanissimo e io ho ancora un muro di paura che mi separa da una relazione seria, ma non c'è niente di male a fantasticare, no? È sicuro e piacevole.

Finora Theo si limita a fissare la giraffa ma non cerca di prenderla. Preferisce afferrare i miei capelli ogni volta che si muovono. Gente, che stretta! È difficile districare i capelli dal suo pugno senza perderne qualcuno.

«Sarà così difficile lasciarlo» dico a Jenna venerdì mattina. Siamo nella stanza del bambino e lei gli sta mettendo una tutina pulita per metterlo a dormire. Theo agita le gambe e le braccia quando lei tenta di infilarle nei buchi. Io tengo a posto il tessuto mentre lei lotta con lui.

Jenna mi guarda. «Beh, non ti dirò di lasciare il tuo lavoro e restare qui con me, ma sarebbe bello.»

«Non è sempre facile trovare un buon lavoro. Lo show va benissimo, tutti dicono che lo sceglieranno per un'altra stagione.»

«Certo, certo, ma il tuo capo sa che tua sorella ha avuto un bambino?»

Sorrido. «Come credi che sia riuscita ad avere una settimana di ferie?»

Jenna allaccia abilmente i bottoni a pressione della tutina. Meno di una settimana ed è già una professionista con queste minuscole allacciature. «Ho un favore da chiederti.»

«Qualunque cosa. Sono qui per te.»

«Grazie» dice con la voce un po' soffocata. Prende in braccio Theo e lo tiene contro il suo petto. Quando si volta a guardarmi le scende una lacrima, che le asciugo. «Apprezzo moltissimo che ti sia presa del tempo, nonostante sia presissima, che abbia attraversato il paese, abbia accettato di dormire solo a tratti, ti sia presa cura di me, Theo, le pulizie e tutto.» Le scendono altre lacrime sulle guance.

«Wow.» Afferro un fazzolettino e le asciugo le guance. «Quanto durano questi ormoni?»

Jenna tira su col naso. «Non ne ho idea. Sai che di solito non sono così. Ti voglio bene.» Bacia la guancia di Theo. «E voglio bene anche a te, Theo.»

«Ti voglio bene anch'io, e anche a te, piccolo.» Gli accarezzo la guancia morbida. «Qual è il favore? Vuoi che faccia il bucato e pieghi tutte le cose del piccolo?»

«Sarebbe fantastico, ma volevo chiederti se potresti aiutarmi con la raccolta fondi per il rifugio degli animali stasera e anche domani, perché avranno bisogno di aiuto allo stand, con gli animali da adottare alla Fiera del Raccolto d'Autunno. Di solito li aiuto.» Fa saltellare Theo quando comincia ad agitarsi. «È stata un'esperienza incredibile quando ho adottato Mocha dal dottor Russo e sai che è il cane migliore al mondo.»

«Lo sanno tutti. Certo che ti aiuterò.»

«Perfetto. Ci sarà anche Audrey. Le manderò un messaggio e le dirò di aspettarti.»

Mi porge Theo e prende il telefono dalla tasca posteriore. Mi rilasso immediatamente quando si appoggia a me. Respiro il delizioso profumo di neonato e vado alla finestra con lui, cantandogli che volerò su un aeroplano per venire a trovarlo. Forse un giorno verrà anche lui da me.

Audrey mi viene incontro nel parcheggio dell'Horseman Inn alle sette quella sera. È dolce, una bruna piccolina con lunghi capelli diritti, che gestisce la biblioteca. L'ho incontrato parecchie volte, visto che lei e Jenna sono molto amiche.

«Ehi, Audrey.»

Lei si mette le mani sui fianchi. «Quindi *sei tu* quella che si accaparra tutto il tempo con il bambino.»

Vado da lei e l'abbraccio. «Sei la benvenuta tutte le volte in cui vorrai venire a trovare Theo.»

«Non volevo intromettermi nel tempo tra sorelle. So che hai solo una settimana. Poi ci sarò io per aiutarla quando tornerai a Los Angeles.»

«Allora, come stai? La biblioteca ti tiene occupata?»

«Sì e ho scritto un libro.» Sorride timidamente. «Di solito non lo racconto alla gente, ma sei una scrittrice, quindi ho pensato di dirtelo.»

Me l'aveva già detto Jenna. Mi tiene al corrente su tutto quello che succede a Summerdale, ma lo tengo per me. «Congratulazioni! Sai, un mucchio di gente dice di voler scrivere un libro, ma pochi lo fanno davvero. È una cosa grossa.»

Audrey arrossisce e si mette i capelli dietro le orecchie. «Grazie, è stata... Un'esperienza. Quasi le montagne russe. Un momento lo adoravo e quello dopo mi strappavo i capelli.»

Proprio come una relazione. Scrivere le assomiglia, ma almeno ho il controllo su quello che scrivo.

«Sembra giusto. Adesso posso condividere il segnale secreto degli scrittori.» Fingo di battere su un'immaginaria tastiera e poi alzo il palmo delle mani per un doppio cinque.

Audrey ride e poi copia il mio gesto prima di sbattere i palmi sui miei. «Faccio parte del club!»

«Hai intenzione di mandarlo a qualche agente letterario o hai intenzione di auto-pubblicarti?»

Lei va verso l'ingresso. «Non sono ancora pronta a farlo leggere a qualcuno. Devo dargli un'ultima rifinitura.»

«Sarei lieta di leggerlo, quando sarai pronta. Di che parla?»

Audrey mi tiene aperta la porta. «È la saga di una famiglia di militari. Non vorrei disturbarti. So che sei occupata, con il bambino e con il tuo lavoro.»

«Potrei infilarlo.»

«Forse. Lo terrò a mente, se penserò che sia pronto.»

Passiamo davanti all'addetto alla reception e Audrey spiega perché siamo lì. Guardo la sala da pranzo anteriore dove un uomo barbuto sta portando nella stanza un lungo tavolo. Un altro è all'altro capo del tavolo e ci volta le spalle. C'è qualcosa di familiare nei suoi folti capelli scuri. Anche in quello barbuto. Probabilmente ragazzi che conoscevo da ragazzina, quando abitavo ancora in città, che ora, da adulti, hanno un aspetto diverso. Una donna bruna con grandi occhiali è accanto a una pila di cesti regalo avvolti nel cellophane colorato e legati con un fiocco. Non mi sembra familiare.

Audrey indica la sala da pranzo posteriore, piena di gente, dove uno degli uomini che spostava il tavolo è andato a parlare con qualcuno. «Il dottor Russo, il nostro beneamato veterinario. Gestisce lui questo fantastico rifugio per animali, dietro la clinica veterinaria. Hanno anche una sezione dell'associazione Best Friends Care. È l'organizzazione che addestra i cani del rifugio per diventare cani da terapia per i veterani con la Sindrome da Stress Post-Traumatico e altre disabilità. Comunque sto facendo più spesso la volontaria lì dato che l'ho conosciuto meglio. Mi sta aiutando con i problemi intestinali del mio gatto, Cinder.»

«È bello che Cinder riceva le cure di cui ha bisogno.» È venerdì sera e la sala dietro è imballata. Sembra che anche il bar sia affollato. Ci dovrebbe essere l'asta silenziosa tra un'ora, insieme a un gioco a quiz con premi, quindi più gente c'è meglio è. Jenna mi ha dato tutti i particolari.

L'uomo barbuto viene verso di noi. «Ciao, Aud. Evie, lieto di vederti. È passato molto tempo.» Evie era il mio nomignolo da bambina, quindi dev'essere qualcuno che conoscevo da bambina.

Piego la testa, esaminandolo. Non riesco a ricordarmi di lui. «Mi faccio chiamare Eve adesso.»

«È Levi Appleton, il nostro sindaco» mi dice Audrey.

Resto a bocca aperta per la sorpresa. «Non ti avevo riconosciuto con la barba. E sei anche il sindaco!»

«Nessun altro voleva quel lavoro» dice Levi con un sorriso.

La bruna con gli occhiali ci raggiunge. «È un ottimo sindaco e si sta interessando anche alla cinematografia.»

«Questa è la mia ragazza, Galena» dice Levi.

«Ciao, Galena» dico con calore prima di rivolgermi a Levi. «È interessante sapere che ti interessi di cinematografia. Io scrivo per uno show televisivo. Ho avuto una settimana di ferie per stare con Jenna e il bambino.»

«Anche Audrey è una scrittrice» dice Levi.

Do un'occhiata ad Audrey, che sembra a disagio. Per essere qualcuno che non parla del suo libro, sembra che lo sappiano tutti. Scommetto che niente resta privato a lungo in una cittadina come Summerdale. «Me ne ha parlato.»

Il tizio che mi sembrava vagamente familiare da dietro

viene verso di noi. Risucchio il fiato. Sento il cuore che batte nelle orecchie. Conosco quella faccia, quel corpo, il passo sicuro. *Dominic.*

Dominic dell'avventura di una notte.

Vive qui.

Ahhh!

Fingo di non conoscerlo?

Che cosa faccio?

Sbatto gli occhi un paio di volte. In questo momento gli occhi sono l'unica parte di me che funziona, mentre lo fisso inorridita ed eccitata. L'uomo con cui ho fatto il sesso più bollente della mia vita è *qui,* nella cittadina di Summerdale, stato di New York. Che probabilità c'erano? Davvero!

Avrebbe dovuto restare una fantasia, solo nella mia immaginazione!

Sento il cuore che batte forte, minacciando di scoppiarmi in petto. Non avevo mai pensato che l'avrei rivisto. *Che cosa faccio? Che cosa dico?*

Dominic si unisce a noi. «Altri volontari, spero?» Mi guarda e spalanca gli occhi riconoscendomi di colpo.

Audrey lo indica. «Eve, ti presento lo scapolo più ambito di Summerdale.»

Lo guardo stupefatta. *Lo scapolo più ambito? Tutte le donne della città gli stanno appresso?* «Ciao.»

«Ciao.» La sua voce suona roca.

Nella mia mente, i pezzi vanno rapidamente al loro posto. Sono qui per aiutare in una raccolta fondi per un rifugio gestito dal veterinario con cui Jenna lavora di frequente. Il veterinario di Jenna è il *mio veterinario.* Dovrei fingere di vederlo per la prima volta? L'ultima cosa che voglio è che pensi che lo abbia seguito qui, che sia una strana stalker.

«Che cosa intendi per lo scapolo più ambito?» chiede Galena ad Audrey. «Pensavo che steste uscendo insieme.»

Le guance di Audrey diventano di un bel rosa carico. Distolgo gli occhi. *Imbarazzante.* È il ragazzo di Audrey, o l'ex ragazzo.

Dominic mi guarda prima di rivolgersi a Galena. «Dove l'hai sentito?»

Risponde Audrey per lui. «Pettegolezzi. C'è sempre qualcuno che cerca di accoppiare gli altri. Ah-ah.»

«Audrey e io siamo amici» dice Dominic, guardandomi in faccia.

«Esattamente» dice Audrey con un cenno d'assenso.

Non preoccuparti per me! Non sono affari miei quello che fai con le donne nella tua città o in qualunque altro posto, in realtà. Posso andare adesso? Oh, aspetta. Non ho ancora fatto il mio lavoro.

«Ma Levi ha detto...» Galena smette di parlare e guarda Levi, con una domanda negli occhi.

Non ho bisogno di sapere, non voglio sapere.

Soffio fuori il fiato guardandomi attorno e sforzandomi di non fissare Dominic. «Giusto, okay. Sono qui al posto di Jenna, quindi mettetemi al lavoro.»

Dominic ci indica di seguirlo verso una grossa scatola piena di decorazioni e cartelli.

Audrey mi dice che metterà i cestini sul tavolo quindi io guardo nella scatola e tolgo qualche striscione. Sento gli occhi di Dominic su di me. Mi si rizzano i peli sulla nuca. Ricordo ogni minuto dal momento in cui ci siamo incontrati fino a quando ci siamo detti addio. È come un film che continua a girarmi in testa.

Prendo del nastro adesivo e mi metto al lavoro con le mani che tremano. Sto sclerando. Posso ammetterlo.

Qualche minuto dopo, sento Dominic dire a Levi e a Galena che sono fuori servizio. Oh, perfetto. Adesso restiamo io, Audrey e l'uomo più sexy che abbia mai conosciuto. Niente repliche qui. Non pensateci nemmeno, dico alle mie parti più eccitate. C'è la follia su quella strada. Mi faccio una severa predica. *È di qui, tu vieni da Los Angeles e non sei pronta per qualunque cosa sia questa.*

Partirai domenica.

Mi volto e saluto con la mano Levi e Galena. Il mio sguardo si scontra con quello di Dominic e i suoi occhi azzurri ardono nei miei come se stesse ricordando anche lui ogni momento di quella notte. Distolgo lo sguardo. Comportati come se niente fosse. Era solo una notte. Eravamo entrambi d'accordo. Non rendere le cose più complicate. Partirò domenica, quasi lo dico a voce alta. Come se qualcuno lo avesse chiesto.

Una mano calda tocca la mia e so immediatamente che è lui. Chiudo gli occhi, lottando contro il desiderio di appoggiarmi a lui. Mi parla in tono roco all'orecchio. «Che cosa ci fai qui?»

«Non ti ho seguito, non sono una stalker» dico sulla difensiva. «È stata solo una notte, come eravamo d'accordo.»

Audrey ansima forte e ci dà un'occhiata incuriosita.

Dominic

Tutti i miei sensi sono all'erta. Non riesco a credere che sia qui. Eve a Summerdale. Si scosta i capelli biondi dal volto e distoglie lo sguardo. Quando alla fine le avevo detto addio la mattina dopo il miglior sesso della mia vita, le avevo detto che volevo restare in contatto. Lei mi aveva baciato e mi aveva detto che era meglio lasciarsi con stile.

Ho passato tutta la settimana a rivedere quella notte, desiderando di avere un modo per mettermi in contatto con lei, e adesso lei è *qui*. Abbiamo una seconda possibilità.

«Non ho mai pensato che fossi una stalker» dico. «Ero solo sorpreso di vederti.»

Lei si mordicchia il labbro. «Mia sorella vive qui in città. Jenna Robinson. È lei che ha appena avuto un bambino.»

«Theo.»

I suoi occhi si addolciscono. «Lo ricordi.»

«Ricordo tutto di quella notte.» La mia voce esce un po' rauca.

Eve mette le mani dietro la schiena. «Meglio non toccare quel tasto.»

I suoi zigomi e la sua mandibola spigolosi, il colore dei

capelli... Sono proprio come quelli di Jenna. «Non riesco a credere di non averlo capito prima, assomigli a tua sorella. Hai gli occhi di un colore diverso, ma tutto il resto è così simile. Quando ci siamo incontrati mi sembravi vagamente familiare e avevo pensato che fossi una modella o un'attrice, ma era per via di Jenna.»

Lei scuote lentamente la testa. «Ti avevo detto che non ero famosa.»

Prendo il telefono dalla tasca. «Ora che sei qui, dammi il tuo numero.»

Lei alza una mano. «Non credo che sia una buona idea.»

Mi avvicino di un passo. «Eve, non sono riuscito a non pensare a te.»

«Partirò domenica, non rendiamo le cose più difficili di quanto sia necessario.»

Stringo le labbra per evitare di farle una proposta. Che male potrebbe fare passare un'altra notte insieme? O forse vederci più regolarmente. Anche se sarebbe difficile con l'intero paese tra di noi. Forse Eve ha ragione.

Mi indica la scatola con le decorazioni. «Finisco con quelle. Hai bisogno di aiuto anche per l'asta? Per le pulizie? O magari posso aiutarvi con il gioco a quiz. Sarò lieta di fare qualunque cosa avrebbe fatto Jenna.»

«Mi aiuterà Audrey con l'asta. Io penserò ai premi. Wyatt, che a volte fa il barista, condurrà il quiz; quindi, tu potresti restare per le pulizie finali, oppure potrei pensarci io.»

Eve sorride appena. «Resterò. E darò una mano ogni volta che sarà necessario per il resto della serata. Domani sarò alla Fiera per aiutarti per le adozioni. Jenna mi ha detto che ci sarà una riffa con buoni regalo della sua pasticceria, a favore del rifugio per animali.»

«Quindi ti vedrò anche domani.»

Lei agita un dito verso di me. «In veste strettamente professionale.»

Sorrido. «Almeno adesso so il tuo cognome. Eve Larsen. Conoscevo Jenna prima che sposasse Eli.»

«E tu devi essere il suo amatissimo veterinario, il dottor Russo.»

Mi inchino. «Al tuo servizio. Jenna ha detto che sono molto amato?»

«L'ha detto Audrey. È veramente una fan. Voi due non avete mai...» Fa un vago gesto. Audrey si sposta dall'altra parte della stanza.

«No, non so perché la gente abbia pensato che stessimo insieme. Siamo usciti una sera a bere qualcosa, ma è tutto.»

«La rete dei pettegolezzi di una piccola città.»

Mi strofino la guancia. «È quella la cosa strana. Ci siamo incontrati a Clover Park al bar Happy Endings perché aveva detto di volere un cambio di scena. Come hanno fatto a saperlo?»

Eve dà un'occhiata ad Audrey. «Forse lei l'ha detto alle sue amiche perché sperava che fosse qualcosa di più. È dolce e ancora single.»

Esamino la sua espressione. *Ricorda quella notte in tutti i particolari, come faccio io?* «Non mi interessa la dolcezza.» *Voglio qualcuno che mi ecciti. Voglio te.*

«Peccato, ci perdi tu.» E con quello torna ad appendere le decorazioni nella stanza.

La osservo per qualche minuto prima di andare da lei. «Quella notte non ha significato niente per te?»

Lei si guarda intorno e sussurra: «Non qui».

«Allora dove?»

Lei mi indica di seguirla ed esce dalla porta principale. La seguo in un angolo del parcheggio con un lampione.

«Eravamo d'accordo che sarebbe stata una notte, niente complicazioni» dice a denti stretti.

«Questo era prima. Adesso è diverso.»

«Resterò solo per altre quarantotto ore. Forse ti senti solo, lo capisco...»

«Non mi sento solo. Sono lo scapolo più ambito della città.»

Lei sbuffa.

Abbasso la voce. «E so come darti piacere.»

Lei sobbalza, ma si riprende in fretta mettendosi una mano sul fianco. «Quindi vuoi una seconda notte? È quello che ti interessa? Perché non sono qui per una botta e via. Sono qui per aiutare Jenna con il bambino.»

«Il bambino dorme ogni tanto, giusto?»

Lei si avvicina, guardandomi negli occhi. «Siamo chiari. Non sono interessata a un'altra botta e via che non porta da nessuna parte.»

«Nemmeno io.» Mi si stringe lo stomaco e il polso accelera avendola così vicina.

Non è solo desiderio, anche se è potente. È la prima donna che mi fa provare qualcosa da tanto tempo.

Dio, il modo in cui mi guarda.

Lei alza una mano, come se intendesse toccarmi la guancia, poi la lascia cadere. «Bene. Sono lieta che la pensiamo allo stesso modo. La prossima, per me, sarà una relazione seria. Niente rapporto a distanza, non una fantasia, beh, forse una fantasia finché sarò pronta. E non lo sono ancora e non c'è fretta.» Annuisce una volta.

La fisso, confuso. «Che cosa pensi che ti stia chiedendo, un impegno?»

«No!» Alza le mani. «Non lo so. Semplicemente non credo che tu e io abbiamo un futuro; quindi...» Il suo sguardo va alla mia bocca e le manca un po' il fiato. «Dovrei andare.»

Ma non si sposta.

Il mio cuore batte più forte, con tutte le terminazioni nervose in allerta. «Bene. Non darmi il tuo numero. Non passare con me un minuto in più di quanto devi.»

«Vorrei poterti dimenticare.» Poi Eve mi afferra la testa e mi bacia in modo rude, scatenando il mio desiderio. Le avvolgo un braccio intorno alla vita, tirandola contro di me mentre restituisco il bacio con tutto il desiderio accumulato dal momento in cui l'ho lasciata in quella stanza d'albergo. Il bacio continua e il fuoco tra di noi riprende vigore.

Eve interrompe di colpo il bacio, portandosi le dita sulla bocca, con gli occhi dolci. Per un momento sembra quasi vulnerabile. «Mi dispiace.» Si affretta ad andare verso il ristorante.

Sbuffo, tiro indietro la testa e fisso le stelle. Non so quale sia il mio obiettivo. Tutto ciò che so è che non riesco a dimenticare che cos'è successo allora o adesso.

Torno verso il ristorante, apro la porta e mi scontro con Eve che sta uscendo.

«Scusa!» esclama, facendo un passo indietro. Mi guarda negli occhi. «Dimentica che sia successo qualcosa, okay?»

Mi scivola accanto e si dirige verso la sua auto.

«E se non volessi dimenticarlo?» le grido dietro.

Lei sale in auto ed esce sgommando dal parcheggio.

Resto lì, stordito, per un momento. Non ha torto. Non c'è futuro, con noi che viviamo sulle coste opposte. Lo rende più allettante, in un modo contorto? Non c'è il rischio di danni permanenti se sappiamo che c'è una scadenza naturale.

Mi passo una mano tra i capelli. Che cosa sto facendo? Sembra che non riesca a pensare in modo razionale quando si tratta di Eve. Tutto ciò che so è che è la prima volta che mi succede dopo il divorzio, e voglio disperatamente di più.

La disperazione non è una buona cosa. Nessuna donna avrà più quel potere su di me. La mia vita va benissimo così. È perfetta.

Maledizione. Continuo a non avere il suo numero.

5

Eve

Sono seduta in auto nel vialetto di Jenna e faccio qualche respiro profondo per calmarmi mentre cerco di conciliare le mie azioni e le mie parole. Lo sto respingendo in ogni modo e poi che cosa faccio? Lo bacio! È tutta colpa mia. Quando eravamo così vicini ho ricordato com'è stato elettrico tra di noi, come può essere tenero, il modo in cui sembrava sapere quando accelerare le cose proprio al momento giusto per darmi un orgasmo esplosivo.

Appoggio la fronte sul volante. Ecco qual è il problema. Il problema di una notte da quattro orgasmi. Dominic è intelligente, favoloso e tenero. Mia sorella e Audrey pensano che sia meraviglioso. Non posso negare che stia facendo un gran bel lavoro. Jenna mi ha detto quanto è impegnato nella scelta dei cani da terapia per i veterani. Tutti segnali che indicano un vincente, un eroe in tutti i sensi del termine.

Ma che cosa dovrei fare? Lasciarmi coinvolgere solo per dirgli addio dopo due giorni? Lo vedrò domani alla Fiera del Raccolto d'Autunno e partirò il giorno dopo. È già orribile che mi si spezzerà il cuore perché dovrò lasciare Theo e Jenna. Devo proprio aggiungere Dominic?

No. Tutta la faccenda è stata solo una bizzarra coincidenza. Ho una vita a Los Angeles. Lui è radicato qui. Fine della storia.

Prendo il telefono dalla borsa e mando un messaggio ad Audrey, dicendole una piccola bugia, cioè che Jenna ha bisogno di me. Lei mi risponde con un allegro: *Nessun problema! Ci pensiamo Dominic e io. So che il bambino ha bisogno di te più di noi.*

Lascio andare il fiato. Immagino che dovrei entrare e tenere fede alla scusa che avevo usato per andarmene. Dirò a Jenna che non hanno bisogno di me fino a domani. Sono sicura che sarà felice per l'aiuto con il bambino.

Il mio telefono vibra con un messaggio. Oh, merda, è il mio capo, Matt.

Lo sciopero degli scrittori è ufficiale, comincia lunedì mattina. Sembra che avrai più tempo libero. Controlla la mail per i particolari.

Mi sbatto la mano sulla bocca. Si era parlato di un possibile sciopero durante la prossima estate, prima che cominciasse il lavoro per la nuova stagione. Invece si bloccherà tutto a metà della stagione.

Clicco sulla mia e-mail per leggere delle fallite contrattazioni per i nuovi contratti con la TV e l'associazione dei produttori. Si trattava degli aumenti percentuali per la solita roba e anche per i contenuti digitali. Mi premo una mano sulla testa. Il sindacato degli sceneggiatori conta sullo sciopero inaspettato a metà della stagione per avere più potere contrattuale. L'ultima volta in cui avevano scioperato, prima che io cominciassi a lavorare nell'industria, il fermo era durato tre mesi. È un periodo lungo da passare senza un salario.

I miei pensieri mi rimbalzano nella testa. Come farò a pagare l'affitto? Avevo usato la maggior parte dei miei risparmi per fare un film durante il mio tempo libero, basato su una mia sceneggiatura originale. Sfortunatamente non aveva vinto un premio in nessuno dei festival del cinema, quindi non era stato distribuito. Era una storia su due sorelle che si ritrovavano, liberamente basata sulla mia vita. A Jenna era piaciuto.

Riceverò il sussidio di disoccupazione? Una veloce ricerca su Google conferma che non ne ho diritto. Non c'è per gli scioperi sindacali in California.

Leggo tutta la mail del mio capo. C'è la possibilità di avere un prestito tramite il sindacato se corro il rischio di perdere la casa o altre circostanze catastrofiche. Okay, è un cuscinetto, ammesso che mi approvino. Mi sento stringere lo stomaco. Non mi piace l'incertezza quando pensavo che, nella mia vita, tutto fosse scolpito nella pietra.

Jenna appare sul vialetto e mi saluta attraverso il finestrino.

Scendo, ancora un po' stordita. «Ciao.»

«Stai bene? Ti ho sentita arrivare ma sei rimasta in auto così a lungo che mi sono preoccupata. Non ti senti bene?»

«No, sto bene. Ho aiutato con le decorazioni per la raccolta fondi, ma avevano abbastanza gente, quindi sono tornata per aiutare te.»

Jenna mi rivolge un'occhiata preoccupata. «Sembra che abbia ricevuto cattive notizie. Vieni dentro. Ti faccio una tisana.»

«Theo sta dormendo?»

«Eli sta camminando con lui in braccio, cercando di farlo addormentare. Se non funziona lo porterà a fare un giro in auto. Stiamo imparando che lo fa addormentare di sicuro. Il problema è trasferirlo dall'auto alla culla senza svegliarlo.»

La seguo dentro. «Ciao, Eli.»

Theo emette un ululato.

«Ciao, Eve.» Eli gli dà qualche colpetto sulla schiena. «Va tutto bene, amico. Sei solo troppo stanco. Andiamo a fare un giretto in auto.»

«Controlla prima il pannolino» gli dice Jenna.

Eli solleva il bambino e annusa. «Ben detto. È ora di cambiarlo.» Lo porta al piano di sopra.

Jenna va in cucina, riempie il bollitore e lo mette sul fuoco. A entrambe piace la camomilla per il suo effetto calmante.

Mi siedo al tavolo della cucina. Jenna mi raggiunge con un paio di tovaglioini e un piatto di biscotti con le gocce di cioccolato che hanno un profumo paradisiaco. Li spinge verso di me.

«Stavi facendo i dolci?»

«Sì, mi rilassa. Sono abituata a fare dolci per ore e ore ogni giorno. La mia assistente sta facendo un ottimo lavoro in mia assenza, ma mi manca.»

Prendo un biscotto. È ancora caldo! Do un morso al biscotto morbido con le gocce di cioccolato che si sciolgono e chiudo gli occhi per un momento di estasi *biscottosa*.

Jenna ride e dà un morso al suo biscotto. «La cosa che mi piace di più.»

«Potrei mangiare tutto il piatto. Sono così buoni. Non mi meraviglia che abbia aperto una pasticceria. Non ho ancora provato tutto quello che fai.»

«C'è parecchia roba da provare e cambia a ogni stagione. Adesso che è autunno, opto per i gusti alla zucca, cannella e mela. L'inverno è pieno di dolci al cioccolato, menta e pan di zenzero. La primavera richiede roba più leggera, con la vaniglia e la frutta e l'estate ovviamente sono i sandwich di torta e gelato. Tu sei stata qui solo in estate.»

«I brownie sono stagionali?»

«Quelli li ho sempre. Allora, adesso che hai avuto la possibilità di dare al cioccolato e allo zucchero il tempo di fare la loro magia, che cosa ti preoccupa?»

Appoggio il biscotto sul piatto. «Il sindacato degli scrittori ha dichiarato lo sciopero a partire da lunedì, quindi sono ufficialmente senza lavoro finché non sarà firmato un nuovo contratto con la TV e l'associazione dei produttori cinematografici.»

«Puoi restare più a lungo!» esclama.

Resto a bocca aperta. Non ci avevo ancora pensato. «Immagino sia vero.»

Jenna allunga le mani verso di me, le vado incontro a metà strada e ci stringiamo le mani. «È così eccitante. Stavo proprio dicendo a Eli com'ero triste perché saresti partita domenica.

Sei arrivata solo martedì. Non era nemmeno un'intera settimana. E adesso puoi restare di più. Quanto durano gli scioperi degli scrittori?»

«Non lo so. L'ultimo è durato tre mesi.»

«Potresti essere qui per il primo Giorno del Ringraziamento e anche il primo Natale di Theo!»

«Sarebbe bello» dico distrattamente, con la mente che corre a Dominic. Ha detto che non riusciva a smettere di pensare a me. Se resterò a Summerdale come farò a resistergli? Diversamente da Los Angeles, Summerdale è abbastanza piccola che potrei imbattermi spesso in lui.

Devo proprio resistergli? Potrei trasformare la mia fantasia di una relazione con un uomo eccezionale come Dominic in qualcosa di reale?

Ma alla fine dovrò tornare alla mia vita a Los Angeles.

Una fine naturale alla nostra relazione, in un certo senso la rendeva meno paurosa, ma avrebbe portato al crepacuore. Non voglio l'angoscia e la tortura del desiderio insoddisfatto. Voglio ciò che hanno Jenna ed Eli: amore vero, senza torture di sorta. Anche se in passato non è stato tutto facile per lei, adesso è così. Meglio saltare quella parte.

Sto effettivamente cominciando a credere a un lieto fine con un uomo? Mi si stringe lo stomaco a quel pensiero. Non sono ancora pronta, ma sto cominciando a *voler* credere a un lieto fine per me. Semplicemente non potrà essere con Dominic a causa di queste particolari circostanze. È comunque un progresso il fatto che lo stia perfino considerando per il mio futuro. Va bene non essere pronta, mi dico, rassicurandomi.

«Mi dispiace» dice Jenna. «Eccomi qui, tutta eccitata perciò che potrebbe significare per me. Devi essere preoccupata perché sei senza lavoro.»

«È così.» E anche preoccupata su come farò a resistere a un veterinario straordinariamente sexy.

Chiaramente è l'unica strada sicura. È stato il collegamento a Jenna che ci ha fatto trovare, per fare acquisti per un bambino nello stesso momento e adesso è il collegamento con

Jenna che ci tiene in città nello stesso momento. Non ho intenzione di abbandonare Jenna solo per evitare Dominic.

«Puoi restare con noi» mi dice. «Non preoccuparti per niente. Ti aiuterò a pagare l'affitto e potrai ripagarmi quando riprenderai a lavorare.»

«Lo apprezzo, ma non sarà necessario. Posso chiedere un prestito tramite il sindacato.»

«Io sono meglio di loro. Non serve fare domanda.» Si china verso di me. «Ehi, non devi più fare tutto da sola. Hai una famiglia. Me, Eli, Theo.»

Mi si riempiono gli occhi di lacrime. «Non voglio approfittare di te. Hai appena avuto Theo. Non stai lavorando...»

«La pasticceria va benissimo anche senza di me. Non preoccuparti.»

Il bollitore fischia e Jenna va a preparare la camomilla. Sono contenta di stare più a lungo con Jenna. Adoro Theo e so di esserle di grande aiuto.

Jenna mi guarda voltando la testa. «E adesso avrai tempo per lavorare senza distrazioni alla tua sceneggiatura.»

Eli appare in cucina con Theo che si sta agitando. Ecco una distrazione enorme, ma non mi dispiace e sorrido come una sciocca guardando il mio nipotino. È tutto ciò che c'è di bello al mondo. Puro amore. Lo sciopero degli sceneggiatori mi regala un po' più di tempo per restare con lui.

Eli va da Jenna. «Okay, l'ho cambiato. È ora di un giretto in auto.»

Jenna bacia Eli e poi Theo. «Indovina? Eve resterà con noi più a lungo. Il suo sindacato è appena entrato in sciopero.»

«Sono contento di avere il tuo aiuto» dice Eli entusiasta. «Cioè, intendevo dire, che sia venuta a trovarci.»

Mi fa ridere. «Sono sicura che avere una babysitter gratis addolcisca la situazione.»

Eli sorride. «Difficile credere che ci vogliano tre adulti per occuparsi di un bambino.» Torna serio. «Averti qui significa moltissimo per Jenna e me.»

«Anche per me» dico.

Jenna ci porta la camomilla in due tazze di porcellana a

fiori rosa. È sorprendentemente casalinga se si pensa che lavorava nella IT, gestendo complicati sistemi di computer. Forse è stata l'influenza della mamma su di lei. Papà e io ce la cavavamo con il cibo da asporto e un mucchio di pasta. Io mi occupavo di gran parte delle faccende domestiche e nemmeno tanto bene.

Bevo un sorso di camomilla.

«Allora, che ne pensi del dottor Russo?» mi chiede Jenna e io quasi sputo la tisana. Invece mi soffoco.

Jenna mi fissa. «Tutto bene?»

Tossisco. «Sì, è andata dalla parte sbagliata.»

«Oh, temevo che fossi partita col piede sbagliato con il dottor Russo.»

«No» riesco a dire, continuando a tossire un po'. Decido di non parlare della mia notte con Dominic e della mia decisione. Non voglio che si preoccupi che possa avere problemi sostituendola alla Fiera del Raccolto d'Autunno.

«Dominic» dice. «Immagino che a questo punto potrei chiamarlo per nome dato che faccio così spesso la volontaria con lui. È scapolo, sai.»

Cerco di apparire imperturbabile. «Me l'ha fatto notare Audrey.»

Jenna guarda il soffitto. «Audrey dice che sono usciti a bere qualcosa, ma che non era successo niente. Non mi sorprende. Il cuore di Audrey è ancora prigioniero di un uomo completamente ignaro il cui nome fa rima con Mu Mobinson.»

Mi metto a ridere. «Drew Robinson?» È il fratello maggiore di Eli.

«E chi altro? È successo qualcosa tra loro due e lei non ne parla. È così irritante. Sono sua amica da una vita e non vuole comunque raccontarmi i particolari.»

Faccio spallucce. «Forse non c'è niente da dire. Magari non è successo niente del tutto con Drew ed è imbarazzata perché la gente continua a chiedere di lui.»

Jenna beve un sorso di camomilla. «No, sono piuttosto sicura che sia successo qualcosa. Audrey ha questo tic. Si arrotola i capelli sul dito quando mente, anche quando dice una bugia piccola piccola e comincia a fare quel gesto ogni volta che si parla di Drew.» Alza un dito. «La stessa cosa è successa quando ha detto di essere uscita con Dominic.»

«Lui ha accennato al fatto che sono solo amici.»

«L'ha detto a te? Interessante. Forse l'ha detto perché vuole chiederti di uscire con lui.»

Scuoto la testa. «Che senso avrebbe? Me ne andrò presto.»

«Non lo sai. Potrebbero volerci tre mesi. Possono succedere un mucchio di cose in tre mesi. Io ho chiesto a Eli di sposarmi un giorno prima della scadenza dei tre mesi della nostra spettacolare relazione.»

«Oh, e adesso è spettacolare. A quel tempo pensavi che fossero montagne russe. Vi siete lasciati più volte.»

«Perché avevo paura. Lui ha insistito abbastanza a lungo e mi è entrato di nascosto nel cuore. Mi preoccupa che tu sia proprio come me, se non forse anche peggio perché hai scelto intenzionalmente di restare single. Io stavo inconsciamente rovinando le mie relazioni.»

Rido. «Giusto. È molto meglio.»

Jenna mi rivolge un'occhiata ironica. «Anche Dominic è divorziato.»

«E sta cercando di voltare pagina.»

«Voglio solo dire che avete qualcosa in comune.»

«Un mucchio di gente ha un divorzio in comune. Non significa che dovrebbero stare insieme.»

«Okay, hai ragione. Ma è favoloso, vero?»

«Non l'ho notato» dico con finta pudicizia.

Jenna mi dà una botta scherzosa sul braccio e scoppiamo entrambe a ridere.

～

Dominic

La Fiera del Raccolto d'Autunno si tiene su un ampio terreno erboso con alti alberi ombrosi accanto alla chiesa presbiteriana. È una serena giornata d'autunno in una bella ambientazione e mi piacerebbe godermela, ma non ci riesco perché Eve è in ritardo. Ho dovuto occuparmi io di tutto: l'installazione della tenda, i tavoli e le sedie, la roba per la lotteria, l'area per i far incontrare i randagi e le gabbie per gli animali da adottare. Jenna sarebbe già stata qui.

Sono seduto con in grembo PJ, un anziano Boston terrier bianco e nero. È un po' la mia mascotte dato che nessuno lo vuole adottare. Non so se sia perché è vecchio o perché sembri perpetuamente irritato e superiore a tutto. Non può farne a meno, con quel muso rincagnato, le guance pendule e gli occhi stanchi. La gente non si eccita con lui come con gli altri cani. Diavolo, lui non si eccita nemmeno per me e sono quello che passa la maggior parte del tempo con lui. Gli voglio bene comunque.

La fiera è in pieno svolgimento, con ragazzini che corrono dappertutto e genitori che li rincorrono quando finalmente Eve si fa viva.

«Non è una perfetta giornata d'autunno?» mi chiede quando si avvicina. «A Los Angeles mi manca il foliage d'autunno. Guarda quelle perfette nuvolette bianche.»

Borbotto che sono d'accordo. Vederla in un corto abitino giallo che le svolazza intorno alle gambe quando cammina non mi aiuta. Perché la desidero tanto? Mi respinge, si rifiuta di darmi il suo numero di telefono e arriva tardi per il volontariato. Ieri sera se n'è andata presto. Ovviamente quel bacio potrebbe avere qualcosa a che fare.

«Bel camice» mi dice raggiungendomi al tavolo.

«Serve, quando si maneggiano gli animali.»

«E chi è questa bellezza?» Tende la mano perché PJ la annusi. Le sue orecchie puntute si voltano verso Eve. PJ spalanca gli occhi e le dà una delle sue classiche occhiate altezzose.

«Questo è PJ.»

«Aww! Non sei adorabile?» gli chiede e lo accarezza dietro le orecchie. Lui glielo permette, chiudendo gli occhi. Quando Eve smette, lui sbuffa e le tocca la mano perché ricominci.

Wow. Gli piace davvero. Di solito nessuno gli piace tanto da fargli cercare le carezze, tranne me, ma io sono quello che gli dà continuamente i biscottini. Lei non ha nemmeno un biscotto in mano.

Eve lo prende in braccio e se lo sistema in grembo. «PJ, sono sicura che attirerai una folla che parteciperà alla lotteria e andrà a vedere tutte quelle bellezze.» Dà un'occhiata ai gatti e ad altri due cagnolini. Poi si avvicina al suo orecchio e gli dice: «Però tu sei il più carino».

PJ si appoggia al petto di Eve e sospira.

Il cuore mi si apre in due. Non riesco nemmeno a irritarmi con lei quando è così brava con gli animali. È un'erba gatta sexy.

No, non lasciar perdere. Avrebbe dovuto venire ad aiutare.

«Scusa se ho fatto tardi. Jenna ha avuto un'emergenza con il bambino. Il cordone ombelicale si è staccato prima di quanto pensasse e c'era del sangue. Voleva portare Theo al Pronto Soccorso e lei ed Eli stavano discutendo su che cosa fare. Eli era deciso a evitare l'ospedale perché Theo è così piccolo e lì ci sono un mucchio di germi. Così, mentre discutevano, il bambino ha cominciato a piangere e le cose sono peggiorate perché Jenna pensava che gli facesse male.»

«Quindi alla fine sono andati al Pronto Soccorso?»

«Fortunatamente io ho mantenuto la calma e ho cercato su Internet, scoprendo che il sanguinamento è normale quando cade il cordone ombelicale e che può succedere entro una o tre settimane. È passata una settimana da quando è nato. Gliel'ho detto e poi ho preso in braccio Theo e l'ho calmato mentre Jenna scoppiava in lacrime. Tutti quegli ormoni da neomamma sono difficili da gestire.»

Immagino sia una scusa valida. «Pensavo mi avessi dato buca per non aiutarmi a installare tutto quanto.»

«Un uomo forte come te poteva farcela da solo, giusto?» Si guarda attorno. «C'è un mucchio di gente qui intorno. Sono sicura che qualcuno ti avrebbe aiutato se fosse stato un lavoro che richiedeva due persone.»

Questo posto è pieno di volontari, oltre alle famiglie che si godono la giornata. Non è quello il punto. Parte del motivo per cui sono arrabbiato è che la voglio e non *voglio* volerla.

Una famiglia si avvicina con una ragazzina dai capelli rossi con le treccine. «Posso accarezzare il tuo cane?» chiede a Eve.

«Certo» dice Eve. «Toccalo molto gentilmente proprio qui, dietro l'orecchio.»

«Le sue orecchie sono un triangolo» dice la ragazzina.

«È vero» le risponde Eve. «Penso che lo aiuti a sentirci proprio bene.»

Eve è brava con gli animali e anche coi bambini. Non che importi. Partirà domani e non vuole legami di sorta. Mi dimostra quello che pensavo: non esiste una brava donna su cui puoi contare per il lungo periodo.

Una volta tanto, detesto avere ragione.

Mi presento ai genitori e dico loro della lotteria con i buoni omaggio del Summerdale Sweets. Mentre compilano dei biglietti della lotteria, faccio il mio solito discorso sugli animali, indicando le gabbie.

«Dietro di me ci sono gatti e cani che cercano una casa. Fatemi sapere se volete vederne uno e sarò lieto di estrarlo dalla gabbia. Laggiù c'è un'area gioco dove potete sedervi con loro.» Indico alle mie spalle il recinto portatile che uso sia al rifugio sia in città. «Anche PJ è adottabile, se non vi dispiace un cane più anziano.»

PJ li guarda con la solita espressione altezzosa. Annuiscono ma non lo accarezzano. Poi si affrettano a portar via la figlia.

«Io prenderei PJ se potessi» mi dice Eve.

«Davvero?»

Lei lo accarezza e gli bacia la testa. Non sono mai stato geloso di un cane prima d'ora. «Sì, mi piace la sua buffa espressione ed è veramente tranquillo.»

«È perché è vecchio. Non affronterebbe bene il volo per via del muso corto, quindi non puoi portarlo con te. Non respirerebbe bene. Ed è un vero peccato, perché in due anni da che è qui nessuno ha voluto adottarlo.»

«Non potrei comunque. Il mio condominio non permette di avere animali. Perché non lo adotti tu?»

«L'ho già fatto, in un certo senso. Sta sempre nella mia sala d'attesa o nel mio ufficio.»

«Ma non lo porti a casa con te.»

«Continuo a sperare che trovi una casa fissa.»

«Ho la sensazione che per lui sia la tua.»

Alzo il muso di PJ. «È vero? Sono costretto a tenerti?»

Eve lo coccola stringendolo a sé. «È lui che è costretto a tenere te. Saresti fortunato ad averlo.»

«Forse lo farò.»

«Che bravo veterinario sei.»

Smetto di trattenere il fiato. «Pensavo che potesse essere imbarazzante, dopo...»

«Non partirò domani.»

Inarco le sopracciglia, sorpreso. «No?»

Eve continua a guardare PJ, accarezzandolo dolcemente. «No. Il sindacato degli scrittori ha dichiarato lo sciopero. Jenna ha bisogno di me, quindi resto.»

Un barlume di speranza mi fa sedere più eretto. «Per quanto tempo?»

«Non ne ho idea. Una settimana? Un mese? Spero non sia per troppo tempo, visto che non mi pagheranno.»

Mi chino verso di lei. «Il lato positivo è che avrai più tempo da passare con PJ.»

Sorride e finalmente mi guarda negli occhi. «E mio nipote.»

«Sembra che non ci sia motivo per non passare più tempo insieme anche noi.»

«Dominic, prima o poi tornerò a Los Angeles.»

«Possiamo mantenere le cose informali.»

Eve mi rivolge un sorriso sexy. «Posso averlo per iscritto?»

6

Nascondo un sorriso. Non sono disperato, gente, anche se Eve sembra mi abbia conquistato più di quanto mi piacerebbe ammettere. «Possiedo la mia clinica veterinaria e di recente ho costruito il rifugio per animali. Io sono radicato qui.» *E non solo per il mio lavoro.* «E decisamente non sono interessato a una relazione, specialmente a lunga distanza.»

Eve mi dà un'occhiata di sottecchi. «Jenna mi ha detto che sei divorziato.»

Distolgo lo sguardo, non voglio parlare di quel casino. Un dramma a quell'epoca e, adesso che Lexi è tornata nella mia vita, un nuovo dramma durante le mie visite ogni due domeniche al suo appartamento in città. Non riesco a parlarne senza incavolarmi. Fortunatamente proprio in quel momento si avvicina una coppia di anziani e non devo rispondere alle sue domande. Li conosco, sono i signori Chesterman. Ho dovuto mettere a dormire per sempre il loro vecchio gatto, dopo averlo curato a lungo per un cancro. È la parte più difficile del mio lavoro.

Mostro loro una coppia di gatti tricolore, madre e figlia che ho appena ricevuto, e, grazie al cielo, se ne innamorano subito. Non c'è niente di meglio di trovare una buona casa per gli animali. Metto i gatti insieme in un grande trasportino di cartone che uso in questi eventi.

«E riceverete cinque biglietti della lotteria in omaggio» dico loro.

Eve porge i biglietti, io consegno il trasportino al signor Chesterman e raggiungo Eve al tavolo.

La signora Chesterman mi sorride. «Se vinceremo, manderemo a lei gli omaggi del Summerdale Sweets. È un uomo così dolce.» Poi si rivolge a Eve. «Si è preso cura del nostro Oreo e, quando è arrivato il momento di dire addio, ha dimostrato una tale compassione e sensibilità. Spero che apprezzi ciò che ha con lui.»

«Buono a sapersi, ma, noi... noi non stiamo insieme» dice Eve.

«No?» chiede, guardandoci. «Sembra veramente di sì.»

Il signor Chesterman annuisce. «Sembrate una coppia. Siete ben accoppiati.»

Eve scuote la testa.

«È qui solo come volontaria, oggi» dico. «Grazie per aver adottato Dorothy e Myrtle. Sentitevi liberi di dare loro un altro nome.»

«Dot e Myrtle sono perfetti» dice la signora Chesterman.

Quando se ne vanno, Eve dice a PJ: «Non perfetti come te».

Non riesco a resistere. «Ceni con me stasera?»

«È il codice per una sveltina?»

«No.»

Eve mi dà un colpetto con la spalla. «Maledizione, ci speravo.»

Curvo le labbra in un sorriso. Sembra promettente. Prendo il telefono. «Quindi avrò finalmente il tuo numero di telefono.»

Eve prende il mio telefono e inserisce il suo numero. «Quando hai ottenuto il divorzio?»

«Tre anni fa. Ed è tutto ciò che dirò al riguardo.»

«Sono divorziata anch'io. Jenna mi ha detto che abbiamo quello in comune.» Mi restituisce il telefono. «E abbiamo entrambi una cicatrice sul ginocchio.»

«Se ti avessi trovato su un'app di incontri e avessi letto:

divorziata, cicatrice sul ginocchio, non interessata a una relazione seria, mi sarei buttato immediatamente.»

Eve ride con gli occhi azzurro pallido che scintillano. «Ci scommetto.»

Eve

Sono un po' sulle spine ora che ho praticamente accettato di vedere di nuovo Dominic dandogli il mio numero. Credo che la pensiamo allo stesso modo, decidendo di vederci in modo informale ma c'è sempre la possibilità che ci siano casini e complicazioni. Ho passato un'ora aiutandolo allo stand e sto per scappare, ehm, scusate, per una sosta molto necessaria. Quando sto per passare PJ a Dominic, Audrey appare al nostro tavolo.

«Ehi ragazzi.» Non è vestita nel suo solito modo modesto (camicetta abbottonata e pantaloni sartoriali), oggi ha una camicetta a fiori con un profondo scollo a V, jeans aderenti e stivali neri alla caviglia, col tacco. Si è anche truccata, labbra rosa e trucco più pesante ai begli occhi azzurri. Sembra che stia andando a un appuntamento.

Mi dà un'occhiata veloce prima di rivolgersi a Dominic. «Adesso che Jenna è occupata con il bambino, pensavo di fare più volontariato con te. Con gli animali, ovviamente» aggiunge ridendo.

«Grande!» esclama Dominic. «Eve sarà in città ancora per un po' dato che il suo sindacato è in sciopero. Forse voi due potrete lavorare insieme.»

«Certo.» Si china verso Dominic, sorridendo. «Cinder sta meglio con il nuovo cibo. Sono così contenta che ci sia un grande veterinario in città.»

«Perfetto! Penso che la sua energia aumenterà tra qualche settimana con le iniezioni di vitamina B.»

«Sei come l'uomo che sussurra ai gatti» dice in tono ammirato.

Dominic sorride con gli occhi che scintillano. «Sussurro anche ai cani e ogni tanto cinguetto a un uccellino.»

Audrey ride. «Sei così divertente.»

Mi irrigidisco, di colpo irritata. Sono gelosa o più invidiosa? Sono così rilassati e si parlano come veri amici. Non ho mai avuto un uomo come amico. È per quello che tutte le mie relazioni finiscono in modo orribile? L'amicizia è un prerequisito per avere successo in una relazione? Audrey e Dominic sono all'inizio di una relazione?

Forse io sono la terza ruota del carro. Mi sento stringere il petto e di colpo trovo difficile respirare.

Mi alzo e porgo PJ a Dominic. «Audrey, potresti prendere il mio posto? Vado a fare due passi per sgranchire le gambe.»

«Mi piacerebbe» dice, affrettandosi a girare intorno al tavolo per prendere il mio posto.

«Tornerai, vero?» mi chiede Dominic.

«Sì, a meno che in effetti il mio aiuto non ti serva.»

«Mancheresti troppo a PJ» dice, sollevando PJ che sbatte lentamente gli occhi.

«Uh-uh.»

Vado a fare un giro intorno alla fiera, cercando una faccia familiare. Ci sono tante famiglie nuove in città dato l'ottimo distretto scolastico. Jenna mi ha raccontato che le superiori hanno ottenuto il nastro azzurro come migliore scuola nello stato. Immagino che significhi che anche le elementari e le medie siano sopra la media. Io ho frequentato qui solo una parte delle elementari, quindi non saprei.

Nel parcheggio della chiesa c'è un campo giochi per i bambini, e tendoni dell'Horseman Inn e Summerdale Sweets. Mi fermo a quella del Summerdale Sweets, dove c'è Sydney, amica intima di Jenna da sempre, che sta consegnando brownie e biscotti a un gruppo di ragazzi adolescenti. Ha i capelli lunghi raccolti in una coda di cavallo e indossa la maglietta ufficiale del Summerdale Sweets. Dietro di lei, una bambina dorme nel passeggino con la tendina da sole tirata. Riesco solo a vedere le scarpine di pelle rosa con le margherite bianche.

Quando i ragazzi se ne vanno, mi faccio avanti. «Ciao, Sydney. Come va qui?»

«Ehi, Eve!» Si china oltre il tavolo e mi abbraccia. «Come va?»

«Bene. Sto sostituendo Jenna allo stand degli animali.»

«Lei come se la sta cavando?»

«Stanca. Ha detto che stavi lottando con la nausea mattutina, ma hai un aspetto magnifico.»

Sydney sembra irritata. «Non avrebbe dovuto dire niente.»

«Oops. Scusa. Non lo dirò a nessuno.»

«Il motivo è che sono all'inizio. Comunque per il momento sto bene. Ho mangiato una baguette, e mi ha aiutato a sistemare lo stomaco.»

Una coppia anziana si avvicina e ordina un sacchetto di biscotti da dividere.

«Sembra che tu sia piuttosto presa» dico, facendomi da parte.

«Sì, e c'è anche un mucchio di gente nel negozio di Jenna. La sua assistente sta facendo del suo meglio. Ho fatto sapere a Jenna che gli affari vanno bene.»

«Potrei aiutare qui o là.»

«No, tu torna al tuo posto. So che Dominic si appoggia molto a Jenna per farsi aiutare.»

Piego la teta. «Di solito non sarebbe qui, nel suo stand?»

Lei guarda oltre la mia spalla. «Posso aiutarvi?»

Mi volto e vedo un terzetto di ragazzine che hanno in mano delle banconote. Perché sono allo stand di Dominic se normalmente Jenna è qui nel suo stand? Sta cercando di farmi mettere con Dominic? Sarebbe stato meglio se me lo avesse detto invece di agire alle mie spalle.

Aspetto che Sydney abbia finito di servire le ragazzine con i dolci prima di insistere per avere altre informazioni. «Jenna sta cercando di farmi mettere con Dominic?»

Lei mi indica di avvicinarmi. «Non l'hai sentito dire da me. Jenna ha chiesto a me e ad Audrey di gestire il suo stand, ma poi Audrey voleva aiutare con gli animali. Non sappiamo quanto è dovuto a Dominic e quanto agli animali.»

«Quindi perché sono stata assegnata anch'io a Dominic?»

«Jenna e io abbiamo pensato che un'altra bella donna volontaria avrebbe fatto sì che Audrey si desse un po' più da fare per attirare la sua attenzione, se è quello che vuole. È troppo discreta. Agli uomini servono segnali chiari.»

«Quindi io ero un'esca.»

Sydney fa un gesto indifferente. «No, no, non un'esca. Solo un piccolo incoraggiamento per far fare una mossa ad Audrey. Eve, ha trentun anni e vuole sistemarsi con un marito e un figlio suo da molto più tempo di noi. Non pensavamo che potesse far male a nessuno, visto che sei solo in visita.» Indica lo stand dell'Horseman Inn. «Il mio personale ha tutto sotto controllo. E mio marito, quel bel demonio laggiù con il grembiule bianco, folti capelli scuri e un corpo da urlo, è abbastanza vicino da venire a prendere Quinn se serve. Ha un modo tutto suo con nostra figlia. Immagino che lo aiuti il fatto di avere tre sorelle minori.» Allarga le braccia. «Qui va tutto bene.»

Do un'occhiata allo stand degli animali, dove Audrey sembra incantata da qualunque cosa le stia dicendo Dominic. Stringo i denti. Non so come sia esattamente la situazione lì, so solo che non è il mio posto. «Okay, ci vediamo dopo.»

«Certo.»

Torno allo stand. Dirò semplicemente loro che me ne vado. Resterò con Theo e farò sapere a Jenna che d'ora in poi, non voglio che mi coinvolga nei suoi complotti. Non mi va per niente essere manipolata in quel modo.

Sono a metà strada verso il tavolo quando si unisce a me una donna anziana con corti capelli bianchi e occhi castani molto acuti. È la signora Joan Ellis, la terrificante insegnante di terza elementare di Jenna. Io non l'ho mai avuta come insegnante perché avevo lasciato la città prima di avere l'età giusta. Un fatto di cui sono molto lieta. I ragazzini tornavano regolarmente a casa piangenti dalla sua classe e pieni di compiti.

«Eve Larsen, lieta di vederti di nuovo in città.»

«Salve signora Ellis, è bello rivedere anche lei.»

«Come stanno tua sorella e il bambino?»

«Theo. Stanno entrambi benissimo.»

«Hai una fotografia?»

«Certo.» Mi fermo e prendo il telefono dalla borsa per mostrargliela.

Lei si porta una mano sul petto. «Che bel bambino. Sai che sono stata io a far mettere insieme Jenna ed Eli?»

Non è quello che ho sentito. Ripongo il telefono. «Davvero?»

Comincia a camminare verso lo stand degli animali, con una lieve zoppia dovuta a un'anca malmessa. «Ho messo insieme innumerevoli single. In effetti, sto finendo i single qui in città.»

Jenna mi aveva raccontato che la signora Ellis si riteneva una specie di Cupido, mentre tutti gli altri la chiamano segretamente Il Generale per la sua natura severa. Anche se devo ammettere che a ottant'anni e rotti (o sono novanta?) sembra si sia ammorbidita rispetto ai suoi giorni da insegnante.

Indico lo stand dove Dominic e Audrey stanno parlando a una giovane famiglia. «Ecco un paio di single, proprio lì.»

«Pfft. Non hanno bisogno del mio aiuto. Dominic le ha chiesto di uscire mesi fa. Non stanno bene insieme?»

«Non credo che stiano realmente insieme.»

La signora Ellis emette un sospiro. «È il motivo per cui i giovani single hanno tanto bisogno del mio aiuto. Non riescono ad arrivare alla conclusione con tutta la confusione creata dal non voler dare un'etichetta alla relazione e non volere essere il primo a impegnarsi. Ai miei giorni, c'era un corteggiamento formale e, qualche mese dopo, si sapeva se si era diretti verso il matrimonio o una rottura. Tutto molto più semplice.»

Arriviamo allo stand e il dolce Cupido si trasforma nel Generale proprio davanti ai miei occhi.

«Audrey, che cosa ti sta succedendo?» abbaia la signora Ellis.

Audrey sobbalza. «Generale Joan!» Poi si batte la mano sulla bocca. «Mi dispiace!»

Il Generale Joan fa una risata chioccia. «Pensi che non sapessi che voi ragazze mi chiamavate così alle mie spalle? Lo considero un onore. Il generale è l'ufficiale più alto in grado nella catena di comando.»

Audrey le fa il saluto militare.

«Un po' di rispetto, signorinella» dice seccamente il Generale.

«Mi scusi» risponde Audrey, immediatamente contrita.

«Voi due state insieme?» chiede il Generale, indicando Dominic e Audrey.

«No» dice Audrey con le guance in fiamme.

«Siamo solo amici» risponde Dominic, guardandomi negli occhi.

Il Generale mi dà un'occhiata severa prima di rivolgersi di nuovo a loro. «Audrey. Dominic ha l'età giusta per sistemarsi, è un veterano e ha una sua attività. Fai la tua mossa, ragazza!»

Audrey si liscia i capelli. «Signora Ellis, Dominic si prende cura del mio gatto e lo apprezzo. Cinder non è mai stato meglio.»

Io indico vagamente dietro di me. «Stavo per tornare da Jenna e il bambino. Sembra che voi abbiate tutto sotto controllo.»

La signora Ellis agita freneticamente un braccio verso l'altra parte della strada. «Yoo-hoo! Drew, viene qua.»

Drew Robinson, il fratello maggiore di Eli, si avvicina con la sua uniforme da karate e una cintura nera. Ci eravamo incontrati un'altra volta al matrimonio di Jenna e mi aveva salutato appena, continuando a ispezionare la stanza come se fosse in guardia. Probabilmente perché una volta era un soldato, un ex Ranger dell'esercito. C'è qualcosa di letale in lui, il modo in cui il suo sguardo si fissa sul suo obiettivo, che non è la signora Ellis. È Audrey.

Si ferma accanto alla signora Ellis, con gli angoli acuti della sua faccia per niente ammorbiditi dai capelli lunghetti e la guancia con un velo di barba. L'esatto opposto del fratello Eli, con il suo volto ben rasato e l'espressione allegra. «Salve, signora Ellis. Che cosa posso fare per lei?» Il suo sguardo torna ad Audrey e poi finisce su Dominic, diventando duro.

La signora Ellis gli dà una pacca sul braccio per richiamare la sua attenzione. «Volevo presentarti di nuovo Eve Larsen, la sorella minore di Jenna. Probabilmente non la ricorderai da quando viveva qui in città, è passato troppo tempo.»

Drew sembra notarmi per la prima volta, studiandomi in fretta il volto. Quando arriva a guardarmi negli occhi, i suoi sono cauti, nascondono il dolore. Conosco quello sguardo. L'ho avuto per anni e anni. Un'anima ferita.

«Ci siamo già incontrati» dice burbero.

«Sì, al matrimonio di Jenna. Molto brevemente, era una giornata piena.»

Il Generale Joan si rivolge a me. «Hai lasciato la città quando eri ancora molto giovane. Quanti anni hai adesso?»

E quanti anni hai tu, impicciona? «Ventinove.»

Lei indica me e Drew. «Drew ha sette anni più di te. Single e un veterano con una sua attività. Come questo,» indica Dominic «tranne che è disponibile.»

«Io sono disponibile» protesta Dominic.

Drew si dimena a disagio e dà un'occhiata ad Audrey.

Io tossicchio per nascondere una risata. «Sono ottime credenziali.»

Il Generale annuisce una volta e sembra compiaciuta. «Visto che Drew è l'ultimo single che non sono ancora riuscita ad accoppiare, penso che voi due dovreste uscire a bere qualcosa insieme.»

Audrey fissa il terreno mentre Drew fissa lei.

Non sapendo come reagire senza insultare il Generale o Drew, resto semplicemente lì immobile. È il cognato di mia sorella, dopotutto. Dovrò continuare a vederlo agli eventi di famiglia.

Il Generale Joan dà un colpetto sulla spalla a Drew. «Che ne dici di far sentire Eve benvenuta in città?»

Drew si volta verso di me. Prende un biglietto da visita

dalla tasca. «Fermati al dojo per una lezione gratuita di karate mercoledì alle sette.»

Il Generale alza gli occhi al cielo.

Io prendo il biglietto da visita. «Ho sempre desiderato imparare l'autodifesa.» E potrebbe veramente aiutarmi con un'idea che mi gira in testa per un film d'avventura con un'esperta di arti marziali come protagonista.

Drew mi rivolge un sorriso che lo trasforma da minaccioso a quasi... carino. «Ti aspetterò, Eve. Devo tornare al mio stand. Ho fatto solo una piccola pausa per prendere dell'acqua per me e Caleb. Faremo altre dimostrazioni nel pomeriggio, se vuoi vederle.»

«Devo tornare da Jenna.»

«Peccato» dice e sembra che gli dispiaccia veramente.

Che persona gentile. Beh, è il fratello di Eli.

Il Generale si allontana borbottando tra sé e sé sulle teste di legno.

Saluto Dominic e Audrey. «Divertitevi, ragazzi. Spero che troviate tante case felici per gli animali.»

«Parteciperai veramente a una lezione di karate con lui?» mi chiede nervosamente Dominic.

«Partecipo anch'io alla stessa lezione» dice allegramente Audrey. «Quindi immagino che ci vedremo lì.»

Dominic mi fissa negli occhi. «Magari ci sarò anch'io.»

«Oh, dovresti venire» gli dice Audrey. «È una lezione magnifica.»

Io mi allontano. «Sembra una festa. Arrivederci.»

Mi dirigo verso l'auto, senza aver ben capito che cos'è successo. Sembra tutto piuttosto confuso.

Quando raggiungo l'auto capisco di colpo. Il Generale Joan stava mettendo un uomo contro l'altro a beneficio di Audrey per mettere insieme lei e Drew. Quasi sicuramente. O era per Audrey e Dominic? Il Generale non mi conosce abbastanza bene per cercare da fare da Cupido per me. Inoltre, sanno tutti che sono qui sono temporaneamente.

7

Quando torno a casa di Jenna la trovo sul divano che sta allattando Theo. Ero ancora un po' scocciata per come aveva
manipolato la situazione per mandarmi allo stand di Dominic
senza informarmi prima del suo piano, ma quando la vedo
nella camicia enorme e macchiata che usa per allattare e i
pantaloni di felpa con il mio prezioso nipotino in braccio è
difficile restare arrabbiata. Sta facendo del suo meglio in
questa nuova e incasinata fase della sua vita.

«Com'è andata?» sussurra.

«Pensavo che non sussurrassimo vicino al bambino.»

«È contro il mio seno. Non voglio spaventarlo e farmi dare
un morso.»

Faccio una smorfia e mi siedo accanto a lei. «Due cose: ho
accidentalmente menzionato a Sydney la sua gravidanza.»

«Oops.»

«Già, e, secondo, lei mi ha detto che voi due mi avete piaz-
zata allo stand di Dominic solo per far fare ad Audrey la sua
mossa. Apprezzerei che mi avvertiste quando mi usate in una
situazione che coinvolge un uomo.»

«Mi dispiace. Hai ragione. Pensavamo più ad Audrey e a
metterla sulla strada giusta. Dominic è una brava persona,
quindi pensavo che non ti sarebbe dispiaciuto e comunque
per te non avrebbe fatto differenza.»

«Mmm, a proposito di quello...»

Jenna stacca Theo dal seno, si sistema la camicia e appoggia il bambino alla spalla, battendogli la schiena per fargli fare il ruttino. «Che c'è? Audrey ti ha detto qualcosa?»

«Qualcosa come?»

Jenna stringe gli occhi, cercando di apparire minacciosa. «Tipo, fuori dai piedi, quest'uomo è mio.»

La guardo con un'espressione stupita. «Audrey, la dolce bibliotecaria?»

«Lo so, lo so, ma si sente lasciata indietro con tutte noi che abbiamo dei figli mentre è lei quella che li voleva. Pensavo che forse sarebbe diventata più aggressiva nella sua ricerca di un uomo.»

Scuoto la testa. «Non credo che sappia come fare. Riguarda Dominic.»

«Hai un problema con Dominic? In città lo adorano tutti.»

«Siamo stati insieme una notte a Los Angeles.»

«Che cosa!»

Theo scoppia a piangere e Jenna si alza in piedi e cerca di calmarlo camminando avanti e indietro, dandomi un'occhiataccia. Il bambino si calma qualche momento dopo e fa un rutto, sistemandosi tra le braccia di Jenna.

Lei si siede di nuovo accanto a me, con cautela, tenendolo contro il petto. «Okay, perché lo sento solo adesso?» Spalanca gli occhi. «Oh mio Dio, è lui quello da *quattro orgasmi in una notte*, vero?»

«Sì.»

Jenna mi fissa con la bocca aperta. «Devi essere rimasta scioccata quando l'hai visto alla raccolta fondi. E oggi anche! Come hai fatto a non dire niente?»

«Non volevo che ti sentissi a disagio chiedendomi di sostituirti per il volontariato, quindi mi sono detta che andava tutto bene. Non sarebbe comunque successo niente. Avevo intenzione di far finta di niente.»

Jenna mi guarda ansiosa, aspettando il resto della storia.

«E poi l'ho baciato.»

Jenna resta nuovamente a bocca aperta.

«Lo so. È successo prima che sapessi che sarei stata in città per un po' e oggi abbiamo... flirtato un po', quindi gli ho dato il mio numero.»

«Oh, sembra una cosa seria» dice in tono scherzoso. «Gli hai dato il tuo numero.»

«Appena fatto ho cominciato ad avere ripensamenti e poi è arrivata Audrey. Quei due sembravano molto a loro agio insieme. Mi sono sentita la terza ruota del carro, quindi me ne sono andata.»

Jenna piega la testa. «A loro agio? Niente bollente attrazione chimica?»

«È difficile dirlo con Audrey.» Anche se adesso che non sono più in preda all'invidia o qualunque cosa fosse mentre li guardavo insieme, Dominic sembrava caloroso e gentile con lei, ma non che stesse flirtando. È egoistico non volere che Dominic stia con Audrey? Dominic e io comunque non abbiamo un futuro.

Do una spallata scherzosa a Jenna. «Oh! Poi è arrivato Il Generale Joan e ha detto ad Audrey di darsi una mossa con Dominic. Poi il Generale Joan ha chiamato Drew Robinson e gli ha ordinato di chiedere a *me* di uscire.»

Jenna spalanca gli occhi. «Sta facendo un gioco pesante. Quella donna ha novant'anni e non le sfugge niente.»

«L'ho pensato anch'io. Sta mettendo un uomo contro l'altro per far mettere Audrey con Drew.» *Spero.*

«O vuole che Audrey stia con Dominic, ma tu dove ti posizioni?»

«Penso di essere solo parte della sua strategia. Sa che vivo a Los Angeles, giusto? Comunque, Drew mi ha invitato a una lezione gratuita di karate mercoledì a cui partecipa anche Audrey e Dominic ha detto che ci sarà anche lui.»

Jenna mi guarda stringendo le labbra, riflettendo per un momento. «Sai, Audrey ha sempre avuto una cotta per Drew, ma lui la tratta come l'amica della sua sorellina. Audrey partecipa a quella lezione di karate da mesi. È cintura gialla e punta a qualunque colore sia il prossimo. Vera dedizione e Drew la tratta come qualunque altro studente.»

«Allora, il fatto che io sia qui l'aiuterà o danneggerà le sue possibilità con lui?»

«Ti interessa Drew?»

«Solo per la mia sceneggiatura. Ho un'idea per un'eroina con un passato oscuro che pratica le arti marziali. Forse potrebbe darmi qualche dritta, solo essendo se stesso.»

«Allora non so perché dovrebbe danneggiare Audrey. Forse avrà due uomini che si battono per lei.»

Mi si annoda lo stomaco. Drew e Dominic che lottano per il cuore di Audrey. Non ho alcun diritto su Dominic. Sono solo una distrazione temporanea nella sua vita qui.

Jenna sorride. «È il suo grande momento. Finalmente sarà adorata.»

Accarezzo la schiena di Theo. «Giusto. Buon per lei.»

«Devi andare a quella lezione.»

Stasera Jenna è in crisi per la visita dei nostri genitori. Ha mangiato sei biscotti e poi ha cominciato a correre su e giù dalle scale, temendo di passare troppo zucchero con il latte a Theo, finendo per farlo stare sveglio tutta la notte. Alla fine le ho detto di fare un pisolino mentre io mi occupo del bambino.

I nostri genitori arriveranno da un momento all'altro. Eli sta finendo il suo turno al lavoro.

«Che ne pensi, Theo?» gli chiedo mentre lo porto a fare un giro al piano di sotto, soggiorno, sala da pranzo, cucina e ritorno. «Sei pronto a conoscere i tuoi nonni?» Sfortunatamente i genitori di Eli sono morti entrambi, quindi questi sono gli unici nonni di Theo. Hanno entrambi compiuto da poco i cinquant'anni. Jenna e io siamo nate quando erano giovani. La mamma aveva lasciato il college al primo anno per avere Jenna e anche papà lo aveva fatto, dovendo lavorare a tempo pieno. I loro genitori avevano tagliato i ponti per via della gravidanza fortuita. Non doveva essere stato facile per loro.

Guardare le cose dalla loro prospettiva mi aiuta a mantenere un atteggiamento comprensivo. Nessuno è completamente buono o cattivo. Io sono più legata a papà perché ho vissuto con lui. Mi aveva incoraggiato a scrivere e quando la mia migliore amica, l'unica che avevo, mi aveva tradito alle superiori, papà e io avevamo passato un mucchio di tempo insieme guardando film. Probabilmente è ciò che alla fine mi aveva convinto a diventare una sceneggiatrice.

«Le cose diventano più complicate quando cresci» dico a Theo. «Goditi questo tempo mentre puoi.»

Theo gorgoglia. Gli do un colpetto sulla schiena nel caso in cui abbia bisogno di fare un ruttino. «Ecco fatto.»

Sento un'auto che si ferma nel vialetto e guardo fuori dalla finestra. «Sono arrivati e ci siamo solo noi due. Detesto svegliare la tua mamma.»

Vado alla porta e la apro prima che bussino. «Salve!»

La mamma si affretta a entrare. «È lui?»

«No, ho in braccio un bambino a caso.»

Lei mi dà un'occhiata che dice che non è divertente. «Bello vederti, Eve. Stai benissimo.» La mia famiglia è tutta composta da gente bionda, alta e snella. I capelli di papà stanno diventando bianchi in qualche punto e ha le guance più tonde del resto di noi che lo fa apparire amichevole e socievole. La mamma si tinge i capelli, quindi non c'è bianco. Come aspetto, Jenna e io assomigliamo più a lei.

«Evie!» dice allegramente papà. «È passato troppo tempo. Perché hai dovuto trasferirti a Los Angeles?»

«Perché è lì che ci sono i lavori in TV.»

«Giusto.»

Mi volto e vado verso il divano. La mamma si siede accanto a me, mentre papà resta in piedi di lato, guardandosi attorno.

«Posso tenerlo?» mi chiede la mamma.

«Certo» e le passo Theo.

Lei lo coccola, tenendolo vicino al petto. Poi si sposta, sostenendo la testa con una mano mentre lo guarda con un'espressione di totale adorazione.

Distolgo gli occhi, con una gamba che va su e giù. Mi

chiedo se guardasse me e Jenna allo stesso modo. Non lo so, in effetti. Non ho fotografie di quel periodo da quando vivevo con papà e la mamma mi aveva praticamente abbandonato, rinunciando alla custodia. Agitata, faccio un inventario mentale del mio corpo, rilassando deliberatamente ogni muscolo teso, partendo dalla mandibola giù fino alle dita dei piedi. L'ho imparato durante la terapia. Ogni volta che penso di aver superato il dolore, qualcosa me lo ricorda. Forse è il motivo per cui è più facile vivere a quattromila chilometri di distanza. Niente promemoria.

Guardo papà, in piedi, rigido. «Perché non ti siedi?»

Lui si mette le mani in tasca. «Dove sono Jenna ed Eli?»

«Eli sta tornando dal lavoro. Jenna è di sopra. Vado a chiamarla.»

Mi affretto a salire le scale. Per quanto mi dispiaccia svegliare Jenna, non voglio affrontare da sola i nostri genitori. È strano che adesso siano una coppia, dopo il loro tumultuoso divorzio. E poi c'era stata quella cerimonia nuziale pasticciata, quando la mamma si era tirata indietro, e adesso vivono insieme senza il certificato di matrimonio. Forse ci sono persone destinate a stare insieme anche se non funziona la prima volta. È l'unica spiegazione, tranne definire folli i nostri genitori. Vorrei dare loro il beneficio del dubbio.

Quando arrivo nella sua camera, Jenna è già sveglia e sta fissando il soffitto.

«Ehi, sono arrivati.»

Lei soffia fuori il fiato. «Lo so. Sto solo facendo qualche respiro profondo prima di scendere.»

«Non preoccuparti, Theo è un cuscinetto fantastico. Mamma l'ha in braccio ed è già innamorata.»

Jenna si mette seduta. «Mmm, forse renderà più facili le cene di famiglia, giusto? Si concentreranno sul nipotino.»

«Forse.»

Jenna butta le gambe fuori dal letto e resta seduta per un momento. «Pensiamo alla migliore delle ipotesi. Non mi piace quanto sono stressata ogni volta che li vedo.»

«È a quello che serve la terapia. A porre dei confini netti.»

«Ah. Sembra che io abbia trovato una soluzione più facile. Avere un bambino.»

«Oh, perché non ci avevo pensato?»

Jenna ride e scendiamo. Quando arriviamo, papà ha in braccio Theo mentre la mamma è in piedi accanto a lui e parla a Theo con la voce cantilenante. «Quello è tuo nonno. Sì, è così. Che bel bambino sei!»

«Ciao mamma, ciao papà. Sembra che abbiate già conosciuto Theo.»

La mamma abbraccia Jenna. «Oh, Jenna. Theo è perfetto. Sono così felice per te ed Eli.»

«Grazie.»

«Posso offrirvi qualcosa?» chiedo.

«Acqua, per favore» dice la mamma.

«Anche per me» aggiunge Jenna.

«Io sto bene così.»

Vado in cucina mentre tutti e tre si siedono sul divano. Il telefono suona avvisandomi che c'è un messaggio e lo prendo dalla tasca dei jeans.

Dominic: *Va bene stasera a cena?*

Sento una fitta di eccitazione. Sembra che non sia successo niente con Audrey quando oggi me ne sono andata dalla fiera. Comunque me ne andrò e una parte di me teme che questa cosa tra di noi potrebbe trasformarsi in una relazione e la cosa mi spaventa a morte perché ovviamente non può funzionare vista la distanza. Inoltre nessuna delle mie relazioni ha mai funzionato.

Respiro profondo.

Io: *Penso sia meglio se restiamo solo amici.* Lo cancello immediatamente. Non voglio essere amici. Ho bisogno di distanza.

Io: *Sono veramente presa con il bambino e altra roba di famiglia.*

Nessuna risposta.

Ripongo il telefono con la bocca secca. Ho fatto la cosa giusta. Prendo due bicchieri d'acqua e torno in soggiorno, servendoli. Eli arriva proprio in quel momento. I miei genitori si illuminano quando arriva e quasi si affaccendano intorno a Eli più che a Jenna.

«Congratulazioni!» dice papà, stringendogli la mano e contemporaneamente dandogli una pacca sulla schiena, in un abbraccio da uomini.

«Sì, congratulazioni!» dice la mamma. «Assomiglia proprio a te. La tua immagine sputata.»

Eli gonfia il petto. «Grazie, ma sono sicuro che ci sia anche un po' di Jenna in lui.»

«Forse intorno agli occhi» dice la mamma. «Ma sembra più che altro un Robinson.»

Eli va da Jenna e le bacia la guancia. «Come stai?»

«Bene» dice Jenna un po' sulle sue. «Dovremmo ordinare la cena. Potresti andare a prenderla all'Horseman Inn?»

«Certamente.»

Qualche minuto dopo, Eli fa l'ordine e apparecchia la tavola per noi. È così bello vedere un uomo che si dà da fare e aiuta quando serve. Non so se sia sempre stato così o se Jenna l'abbia addestrato nel modo giusto, ma è fantastico. Papà è sempre dipeso da me per i lavori di casa, anche quand'ero molto giovane.

La visita va molto meglio del normale. Ed è tutto grazie alla magia del bambino. La mamma e il papà passano tutto il tempo guardando Theo, parlando con lui, tenendolo in braccio, mostrandogli un sonaglino. Jenna e io praticamente non dobbiamo dire niente. In effetti, mi sembra che potremmo andarcene e i nostri genitori non se ne accorgerebbero.

La mamma tiene in braccio Theo a cena, mangiando con una mano sola. Non ha voluto lasciarlo andare. «Mi mancava tenere in braccio un bambino» ci dice. «Ho amato ogni momento della vostra infanzia. Eravate entrambe così carine e dolci.» Annusa la testa di Theo. «Non c'è niente come il profumo di neonato.»

«È un momento magico» dice papà.

«Stavo giusto pensando che c'è un po' di magia infantile qui in giro» dico. «Guarda come andiamo d'accordo.»

La mamma mi guarda inarcando le sopracciglia.

Papà si schiarisce la voce. «È bello avere tutta la famiglia insieme.»

Lei torna ad ammirare il bambino mentre finiamo la cena. Eli e io ci occupiamo in fretta dei piatti e di buttare i contenitori del take-out. Quando torniamo in soggiorno c'è tensione nell'aria.

Jenna mi dà un'occhiata significativa. «La mamma vuole parlare con noi.»

Il mio sguardo va di colpo alla mamma, che sembra seria, e poi a papà, che ha un'espressione cupa.

Jenna allunga le braccia verso Theo e mamma glielo passa. Jenna lo coccola, tenendolo vicino come se fosse una barriera difensiva contro qualunque cosa vogliano dirci i nostri genitori. Spero veramente che non sia che vogliono sposarsi di nuovo.

«Beh, ragazze, non c'è un modo facile per dirlo.» La mamma fa un respiro profondo. «Ho un cancro al seno e sono prenotata per una mastectomia tra tre settimane.»

Mi sento stringere lo stomaco. *Mamma.*

«Oh, mamma» dice piano Jenna.

«Mi dispiace tanto» dico, con la gola che si chiude. Immagino di aver sempre pensato che avrei avuto tempo in futuro per ricucire i rapporti con la mamma. La possibilità di perderla mi fa venire la nausea. È troppo giovane.

«La sua prognosi è buona» dice papà.

«Sì» dice la mamma. «Una volta guarita dall'intervento, farò la radioterapia. Dovrebbe bastare quella. Volevo solo che lo sapeste.»

Jenna e io ci scambiamo un'occhiata spaventata.

A Jenna si riempiono gli occhi di lacrime. «Mamma, non ti posso perdere. Sei l'unica nonna di Theo.»

La mamma avvicina la sedia a Jenna e le mette un braccio sulle spalle. «Non mi perderai. È solo un piccolo intoppo. Ecco tutto.»

«Se posso fare qualunque cosa, fatemelo sapere» dice Eli. «Se avete bisogno di un passaggio, di fare la spesa o se volete semplicemente vedere Theo, tutto quello che dovrete fare sarà chiamare o mandarmi un messaggio.»

«Grazie, Eli. Siamo così fortunati ad averti come genero» dice la mamma.

«Veramente fortunati» aggiunge papà.

«Posso tenerlo ancora in braccio?» chiede la mamma a Jenna con la voce che trema.

Jenna le passa Theo e abbraccia lei e il bambino.

La mamma accarezza la schiena di Theo. «Il medico dice che dovrò restare lontana dal bambino durante la radioterapia, quindi voglio godermelo mentre posso. A quanto pare, sarò radioattiva per un po'.»

«Andiamo a pranzo insieme» dico io. «Fammi sapere quale giorno va bene per te la prossima settimana.»

Mi fissano tutti sorpresi. Sono un po' sorpresa anch'io. Non passo del tempo da sola con la mamma da quando ero una ragazzina.

«Beh, questo è il risvolto positivo» dice la mamma con gli occhi pieni di lacrime.

Tiro su col naso, con gli occhi che scottano e la gola chiusa. Papà mi mette un braccio intorno e mi appoggio alla sua spalla, accettando grata il suo conforto. Sembra che questa famiglia si stia finalmente riunendo.

Lascio andare il fiato che sembra veramente un sospiro di sollievo.

Lunedì mattina presto faccio una commissione veloce per Jenna, comprando pane e banane nel supermercato locale e mentre torno a casa vedo un cagnolino sul lato della strada, sdraiato sul fianco. È stato investito da un'auto?

Mi fermo e scendo dall'auto. È uno Yorkshire Terrier nero e beige. È così immobile. È morto?

Mi avvicino con cautela e il cane sbatte gli occhi. Oh, grazie al cielo. «Ciao» dico piano. «Che cos'è successo?» Non ha il collare. «Ti sei fatto male?»

Il cane cerca di mettersi in piedi e poi crolla con un gemito. Mi sento il cuore in gola. Mi accuccio accanto a lui e lo accarezzo dietro le orecchie. «Va tutto bene. Ti aiuterò io.»

Prendo il telefono dalla borsa e guardo l'ora. Le sette del mattino. Ci alziamo presto a casa di Jenna, grazie a Theo. Spero che Dominic sia sveglio.

Lo chiamo e aspetto. Il cane resta lì sdraiato, sbattendo gli occhi.

«Pronto.» La sua voce suona rauca.

«Ciao, sono Eve. Sono sulla Peaceable Lane, non lontano dal Summerdale Mart. C'è un cane ferito sdraiato sul bordo della strada. Puoi venire a dargli un'occhiata?»

«Cinque minuti. Non muoverlo.»

«Grazie!» Sta già riappendendo. Mi rivolgo al cane. «Qualcuno ti farà sentire bene in fretta.» Gli accarezzo piano la testa. «Va tutto bene, dolce cagnolino.» Lui chiude gli occhi. Allarmata, controllo che stia ancora respirando. Sì, la gabbia toracica si alza e si abbassa.

Mando un veloce messaggio a Jenna per informarla che farò tardi. I minuti passano lentamente mentre continuo a parlare a voce bassa al cane, accarezzandogli la testa.

Finalmente arriva un furgone bianco. Sulla fiancata c'è la scritta Summerdale Animal Hospital. Dominic scende dal furgone, ha un camice e porta una borsa nera.

«Che cosa abbiamo qui?» chiede, aprendo la borsa. Ne toglie un paio di guanti di lattice prima di mettersi lo stetoscopio al collo e prendere una piccola torcia.

Lo osservo mentre esamina gentilmente il cane, controllando la reazione dell'occhio alla luce e ascoltandogli il cuore.

«L'ho appena trovato qui» gli dico. «Ha cercato di alzarsi ed è crollato.»

Dominic gli muove gentilmente le zampe e il cane resta in silenzio. «Le zampe sembrano andare bene. Okay. Adesso cercherò di sollevarti piano.» Il cane geme quando lo solleva. Dominic gli guarda il fianco e lo faccio anch'io. C'è una ferita aperta con il sangue che fuoriesce. Mi sale la bile in gola. Dominic lo appoggia dolcemente sul fianco sano.

«Qualcosa ti ha dato un bel morso» dice Dominic al cane,

prendendo garze e tamponi sterili dalla borsa. «Devi essere un tipo tosto per essere scappato.» Comincia a bendare la ferita. «Eve, prendi il trasportino piccolo dal retro del furgone. È aperto.»

Corro verso il dietro del furgone dove c'è una serie di gabbie vuote per animali. Slego la cinghia intorno a quella piccola. All'interno c'è una copertina di pile. Che bel tocco per gli animali.

Quando torno, il cane ha una benda bianca avvolta intorno all'addome. Dominic apre abilmente la parte superiore del trasportino di plastica, solleva lentamente e dolcemente il cane, che si lamenta di nuovo e lo appoggia sulla copertina. Rimette il coperchio al trasportino, lo blocca al suo posto e torna al furgone.

Lo seguo. «Che cosa può averlo morso?»

«Immagino un coyote.» Rimette la cintura intorno al trasportino nel vano posteriore del furgone, continuando a parlare. «Sono in giro in quest'area e i cani piccoli per loro sono un pasto.»

Chiude lo sportello del furgone.

«Sopravvivrà?» gli chiedo con un groppo in gola.

«Farò del mio meglio. Il resto tocca a lui.»

Poi sale al posto di guida e parte.

Mi passo la mano tra i capelli. È la prima volta in cui vedo Dominic in azione come dottor Russo. È stato incredibile, gentile, abile, compassionevole. Se c'è qualcuno che può guarire quel cane, è lui.

8

Sto finendo di pranzare con Jenna quando ricevo un messaggio da Dominic che dice: *È un lottatore. Penso che ce la farà.* C'è anche una fotografia dello Yorkshire Terrier di questa mattina, sveglio, che riposa su una morbida coperta, con la benda intorno all'addome. Ha anche una flebo inserita.

«Oh, grazie al cielo.»

«Che cosa c'è?» chiede Jenna.

Le mostro la fotografia. «Dominic dice che il cane starà bene.»

«Certo che ce la farà. Non ti avevo detto che abbiamo il miglior veterinario al mondo?»

Rispondo al messaggio: *Ottime notizie! Sono così contenta che ci fossi per lui.*

Dominic: *Certo. È quello che faccio.*

Un uomo che si fa vivo quando serve. Non era per me, era per il cane, ma significa qualcosa. Mi si scalda il cuore pensandoci.

Io: *Posso vederlo?*

Dominic: *Certo.*

Mi rivolgo a Jenna. «Ti dispiace se mi fermo alla clinica veterinaria per vedere il cane?»

Jenna mi rivolge un sorriso malizioso. «Solo il cane?» Alla

mia occhiataccia, mi fa segno di andare. «Vai, è sulla Route 15.» Mi dà le indicazioni.

Annuisco e prendo la borsa. «Mi chiedo se il cane sia un randagio.»

«Se è così è nel posto giusto. Il rifugio di Dominic è all'avanguardia.»

Nascondo un sorriso, quasi timorosa di provare troppo quando si tratta di Dominic. È comunque bello sentire come cura gli animali che ne hanno bisogno.

Arrivo nel vialetto della clinica veterinaria e vedo altre tre auto. Immagino che la clinica lavori molto.

Entro nella sala d'attesa con una donna che aspetta con il suo gatto in un trasportino e un uomo più anziano con un alano sdraiato pazientemente sul pavimento.

Una receptionist bruna con un corto carré mi saluta allegramente da dietro il bancone. «Salve, posso aiutarla?»

«Sì, sono Eve. Sono qui per vedere lo Yorkshire Terrier che è stato portato qui stamattina.»

«Ah, sì, il dottor Russo ha detto di andare direttamente nella nostra saletta post-operatoria, attraverso quella porta a destra.»

Spingo la porta pesante, vado lungo un corridoio e trovo la stanza di recupero, dove Dominic sta controllando il cane, parlandogli nel contempo. La sua voce è profonda e tranquillizzante. «Che lottatore sei, Henry. I tuoi saranno così felici di vederti.» Guarda il livello delle flebo e sembra soddisfatto.

«Ciao.»

Dominic si volta in fretta. «Ciao. Non ti ho sentita arrivare.»

Vado da lui, all'improvviso sopraffatta dall'affetto per lui. Invece mi concentro su Henry, accarezzandogli la testa setosa. Gli occhi marroni sono assonnati, probabilmente per via dell'anestesia. «Quindi si chiama Henry?»

«Già. Ho trovato un microchip e ho contattato i proprietari. Lo cercavano da due giorni. Era scivolato fuori dal collare quando il loro bambino di cinque anni lo stava portando a fare una passeggiata intorno all'isolato. Henry si è messo a inseguire uno scoiattolo attraverso il bosco e il bambino è tornato in casa a cercare aiuto.»

«Era troppo piccolo per portare a passeggio un cane da solo.»

«Immagino che credessero che fosse al sicuro, sul marcia-piedi di fronte a casa loro.»

Coccolo Henry, abbassandomi al suo livello sul tavolo. «Sei un cane fortunato a essere stato soccorso dal miglior veterinario.»

«È stato fortunato che tu l'abbia trovato.» Quella voce profonda mi sconquassa dentro.

Mi raddrizzo e i nostri sguardi si incontrano. L'aria tra di noi è piena di tensione. Non mi ero resa conto di quanto fossimo vicini. Riesco a sentire il suo calore. Ogni parte di me vorrebbe toccarlo.

Sento il cuore battere contro la gabbia toracica mentre abbassa le palpebre sugli occhi azzurri e abbassa lentamente la testa verso la mia.

Si sente una voce di donna. «Dottor Russo, abbiamo un'altra emergenza. La signora Rankin è appena entrata nel parcheggio. Grover si è rotto due denti su un osso e c'è un mucchio di sangue.»

Dominic scuote la testa. «Ripeto a tutti i miei clienti che le ossa sono troppo dure per i denti di un cane. Mi dispiace, devo andare. Resta per tutto il tempo che vuoi con Henry. Gli farebbe bene un po' di compagnia prima che arrivi la sua famiglia.»

«Certo» dico, un po' stordita dal quasi bacio.

Dominic esce dalla stanza, deciso e sembrando proprio un eroe.

Mercoledì ho incontrato la mamma a pranzo al Summerdale Pizza. Ho scelto apposta questo posto perché pensavo che sarebbe stato un pranzo veloce e che, se le cose fossero diven-tate imbarazzanti, avremmo potuto andarcene in fretta entrambe. Lo so che sembra che abbia già un piede fuori dalla porta, ed è così. Sono sempre stata più vicina a mio padre e lui ci è sempre stato per me, non come mia madre, nemmeno da adulta. Lui è nuovamente innamorato di lei e lo devo accettare. E fare pace con la mamma prima che sia troppo tardi. E se morisse?

Mi mordo il labbro. È difficile non preoccuparsi. È comunque mia madre.

Alzo gli occhi proprio mentre entra, insicura di come la accoglierò, guardandomi speranzosa negli occhi. Non l'ho mai vista così vulnerabile. È sempre stata fiera e sicura di sé.

La saluto dal separè agitando la mano.

Lei si avvicina sorridendomi. «Che cosa desideri? Offro io.»

«Una fetta di pizza al salame piccante e...»

Lei sorride. «Limonata.» Era la mia bibita preferita quando andavamo al ristorante da bambine.

«In effetti adesso mi limito all'acqua.»

Il sorriso sparisce. Certo.»

La mamma va al bancone per fare l'ordine e io resto seduta cercando possibili argomenti di conversazione. Che cosa abbiamo in comune, oltre ai nostri geni? Jenna, papà, Theo ed Eli. Non voglio impegnarmi in una conversazione troppo impegnativa per il nostro primo pranzo. È appena l'inizio, stiamo cominciando ora a ristabilire i contatti.

Poco dopo mi raggiunge con la nostra pizza e da bere. Accenna un sorriso. «Sono così contenta di averti potuta incontrare.»

«Anch'io.»

Spero che tu non muoia

Non pensare alla sua diagnosi.

Arriva una madre con tre bambini piccoli e il livello di rumore aumenta tremendamente. Oltre a loro ci sono solo alcuni uomini anziani sul davanti della pizzeria che chiacchieravano con dei drink in mano.

Mangiamo in silenzio, entrambe origliando i tre bambini e la loro madre che cerca di mantenere l'ordine. Ha due maschietti, che non smettono mai di toccarsi, spingersi, colpirsi, e una piccolina che comincia appena a camminare che sta facendo disastri con le bottiglie di ketchup e senape.

«Tenete a posto le mani e finite la vostra pizza» sibila la mamma.

Il ragazzo più grande dà un morso alla sua pizza e dà una spallata al fratello, facendogli versare la sua bibita.

La mamma e io ci guardiamo in faccia, cercando di non ridere. Torniamo a mangiare. Sto silenziosamente assorbendo le dinamiche della famiglia e il loro dialogo, come faccio sempre quando sono seduta accanto a gente interessante. La mamma ha un aspetto malinconico e dà spesso un'occhiata alla bambina.

Se ne vanno in un turbine di attività, con i tovaglioli che svolazzano dappertutto quando la madre si affretta a portarli fuori per il loro appuntamento per giocare al parco.

Appena usciti dico: «Sembra stancante».

«Io sono stata fortunata. Tu e Jenna non eravate così. Andavate d'accordo, niente spintoni o roba simile. Jenna di solito seguiva le regole e tu eri piuttosto tranquilla.»

Mi sforzo di assumere un'espressione piacevole. L'ultima cosa che desidero è parlare della mia infanzia. «Come ti senti?»

«Bene. Allora che novità ci sono per te?»

«Beh, i negoziati sono ancora fermi, sono in piedi tutti i giorni alle due del mattino con Theo che piange e stasera andrò alla mia prima lezione di karate. Ho sempre voluto imparare l'autodifesa.»

La mamma si illumina. «Sono lieta di saperlo. Ero preoccupata sapendo che vivi da sola a Los Angeles. Papà dice che non puoi tenere animali nel tuo appartamento, quindi niente grossi cani per difenderti.»

«Non mi rendevo conto che ti preoccupassi per me.» *Non sapevo che pensassi a me.*

«Certo che mi preoccupo. Penso a te ogni giorno chiedendomi come stai e se va tutto bene. Papà adesso mi tiene al corrente, quindi aiuta.»

«Perché semplicemente non mi chiamavi o mi mandavi un messaggio?»

Lei abbassa la testa, tirandosi indietro. «Non ero sicura che volessi sentirmi.»

Forse era vero in passato, ma adesso voglio provarci. «Mamma...»

Lei si china sopra il tavolo, sussurrando ferocemente: «Sono così dispiaciuta per la distanza che si è creata tra di noi dopo il divorzio».

«Mamma, ti sei già scusata il Giorno del Ringraziamento.»

La mamma alza una mano. «Lasciami finire. È il mio più grande rimpianto. Vorrei aver fatto più pressioni per passare del tempo con te quando eri una bambina, invece di permetterti di respingermi. Eri così arrabbiata tutte le volte in cui tentavo di venirti a trovare. E scappavi, quando tuo padre ti obbligava a venire a casa con me. Non volevo che fosse una battaglia tutte le volte.»

Ero una bambina abbandonata e arrabbiata. La mamma e Jenna si erano messe contro di me.

Mi trema il labbro e lo mordo. «Va tutto bene.»

«No, non va tutto bene. Avrei dovuto insistere e forgiare in qualche modo un legame. Ho abbandonato mia figlia. Non ne sono fiera. Papà e io avremmo potuto gestire molto meglio la situazione. Tutto ciò che posso dire è che sono veramente, profondamente dispiaciuta.»

«Mi hai abbandonata» dico con un groppo in gola.

Lei allunga una mano sopra il tavolo e prende la mia. «Mi dispiace. Non lo farò più.»

«E se morissi, mamma?» Le lacrime cominciano a scendere. Per metà sono imbarazzata, sentendo la mia vocina da bambina, e per metà sono terrorizzata di perderla troppo presto per il cancro. Poi mia madre si siede nel separè accanto a me, abbracciandomi.

Mi bacia i capelli. «Adesso non mi perderai. È solo un piccolo intoppo. Non vado da nessuna parte.»

Piango per qualche momento prima di riprendere il controllo, desiderando disperatamente credere che resterà nella mia vita. Mi raddrizzo e la guardo, sorpresa di vedere le lacrime che le scendono silenziosamente sul viso.

Mamma prende un tovagliolo dal tavolo e se le asciuga. «È un bene che lo stiamo facendo.»

Mi asciugo le lacrime con il dorso della mano. «Un pranzo catartico.»

La faccio ridere. «Sì, facciamolo ogni settimana, ma con meno lacrime.»

«Mi sembra una buona idea.»

La mamma mi abbraccia di nuovo, a lungo, e glielo lascio fare.

Quella sera vado alla lezione di karate per principianti adulti, pronta a fare sfracelli. Mi sento più forte dopo la chiacchierata con la mamma e sarà un bene concentrarmi su qualcosa di fisico invece di tutta l'ansia per il lavoro, il senso di impotenza per la malattia della mamma o pensare a Dominic. Anche se Dominic e io abbiamo avuto un momento ed è chiaramente un eroe quando si tratta di animali, non posso permettermi di legarmi. Sono brava nel mio lavoro e ho lavorato troppo duramente per rinunciarvi. Tornerò a Los Angeles appena sarà finito lo sciopero. Sarà più facile senza legami incasinati. Mi sento stringere il cuore. A volte è difficile fare la cosa giusta.

Parcheggio davanti a una vecchia casa rivestita di assicelle bianche con un'insegna sulla porta di vetro che dice: ROBINSON MARTIAL ARTS ACADEMY.

Apro la porta di vetro e mi dirigo di sopra, al dojo. C'è una piccola sala d'attesa con una fila di sedie di plastica nera e uno scaffale con dei cubicoli per le calze e le scarpe. Sono un po' in anticipo. Do un'occhiata alla piattaforma azzurra rialzata, circondata dalle corde flessibili. Drew è lì, con l'uniforme insieme a qualche altro adulto che sta facendo stretching. Vedo Audrey quando si sposta da dietro una persona alta e la saluto.

«Ciao, Eve! Vieni!»

«Tra un momento.» Mi tolgo le scarpe e i calzini e li metto in un vano.

Faccio il giro della piattaforma fino a un'apertura tra le corde e salgo. Ooh, il pavimento è elastico. Hanno tutti un'uniforme da karate bianca, tranne me. Immagino che capiranno che sono una novellina.

Drew si avvicina e mi tende la mano per una stretta salda. «Sono lieto che sia riuscita a venire, Eve. Stavamo facendo il riscaldamento aspettando che arrivino tutti.»

«Certo.»

«È una lezione per principianti, quindi dovresti essere in grado di stare al passo. Audrey potrà guidarti se ne avrai bisogno. È passata di recente a una classe superiore.»

«Aww, Audrey, grazie! Non era necessario!»

Lei rimbalza un po' sui piedi «Sono felice di aiutarti.»

Vado da lei e le stringo il braccio. «Come sono andate le cose sabato con Dominic, cioè, voglio dire, al tendone degli animali quando me ne sono andata?» Riesco a malapena a non fare una smorfia. Non dovrebbe interessarmi se Audrey prova qualcosa per Dominic o viceversa. Sono così divisa, Dominic mi manca eppure ho bisogno di mantenere le distanze per il bene di entrambi.

Drew volta in fretta la testa verso di noi e ho la sensazione che stia ascoltando.

Audrey muove le braccia da una parte all'altra, per scaldare i muscoli. «Bene. Farò la volontaria al rifugio il sabato pomeriggio. Ha bisogno in particolare di qualcuno che si occupi dei gatti. La maggior parte della gente viene per adottare un cane e i gatti non ricevono abbastanza attenzioni.»

Le sue guance si arrossano quando Drew va verso di lei con l'espressione seria. «Ti sei allenata a ripetere i tuoi kata? Il tuo esame è la settimana prossima. Posso rivederli con te dopo la lezione, se vuoi.»

Lei gli rivolge un sorriso appena accennato. «Non mi serve un aiuto extra, *Sensei*. Mi alleno benissimo da sola. Conosco i kata e sono pronta.»

«Bene.» Drew si prende tutto il tempo per andare nella parte anteriore dello spazio, davanti a un lungo specchio. Una volta lì, guarda nello specchio ed esegue quella che sembra una serie coreografata di pugni e calci.

«Quello è il primo kata» mi dice Audrey a bassa voce. «Lo sta facendo per me. Quell'uomo è veramente esasperante.»

Sta veramente cominciando a sembrare uno di quei film romantici nei quali l'eroina trova l'uomo esasperante ma in realtà e solo tensione sessuale frustrata che esplode quando finalmente si uniscono, è così? Mi frugo nel cervello per trovare un modo discreto per chiederle se le piace Drew o Dominic perché la situazione è veramente ambigua. Potrei essere io. A volte mi creo dei film dalle situazioni della vita reale, quando invece è solo la solita vita.

Lei si china verso di me, dicendo con la voce irritata: «Mi tratta come una bambina. Mi considera una sorellina».

«Immagino che sia difficile vedere una persona in modo diverso, quando cresci con lei.»

Lei stringe le labbra. «Già. Per questo sei in vantaggio. So che sei qui per lui, come la maggior parte delle donne.» Indica la sala d'attesa dove tre donne sulla trentina si stanno togliendo scarpe e calze. «Non procedono mai oltre la classe dei principianti perché vogliono che le aiuti personalmente con le prese base.»

«Ah. Io sono qui solo per imparare.»

Lei si abbassa lentamente in una spaccata, allargando le gambe e arrivando solo a metà strada dal pavimento. Credo di riuscire a farlo.

Tento di fare la stessa cosa, ma le mie gambe protestano a quel movimento e poi resto bloccata. *Ahi, ahi, ahi.* Immagino che dovrò lavorare sulla flessibilità. Più che altro, io cammino o resto seduta alla mia scrivania. Merda! Temo di essermi stirata qualcosa nella gamba.

Cerco di farcela da sola per un momento prima di sussurrare: «Aiuto».

Audrey mi aiuta immediatamente a raddrizzarmi dalla mia semi-spaccata, cosa non facile, perché lei è minuta, forse un metro e cinquantacinque al massimo, e io la sovrasto, con il mio quasi un metro e ottanta.

«Grazie» dico imbarazzata.

«Non sapevo che facessero le spaccate nel karate» dice una voce profonda dalla sala d'attesa, in tono divertito.

Mi volto di colpo, vedendo Dominic accanto alla piattaforma.

Il suo sguardo è fisso nel mio, ardente. Sento un brivido percorrermi la schiena e mi viene la pelle d'oca sulle braccia. Il cuore sta battendo in modo esagerato. Sono fin troppo felice di vederlo di nuovo.

Non riesco a togliere gli occhi da Dominic mentre si avvicina. Sembro felice come mi sento? Ho bisogno di darmi una calmata. Dovrei fare riscaldamento, o roba simile. Sembra che non riesca a muovermi.

«Non credevo che avessi bisogno di una lezione per principianti» gli dice Audrey. «Dopotutto eri nei Marine.»

Non lo sapevo.

«Sono un po' arrugginito» dice Dominic. «Pensavo che sarebbe stata una buona idea dare una rinfrescata.»

Mi sforzo di distogliere lo sguardo dalla sua faccia e mi ritrovo a fissargli i bicipiti. Difficili da non vedere. La sua t-shirt è aderente e copre appena il rigonfio dei muscoli. Indossa i pantaloni corti e i muscoli delle gambe sono definiti. Mi cade lo sguardo sulla cicatrice sul ginocchio. Abbiamo entrambi cicatrici sul ginocchio sinistro e abbiamo subito lo stesso intervento chirurgico, ma non ci siamo mai detti come ci siamo arrivati. Più che altro perché io non volevo parlargli della mia e nemmeno lui desiderava rivivere i suoi ricordi. Scommetto che è successo mentre era nell'esercito. Per qualche motivo, me lo fa vedere sotto una luce diversa. Non solo un uomo caloroso e competente che ama gli animali. Era un soldato, coraggioso e forte.

«Forse potresti darmi qualche suggerimento» dice ad Audrey, con un caldo sorriso.

Mi sposto, a disagio guardando il loro rapporto amichevole. Non mi è mai successo con un uomo. Una parte di me vorrebbe averlo con Dominic.

«Nessun problema» dice Audrey. «La settimana prossima farò l'esame per avere la cintura arancione.»

«Buon per te» dice Dominic. «Immagino di essere quello che potresti chiamare una cintura beige.»

«Cintura bianca» ribatte lei.

«Giusto, me ne devo procurare una.»

Drew e il suo assistente fanno rotolare sul materassino alcuni sacchi da boxe self standing. Fico. Ci vado immediatamente e comincio a tirare pugni.

Drew mi ferma alzando una mano. «Devi tenere il pugno in questo modo» dice, mostrandomelo con il suo. Aspetta che corregga la posizione e poi dimostra il modo corretto di tirare un pugno potente.

Riprovo, con la mia versione di un pugno potente.

«Meglio» dice Drew, venendo a mettersi di fianco a me. «Così va meglio.» Ci guardiamo negli occhi e quel dolore familiare nascosto nei suoi occhi mi prende alla gola. Vorrei chiedergli che cosa lo sta torturando. È il Disturbo da Stress Post-Traumatico dai suoi tempi come ranger dell'esercito? Sa che Dominic gestisce un programma con cani da terapia per aiutare i veterani che ne soffrono? Come sta reagendo?

«Stai bene?» dico senza pensare.

Lui fa un passo indietro. «Mai stato meglio, perché?»

Mi porto la mano al cuore, l'empatia scatena in me un dolore profondo. Forse è perché ho combattuto anch'io i miei demoni. Vorrei aiutarlo. *Non soffrire in silenzio, Drew. Non serve a nessuno.*

Lui guarda la mia mano sul cuore. «*Tu* stai bene?»

Tento di sorridere. «Forse potremmo uscire qualche volta e parlare.»

«Parlare?»

«Potemmo portare i cani di Jenna a fare una passeggiata. Ti piacciono i cani?» *Ti piacerebbe avere un cane da terapia?*

Drew mi guarda perplesso per un momento. «Sì, mi piacciono i cani. Ripeti le mosse. La lezione comincia tra qualche minuto.» E con quello va verso il davanti della stanza.

Alzo gli occhi e trovo Audrey e Dominic che mi fissano. Do qualche pugno al sacco, sentendomi una dura. Poi mi ci metto davvero e comincio a saltellare in giro come un vero boxeur, usando entrambe le braccia. Fanculo cancro! *Sbam!* Stupida associazione dei produttori che cercano di forzarci la mano mentre fanno una valanga di soldi sfruttando la nostra genialità. Uno-due, destro sinistro! Agli uomini che non ne vogliono sapere di uscirti dalla testa! Fuori! *Sbam-sbam-sbam-sbam!*

Si sente un forte fischio e mi fermo. È Drew, che mi indica di raggiungere il gruppo. Sono più che altro donne, qui per ammirare il loro favoloso insegnante. E poi c'è Dominic, così in forma che si capisce che questo non è il suo posto. Stringo le labbra. Scommetto che sta cercando di farmi ingelosire usando Audrey. Non funzionerà!

«Formate le coppie» dice Drew. «Lavoreremo su alcune prese e come liberarsi.»

Audrey e Dominic formano immediatamente una coppia, sorridendosi. Io *non* sono gelosa.

Formo una coppia con una bella rossa, una di un terzetto di cui Audrey dice che vengono a lezione per Drew. Do un'occhiata alla sua mano e vedo che porta una fede nuziale. «Finora ti piacciono queste lezioni?»

Lei sorride, con gli occhi che scintillano divertiti. «Noi siamo qui solo per ammirare il *Sensei*. Marcy, quella laggiù, ritiene che Drew potrebbe fare il modello.»

«Ma sei sposata.»

«Sposata, non morta.»

«Ah.»

«Signore, niente chiacchiere quando siete a lezione!» abbaia Drew.

Le donne scattano sull'attenti. *Drew sarà l'ispirazione per la mia nuova cazzuta eroina. Una dura, autoritaria, tosta.*

Provo la presa con la donna dai capelli rossi che mi dice di chiamarsi Carla mentre mi soffoca da dietro. Sono piuttosto fiera di me quando riesco a liberarmi dalla presa.

Dominic è più che gentile con Audrey quando la soffoca e lascia immediatamente la presa quando lei tenta di liberarsi.

«La prossima volta fai sul serio» gli urlo. «Non le fai un favore se ci vai piano con lei.»

Si voltano tutti a guardarmi.

Dominic sembra divertito; gli altri sembrano inorriditi.

«Forse ti piacerebbe dimostrare agli altri qual è il modo giusto» mi stuzzica Dominic.

«Vieni qua, Dominic» dice Drew. «Mostreremo alla classe come si fa.»

Dominic va da lui con un'andatura spavalda e il mio cuore batte a doppia velocità perché sono come due alfa che vogliono mettersi in mostra per Audrey e uno di loro potrebbe farsi male. Si mettono l'uno di fronte all'altro con un'espressione feroce. I livelli di testosterone vanno alle stelle.

Le donne vicino a me sussurrano tra di loro. Audrey ha gli occhi sgranati. Non so per chi sta facendo il tifo.

Drew indica a Dominic di avvicinarsi. «Mostriamo ad Audrey come spezzare una presa quando il tuo partner non è deboluccio.»

Brucia.

Dominic si inalbera. «Scusa se non ho voluto strozzare una donna dolce.»

«Dovresti aiutarla a imparare a difendersi correttamente» ringhia Drew.

Dominic piega la testa di lato. «Va bene. Mostriamole come si fa.»

Drew avvolge da dietro il braccio intorno al collo di Dominic.

«Cominciamo?» chiede Dominic in tono di scherno.

Drew stringe la presa. Dominic fa una torsione liberandosi e poi toglie la terra di sotto ai piedi di Drew. Drew finisce sul materassino e poi salta su di nuovo, afferrando Dominic e facendolo cadere. Dominic rimbalza come fosse una molla. Si affrontano, girando in tondo come due leoni alfa.

Già, a Dominic non serve stare in una classe di principianti. Sospetto che i Marine gli abbiano insegnato parecchio sulle arti marziali.

«Ehi, ragazzi, stiamo combattendo?» urlo correndo verso la parte anteriore della stanza.

I due si separano, guardandomi.

Drew si passa la mano sulla faccia. «Cinque minuti di pausa, per tutti.» Scende dal materassino e sparisce dietro un angolo in quello che presumo sia il suo ufficio. Sento una porta che sbatte chiudendosi.

Mi volto a guardare Dominic, dandogli un'occhiataccia per aver sconvolto il nostro insegnante.

Lui alza le mani. «Che c'è? Mi ha chiesto di dimostrare. Non dovevo liberarmi della presa?»

«Stavi facendo il gradasso, facendolo cadere. Chi stavi cercando di impressionare?»

Audrey appare al mio fianco. «Ti sei fatto male?» chiede a Dominic, dolce e preoccupata. «Drew era nelle Forze Speciali dell'esercito, quindi potrebbe essere stato un po' più rude rispetto a quello a cui sei abituato.»

Dominic sembra offeso. «Sono un Marine, Audrey. Me la so cavare.»

Lei annuisce. «Magari potresti mostrarmi come hai fatto quella mossa con la gamba. Non assomiglia agli atterramenti che ho imparato.»

«Certo.» Va con lei dov'erano prima e comincia a insegnargliela.

Okay. Tornerò al mio sacco da boxe. Devo procurarmene uno. Prendo il ritmo e sfogo tutto il mio stress con pugni potenti.

Qualche minuto dopo Drew raggiunge di nuovo la classe. «Torniamo al lavoro.»

Il resto della lezione fila liscio. Per tutto il tempo Drew si rifiuta di guardare Dominic o Audrey, concentrandosi intera-

mente su di me e le altre donne. Non m'importa. È veramente
d'aiuto, insegnandoci come dare pugni e calci con il massimo
della forza e, cosa anco a più importante, *dove* dare pugni e
calci a seconda dello scenario.

La lezione finisce e tutti si inchinano a Drew e lo ringra-
ziano con un chiaro «Grazie *Sensei*». Perfino Dominic. Non io.
Io non mi inchino a nessuno.

Scendo dal materassino e vado a prendere le calze e le
scarpe. Se restassi più a lungo a Summerdale, potrei iscri-
vermi ad altre lezioni sia per imparare l'autodifesa sia come
ricerca per una sceneggiatura.

Dietro di me sento Dominic e Audrey che parlano.

«Dovresti mandare il tuo libro a qualche agente» dice
Dominic. «Sembra affascinante. Non credo sia mai stato
scritto un libro con una donna come protagonista finora.
Scommetto che ne farebbero un film.»

«Grazie, ma non è pronto» gli risponde Audrey.

Mi tolgo di mezzo mentre prendono le loro calze e le
scarpe. Sono così presi dalla loro conversazione che non mi
notano nemmeno.

Drew appare al mio fianco. «Bel lavoro oggi, Eve. Spero
che tu torni.»

«Tornerei, ma non so per quanto tempo resterò in città.»

«Potresti rinnovare di settimana in settimana» dice distrattamente, con gli occhi puntati su Audrey.

«Potrebbe...» Smetto di parlare rendendomi conto che non
mi sta più prestando attenzione.

«Non ho potuto fare a meno di sentire del tuo libro, Aud»
dice Drew. «Che cosa ti trattiene?»

Audrey tira la coda di cavallo sulla spalla e giocherella con
le punte. Ha lunghi capelli castani che le arrivano quasi in
vita. «Non lo so.»

«Lo sai» risponde Drew.

«Ha detto che non lo sa» si intromette Dominic, lancian-
dosi in sua difesa.

Audrey guarda i due uomini. «Semplicemente, non è
ancora pronto.»

Scendo al piano di sotto ed esco, lasciandola ai suoi ammiratori. Un momento dopo sento i tonfi di passi veloci e mi guardo indietro. Audrey sta praticamente correndo fuori dalla porta.

Usciamo insieme sul marciapiedi.

«Va tutto bene?» le chiedo.

Audrey è un po' senza fiato. «Sì. Ti è piaciuta la lezione?»

«È stata...»

Drew appare al nostro fianco. Oddio, quest'uomo è come un ninja. Non ho nemmeno sentito aprirsi la porta.

«Audrey, ho una cosa da dirti e voglio che mi ascolti» dice.

Lei si porta la mano alla gola. «Okay.»

«So che il tuo libro è buono perché l'hai scritto tu. Dovresti mandarlo agli agenti.»

Lei lascia cadere la mano. «Non puoi saperlo. Ha bisogno di una revisione.»

«Fammelo leggere. Mi piacciono le storie di militari, quindi è nelle mie corde. Posso perfino controllare i particolari.»

Audrey lo guarda a lungo, come se stesse riflettendo.

«Non sarebbe la prima volta che leggo roba tua» dice. «Leggevo un sacco di email tue e mi piacevano.»

Audrey resta a bocca aperta. «Drew.»

«È vero.»

«Erano email così sciocche, scritte da un'adolescente esagitata.»

Drew si avvicina. «Non ho mai pensato che fossero sciocche. Mi hanno aiutato a superare un momento difficile.»

Gli occhi di Audrey si addolciscono. «Oh.»

«Inoltre, perché hai passato tanto tempo scrivendo un libro se non volevi che qualcuno lo leggesse? Una volta che sarà pubblicato lo potranno leggere tutti.»

Audrey sorride, con gli occhi pieni di speranza. «Pensi veramente che sarà pubblicato?»

«Assolutamente.»

«Okay, ti manderò il file per email.» Sorride. «Ti avverto, è lungo. Quattrocento pagine.»

Drew la guarda negli occhi. «Resterò sveglio tutta la notte per finirlo.»

«Wow» gli dice Audrey. «Non è necessario.»

«Comunque soffro d'insonnia.»

Come flirt Drew è veramente negato.

«Giusto» gli risponde Audrey. «Mi dispiace. Magari il mio libro ti farà addormentare.»

Drew scuote la testa. «Ne dubito.»

Si apre la porta e appare Dominic che si unisce a noi. «È stata una bella lezione.»

Drew lo guarda sospettoso. «Hai ricevuto un addestramento. Perché sei in una classe di principianti?»

Dominic guarda Audrey. «Ha detto che sarei dovuto venire.»

Audrey sorride felice.

Drew borbotta qualcosa tra i denti e torna dentro.

«Sarà meglio che vada» dico io andando verso il parcheggio.

«Arrivederci, Eve» dice Audrey. «Ci vediamo domani a casa di Jenna. Trasferiamo la serata delle donne a casa sua dato che lei e Paige hanno appena avuto i bambini. Tu e io potremo goderci un buon Pinot grigio mentre le signore che allattano sorseggeranno la loro acqua frizzante.»

«Sembra okay.» Mi piace un bicchiere di vino ogni tanto, con gli amici.

Salgo in auto. Dominic mi fissa attraverso il parabrezza. Lo saluto agitando la mano, accendo il motore ed esco dal parcheggio. Mi fa male il cuore lasciarlo indietro, ma so che è meglio così.

Spingo sull'acceleratore quando arrivo alla Route 15, l'unica strada con un limite di 70 chilometri all'ora in città. Un grande edificio rosso attira la mia attenzione e gli do un'occhiata. Oh, è il rifugio per animali dietro la clinica veterinaria. La mia auto sobbalza quando finisco in una buca che non avevo visto. Poi diventa difficile da guidare e l'auto si scuote violentemente. Merda. Penso di avere una gomma a terra. Rallento e mi fermo sul lato della strada.

Metto le quattro frecce e scendo a ispezionare le gomme dal lato del passeggero. È buio qui fuori. Fortunatamente c'è un lampione non lontano dall'auto. Non ce ne sono molti su questa strada o dovunque in città. La strada è circondata dai boschi da entrambi i lati con una casa ogni tanto. Rabbrividisco quando mi tornano in mente tutti i film dell'orrore che ho visto. I boschi. Una notte scura. Una donna da sola bloccata sul lato della strada.

Prendo il telefono dalla borsa e accendo la torcia, puntandola sullo pneumatico. Sì, è a terra.

Dietro di me si ferma un Dodge Challenger rosso. Classica auto da uomo. Perfetto. Proprio quello di cui ho bisogno, qualche omone robusto che viene a "soccorrere" la povera donnetta. Potrò non essere in grado di cambiare la gomma, ma posso chiamare il Soccorso Stradale. E conosco il karate. Beh, quasi.

Dall'auto scende Dominic. Il cuore comincia a battere forte. *Si è fatto vivo quando ne avevo bisogno.*

È solo una coincidenza, giusto? Non è che gli ho mandato un messaggio chiedendogli il suo aiuto.

Quando mi raggiunge ha un sorrisino compiaciuto sul bel volto. «Prima mi segui attraverso tutto il paese, poi mi chiami per un'emergenza, poi ti fai viva alla mia lezione gratuita di karate e adesso hai un'emergenza stradale davanti alla mia clinica. Se non sapessi che non è possibile, direi che ti piaccio, Eve Larsen.»

Vado da lui, respirando il profumo di pelle maschile pulita con un accenno della sua colonia, con il cuore che continua a battere forte. Spiffero la mia ultima preoccupazione. «E Audrey? Voi due sembrate molto legati.»

«Ad Audrey piace Drew.»

Mi sento invadere da un delizioso calore. «Non che siano affari miei.»

Dominic mi mette una ciocca di capelli dietro l'orecchio, un gesto tenero che mi stende, facendomi venire le ginocchia molli. «Allora fai in modo che siano affari tuoi.»

10

Dominic

Eve si lecca le labbra, abbassando gli occhi sulla mia bocca prima di riportare in fretta lo sguardo sui miei occhi. Conosco quello sguardo e mi piace. «Devo chiamare il Soccorso Stradale.»

«Non ne hai bisogno. Hai me.» Vado verso la sua auto. «Apri il bagagliaio.»

Eve esita un attimo e poi decide di accettare il mio gesto galante. Posso occuparmi della manutenzione di base di un'auto. Papà ha insegnato a me e ai miei fratelli come sistemare le cose. Si occupava di vendite ma era così bravo nel fai da te che aveva ristrutturato la nostra cucina e aveva aggiunto una veranda, tutto da solo.

Prendo la gomma di scorta, il cric e la chiave inglese dal bagagliaio e vado verso la gomma a terra, dandomi da fare.

«Mio padre una volta mi ha mostrato come fare» mi dice Eve. «Ma ho difficoltà a svitare i bulloni.»

«Sì, posso essere duri.» Allento il primo facendo leva. «Pensi di continuare col karate mentre sei qui?»

«Perché eri là?»

«Lo stesso motivo per cui c'eri tu. Mi hanno invitato.»

Eve stringe le labbra. «Non so per quanto resterò qui in

città.» Comincia a camminare avanti e indietro sul bordo della strada.

La verità è che sono andato a quella lezione sapendo che Eve sarebbe stata lì con Drew. Ci ho già pensato a sufficienza. Eve non ha flirtato con lui.

Finito di cambiare la gomma, mi alzo e raddrizzo la schiena. «Tutto fatto. Dovresti andare da Murray's per prendere una gomma nuova.»

«È un'auto a noleggio. Prima dovrò chiamare la società di noleggio. Forse mi daranno semplicemente un'altra auto.»

Rimetto tutto nel bagagliaio, inclusa la gomma sgonfia e lo richiudo.

«Grazie per il tuo aiuto» mi dice Eve.

«Prego.» Mi avvicino. Vorrei toccarla, accarezzarle la guancia, passare la mano lungo la mandibola. Resisto solo perché ho le mani sporche dopo aver cambiato la gomma. «Vuoi fermarti a casa mia per un drink? Vivo nell'appartamento sopra la clinica veterinaria.»

Lei guarda casa mia oltre la strada. «Hai un tragitto breve da fare per andare al lavoro.»

«Proprio così.»

«Gli animali dabbasso non sono rumorosi?»

«La maggior parte degli animali sono nel rifugio molto più lontano. C'è solo ogni tanto un paziente chirurgico che passa qui la notte. Se fanno rumore riesco a sentirli e quindi posso controllarli. Generalmente dormono. Henry è tornato a casa adesso, nel caso in cui te lo stia chiedendo.»

Eve fissa di nuovo casa mia. «È una bella cosa.»

«Eve, vieni a casa mia. Ho la cosa che preferisci: l'acqua.»

Lei agita la mano con fare indifferente. «Vengo solo per un drink amichevole. Non succederà niente.»

Sento nascere in me la speranza. «Okay.»

«Guarda che sono seria.»

«Lo so.»

Torno alla mia auto e aspetto che lei salga sulla sua. Non c'è molto traffico, quindi sono in grado di seguirla quando parte. Qualche minuto dopo, Eve parcheggia nel piccolo spazio di ghiaia di lato alla casa e io mi fermo accanto a lei. Dall'altro lato c'è un viale circolare per i clienti, con altri parcheggi.

La guido verso l'entrata posteriore che porta alle scale verso casa mia. È un appartamento semplice: soggiorno, cucina, camera e bagno. Un giorno mi piacerebbe comprare una casa che non sia legata al lavoro ma per il momento la maggior parte dei miei soldi è impegnata nella clinica che ho rilevato.

Apro la porta del mio appartamento e accendo la luce. «Eccoci qui.»

Eve entra e si guarda intorno nel soggiorno. C'è solo un divano beige, un tavolo basso davanti e due tavolini ai lati con due lampade da lettura. Più che altro leggo articoli sulle ultime tecniche di medicina veterinaria. Il mio cane, PJ, sbatte lentamente gli occhi guardandoci dal suo lettino accanto al divano, dov'è rannicchiato.

«PJ! L'hai adottato!»

«Ovvio. Viene con me al lavoro e dorme e poi torna a casa con me e dorme.»

«Aww! È perfetto.» Lo prende in braccio e lo coccola, strofinando la guancia contro la testolina del cane. Lui lo tollera appena.

«Lascia che lo porti fuori per far le sue cose» dico. «Mettiti comoda.»

Eve lo rimette a terra. «Vai da Dominic.»

PJ va diritto verso il suo lettino, girando in tondo come fa sempre prima di sdraiarsi.

«No» dice Eve. «Fuori, PJ. Hai le tue cose da fare.»

Vado da PJ e lo prendo in braccio. I Boston Terrier possono essere testardi. Di solito fa solo quello che si sente di fare.

«Non ascolta molto, vero?» mi chiede Eve.

«Sospetto che conosca solo lo spagnolo.»

«Davvero?»

Io sorrido.

Eve scuote la testa, sorridendo, e si guarda intorno prima di sedersi sul divano.

Porto fuori PJ, lascio che annusi per trovare il pezzo d'erba perfetta accanto a un albero prima che faccia pipì, poi lo riporto dentro e lui si fionda immediatamente sul suo lettino. Eve si china sopra il bracciolo del divano per parlare con lui e accarezzarlo.

Vado in cucina, mi lavo le mani e verso un bicchiere d'acqua. Quando torno con l'acqua, Eve mi chiede: «Dov'è la TV?».

Le porgo il bicchiere d'acqua. «Non ce l'ho.»

«Non ce l'hai?» Praticamente sta urlando.

PJ alza le orecchie ma è troppo stanco per sollevare la testa.

«È un problema?» le chiedo, sedendomi accanto a lei.

«Sai che scrivo per la TV.»

«Me l'avevi detto.»

Eve mi fissa. «Non hai mai visto *Irreverent*.»

Non è una domanda. «Se può farti sentire meglio potrei comprare una TV. Di solito guardo qualcosa in streaming se mi sento di vegetare.»

«Vegetare? C'è un sacco di bella roba da vedere in questo momento. Sceneggiatura brillante, intrighi, personaggi fantastici.»

Non so come, ho insultato lei e la sua intera professione. «Sono sicuro che *Irreverent* sia bellissimo. Potremmo guardarlo se vuoi.»

«Ho scritto due episodi questa stagione.»

«Lo guarderò, se è importante per te.»

Lei mi guarda accigliata. «Chiaramente non è importante per te.»

Dovevo procurarmi una TV nel caso un giorno fosse venuta?

«Eve, stiamo avendo il nostro primo litigio? Significherebbe che non è solo la storia di una notte.»

Lei alza le mani. «È stato un errore. Tu dovresti stare con qualcuno che resti qui.» Appoggia il bicchiere sul tavolo basso prima di andare alla porta. «Non so nemmeno perché sono qui.»

Le corro dietro. Proprio mentre appoggia la mano alla

maniglia, metto le mani contro la porta sopra le sue spalle, tenendola chiusa.

Eve si volta, mi guarda con gli occhi che lampeggiano. «Dominic!»

«*Io* so perché sei qui.»

Spalanca gli occhi, con il fiato che diventa corto. «Non sono quello che cerchi.»

Le appoggio la mano sulla guancia morbida, accarezzandola. «Io non stavo cercando nessuno. Dimmi che non lo vuoi e ti lascerò in pace.» La bacio dolcemente e poi continuo a baciarla.

Eve emette un lieve sospiro e poi mi mette le mani intorno al collo, baciandomi famelica. La abbraccio stretta, prendendo il controllo del bacio, assaggiando la sua bocca dolce. L'eccitazione si scatena. Non ho mai desiderato qualcuno come desidero lei.

Eve interrompe il bacio. «Che cosa stiamo facendo?»

«Non lo so.» Le bacio le labbra, la guancia, la mandibola. Le sue dita si infilano tra i miei capelli, piega la testa di lato per rendermi più facile baciarle il collo. La mordo piano. Lei geme, con le mani che mi accarezzano la schiena. Torno alla sua bocca, assaporando la sensazione di pienezza e il suo sapore. La tiro vicino e lei alza una gamba, premendosi contro di me. Ho bisogno di lei, adesso.

Mi tiro indietro e la guardo.

Sta respirando affannosamente, ha le pupille dilatate. «Non fermarti.»

La prendo in braccio portandola in camera.

Eve ridacchia. «Nessuno mi ha mai portato in braccio. È proprio come nei film.»

«È più facile» dico, abbassandola sul materasso.

Lei mi apre le braccia. Mi manca il fiato e il cuore si ribalta. Mi unisco a lei e i nostri corpi si adattano perfettamente mentre la bacio e assaggio ogni centimetro esposto di pelle, prendendomi tutto il tempo.

Il bacio di Eve diventa più imperioso mentre mi tira i vestiti. Mi svesto in fretta e la libero in fretta dai suoi. E poi ci stiamo baciando e rotolando sul letto, lei sopra e poi io. Niente importa se non essere pelle a pelle. Non ne ho mai abbastanza di lei. Pelle morbida, gambe lunghe e toniche, capelli di seta, profumo che ricorda la vaniglia, delizioso.

E quando finalmente ci uniamo è come andare a casa. Le prendo il volto tra le mani, baciandola e succhiando il suo labbro inferiore. Eve inarca i fianchi sotto di me e poi c'è solo una cavalcata selvaggia mentre mi sprona a continuare con ogni movimento e ogni lieve gemito. Quando la sento rabbrividire per il suo orgasmo perdo il controllo, spingendo forte ed esplodendo con lei.

Crollo sopra di lei, respirando forte.

«Wow» mi dice.

Sollevo la testa. «Wow.»

«Non posso passare qui la notte. Jenna mi aspetta perché l'aiuti domani mattina.»

Mi sposto di lato, accarezzandole piano la spalla. «Mandale un messaggio dicendole che sarai a casa per le sette domani mattina. È quando mi alzo per andare a lavorare. È ancora presto.»

Eve rotola sul fianco, guardandomi. «Non ho una relazione da molto tempo. Sono divorziata, dopo parecchie relazioni terribili. E vivere a distanza in un certo senso mette una data di scadenza a qualunque cosa ci sia adesso.»

«Il mio divorzio è stato sufficiente a farmi evitare le relazioni. Restiamo semplicemente insieme finché resterai qui e non preoccupiamoci per il futuro.»

Eve sospira e passa la mano sul mio bicipite.

«Potemmo guardare *Irreverent*» aggiungo.

Lei sorride con gli occhi che si illuminano. Il mio cuore batte più forte. «Sì?»

Le bacio il collo e le sussurro a voce bassa all'orecchio: «Tra le altre cose».

Eve

C'è una calda mano maschile appoggiata sul mio stomaco nudo mentre Dominic dorme appoggiato alla mia schiena. Sono disorientata ma sveglia mentre la luce filtra dagli scuri. Probabilmente ho dormito tre ore in tutto la scorsa notte e non solo per il sesso fenomenale, strabiliante. Abbiamo guardato *Irreverent* e a Dominic è piaciuto il mio episodio. Abbiamo parlato moltissimo, confrontando la vita sulla costa est con quella sulla costa ovest; mi ha parlato della sua famiglia, di come è cresciuto nel Michigan. Io gli ho perfino parlato della complicata relazione con mia madre e che stiamo cercando di formare un legame prima che sia troppo tardi. A volte si pensa che avere tutto il tempo del mondo con qualcuno, ma la vita è fragile. Non si sa mai che cosa succederà.

Gli accarezzo il braccio, non ho voglia di lasciare questo letto caldo. È dura per me aprirmi con un'altra persona, eppure con lui mi rendo vulnerabile. Mi sembra di essere riusciti a conoscerci veramente ieri notte. È una bella sensazione. La parte migliore è che non devo preoccuparmi di incasinare la relazione. Arriverà naturalmente al termine, non perché ho fottuto qualcosa. So che sarò triste quando arriverà il giorno, ma sto cercando di godermi questo momento, come ha detto lui, e non pensare al futuro.

Dominic mi piace, mi piace *davvero*.

Mi passa le mani lungo il fianco. «Buongiorno» mi sussurra all'orecchio.

Volto la testa per guardarlo. «Buongiorno. Sono così stanca.»

Dominic mi solleva la gamba sopra le sue, aprendomi a lui. «Quindi restiamo a letto ancora un po'.»

«Sei insaziabile.»

Le sue dita si fiondano tra le mie gambe, tracciando cerchi leggeri sul punto magico mentre la sua erezione mi preme da dietro, stuzzicandomi ma non penetrandomi. Gemo piano.

Dominic è un tipo attento e sa che cosa mi piace. Chiudo gli occhi, lasciando che la marea di sensazioni mi travolga.

La sua voce è un rombo profondo nel mio orecchio. «Mi piace sentire che ti lasci andare, Eve. È bello.»

Mi premo indietro, verso di lui. «Prendimi.»

«Non ancora. Voglio giocare ancora un po' con te.» La sua mano passa ad accarezzarmi il seno, girando intorno alla punta e pizzicandola dolcemente.

«Dominic, ho bisogno di te.» Sto praticamente implorando.

Dominic si stacca di scatto. Perplessa, rotolo sulla schiena per guardarlo.

«Ciao papà» dice la voce sottile di una bambina.

11

Squittisco e m'infilo sotto le coperte. *Papà?* Dominic è un papà? Con tutto quello che ci siamo raccontati la notte scorsa, di noi e delle nostre famiglie, non ha mai menzionato una volta di avere una figlia. Non riesco a credere che non me l'abbia detto. Pensava che non fosse importante? Gesù. Che razza di padre è?

Dominic si mette seduto, sistemandosi attorno le coperte. La sua voce è gentile. «Ciao, Nora. Come sei entrata?»

Risponde una sensuale voce femminile. «Ho fatto una copia della chiave quando ci hai fatto restare qui il Quattro di Luglio.»

Dominic resta zitto per un momento, sorpreso. Posso già dire che questa donna è un bel soggetto.

«La rivoglio, Lexi» dice in tono aspro Dominic. «Dacci un minuto.»

Lexi è la sua ex-moglie. Ne ha parlato la notte scorsa, raccontandomi solo che lo aveva lasciato per l'ex-marito di sua sorella, senza parlare di figli. Mi sento stringere lo stomaco. È stata una bugia per omissione, ma resta comunque una bugia. L'unica volta in cui mi fido di un uomo, mi dimostra immediatamente perché non posso farlo.

La coperta viene strappata via e metto fuori la testa per afferrarla. Una ragazzina con i capelli scuri che le ricadono sulle spalle e gli occhi azzurro cielo sta tentando di salire sul letto aggrappandosi alla coperta. Immagino che abbia due o tre anni.

Dominic torna a sedersi. «Nora, lascia andare la coperta. Devo alzarmi e vestirmi.»

La bambina la lascia andare e fissa il petto nudo di suo padre. «Dov'è il tuo pigiama, papà?»

Digrigno i denti e do un'occhiataccia a Lexi, che mi rivolge un sorriso malizioso. È carina in un modo che dice che passa un mucchio di tempo dal parrucchiere e dall'estetista. Pelle perfetta, capelli neri diritti lucenti, trucco perfetto. La odio già. Seriamente, chi manda una bambinetta nella camera di qualcuno? Deve averci sentito.

«Vieni, tesoro» dice prendendo Nora per la mano. «Daremo a papà la nostra grande notizia quando avrà preso il caffè. Gli adulti sono sempre scontrosi prima di bere il caffè.»

La porta si chiude dietro di loro. Fisso muta Dominic, aspettando una spiegazione.

Lui chiude gli occhi per un istante. «Lo so.»

«Come hai potuto non dirmi che hai una figlia?»

«È una situazione nuova per me. Non sapevo quando menzionarlo.»

«Forse durante la nostra maratona di tre ore di chiacchiere?» Rotolo giù dal letto e afferro i miei vestiti. «Dio, l'unica volta in cui mi fido abbastanza di un uomo da aprirmi veramente e tu non ti stavi aprendo per niente.» Mi infilo rapidamente i vestiti.

«Ho saputo di lei solo il giorno della Festa del Papà, quando Lexi ha portato Nora a conoscermi dopo la morte del suo patrigno.»

Raccolgo le calze, le scarpe e la borsa. «Quindi sai da quattro interi mesi che hai una figlia ed è ancora una cosa di cui non parli?»

«Non so che cosa sto facendo, okay?» abbaia.

«Ovviamente! Come facevi a non saperlo prima?»

«Perché, quando Lexi se n'è andata, mi ha detto che era incinta del tizio per il quale mi ha lasciato. Ero troppo stordito per metterlo in dubbio e non sono rimasto in contatto con lei.»

«Quindi come fai a sapere che Nora è veramente tua?»

«Questa volta ho fatto fare un test di paternità.»

Mi ficco le mani tra i capelli. «È così incasinato. Non riesco nemmeno a credere di aver pensato per una volta... Sai, scordalo. Non chiamarmi.»

Corro fuori dalla porta, così ansiosa di scappare che non rispondo nemmeno quando Lexi mi dice beffardamente: «È stato bello conoscerti».

Che si fottano gli uomini con i loro segreti. Le loro bugie e i tradimenti. Ecco, questo è il motivo per cui ho evitato per tanto tempo le relazioni. È troppo chiedere un uomo sincero e che ci sia per te?

Ho lo stomaco sottosopra, la nausea. Non voglio più vederlo.

~

Dominic

Mi metto addosso dei vestiti, mi lavo i denti e mi butto un po' d'acqua in faccia. Sono incazzato perché Lexi si è fatta viva senza preavviso e ha mandato in camera mia la piccola Nora sapendo che non ero da solo a letto. Deve aver visto l'auto di Eve parcheggiata di fuori, per non parlare del fatto che non eravamo esattamente silenziosi. Povera Eve. Capisco che sia rimasta sorpresa dalla notizia e non la biasimo per essere scappata dalla scena. Spero solo che non mi chiuda fuori per sempre. Mi sto ancora abituando al fatto di avere realmente una figlia, non so quando o come menzionarlo alla gente perché coinvolge una storia che non sono entusiasta di condividere.

Apro la porta della camera e PJ si precipita dentro, diretto al lettino che tengo lì per lui. Immagino che voglia evitare la scena quanto me.

Trovo Nora seduta sul divano che guarda qualcosa sul

telefono di Lexi, con lo sguardo fisso, senza nemmeno sbattere le palpebre. Nora è troppo piccola per guardare la TV, ha solo due anni, ma non ho molta voce in capitolo. È da quando ho saputo di lei che cerco di ottenere l'affidamento congiunto. Il massimo che sono riuscito ad avere è una visita supervisionata una domenica sì e l'altra no, nell'appartamento di Lexi in Città. New York, cioè.

«Ho messo in funzione la caffettiera per te» dice allegramente Lexi. «Devi decisamente comprare una qualità migliore di caffè.» La sua voce, che trovavo sexy, è come se mi artigliasse dentro. Raccapricciante.

Stringo i denti e parlo in tono educato, per il bene di Nora. «Devi farmi sapere quando vieni in visita.» Tendo la mano. «Dammi la chiave. Non avresti dovuto copiarla senza il mio permesso.»

Lei sbuffa e va dove ha appoggiato la borsa sul piccolo bancone che separa la cucina dal soggiorno e toglie la chiave dal suo portachiavi. «Ecco, non vedo che problema ci sia.»

Mi ficco la chiave in tasca. «Il problema è che questo è il mio spazio privato e non lo puoi invadere quando vuoi!» Alla fine della frase la mia voce sale di tono.

Nora ci guarda. «Fame.»

Lexi prende una piccola confezione di Cheerios dalla borsa e gliela dà.

Prendo una tazza di caffè e cerco di riordinare i pensieri. Voglio che Lexi se ne vada il più presto possibile. Allo stesso tempo ho bisogno di restare in termini amichevoli con lei se voglio continuare a vedere Nora.

Bevo un sorso di caffè e mi appoggio al bancone.

Dall'altra parte del bancone Lexi porta uno sgabello di legno nella piccola cucina e si appollaia. «Buone notizie» gorgheggia.

«Quali?»

«Vedrai Nora molto più spesso.»

Sento il cuore che batte forte. Lexi lascerà qui Nora? La guardo mentre si ficca in bocca i Cheerios con una mano sola, tenendo il telefono con l'altra. I Cheerios le rimbalzano in grembo e sul divano. Non credo di essere pronto a essere un padre a tempo pieno.

«Perché?» chiedo cautamente.

Lei sospira, guardando il soffitto. «Non sono riuscita a farla entrare in nessuna delle buone scuole materne in città.» Abbassa la voce. «Ha fallito tutti i colloqui perché non si affeziona agli intervistatori. Resta seduta lì, rifiutandosi di giocare o parlare. È come se tentasse apposta di fallire.»

«Ha due anni. Non sta cercando di manipolare la situazione. Devono sapere come far aprire i bambini timidi. Non hai detto loro che le piacciono gli animali? Forse fare in modo che mostri loro il suo libro illustrato favorito con gli animali. È sveglia, riesce a identificarli tutti, distingue perfino i rinoceronti grigi da quelli bianchi.»

«Non si possono portare oggetti. Deve sembrare naturale. Comunque ho cercato di farla ammettere per vie traverse, ma senza risultato. Se non riesce a entrare in una buona scuola materna non sarà accettata nelle migliori scuole elementari private e da lì è tutto in salita. Tutte le porte si chiudono.»

«Quindi stai dicendo che dato che è una bambina timida di due anni è condannata a vita? E le scuole pubbliche?»

«E lì che vanno tutti i bambini che vengono respinti.»

Cerco di avere pazienza. «Magari le piacerebbero e viceversa.»

«Non importa.» Sospira. «Comunque siamo chiuse fuori. Le mie amiche hanno le mamme della scuola materna come amiche adesso e i loro gruppi di gioco. Quindi dobbiamo adattarci. Ci trasferiamo.»

«Dove?»

«Qui!»

La preoccupazione limita la mia gioia al pensiero di avere mia figlia vicina. «Cioè intendi casa mia?»

Lei si guarda intorno. «Dio, no. Questo posto è troppo piccolo. Ho venduto il mio appartamento e ho comprato una casa vicino al lago. Salve, vicino! Adesso ci vedrai sempre.»

Sospiro di sollievo. «Grande! Mi piacerebbe vedere Nora

più spesso. Forse potrebbe restare con me durante il finesetti-mana. Potremmo scambiarci i fine settimana.»

«È troppo piccola per restare a dormire. Da quando è morto Sam, si è attaccata moltissimo a me.» Il patrigno di Nora, Sam, credeva fosse sua ed è il motivo per cui aveva sposato Lexi così in fretta. Da quanto ne so è stato molto buono con lei.

Guardiamo entrambi Nora, incollata allo schermo. Non sembra così attaccata a Lexi. Ci crederei se vedessi Lexi che la tiene spesso in braccio o se Nora andasse da lei, attaccandosi alla gamba o chiedendole di essere presa in braccio.

«Hai trovato una scuola per lei, qui a Summerdale?» le chiedo. «È ottobre, sono già cominciate.»

Lexi sorride. «Sì, la scuola materna episcopale aveva un posto e la cosa migliore è che le scuole pubbliche qui sono classificate le migliori nello stato. E io tornerò a lavorare. Il mio vecchio capo dice che posso lavorare da casa part-time.» Lexi lavora nel settore delle vendite farmaceutiche.

«Bene. È una buona notizia. Non apprezzo il modo in cui hai fatto irruzione qui per dirmelo, ma sono contento di saperlo.»

Lexi salta giù dallo sgabello e si serve una tazza di caffè, appoggiandosi al bancone accanto a me. «Chi era la bionda. È qualcosa di serio?»

Scuoto la testa. Non voglio parlare di Eve. Non mi fido minimamente di Lexi. «È solo venuta a trovare sua sorella qui in città.»

Lexi mi sorride. «Allora forse c'è la possibilità di ricomin-ciare da zero per noi, come una famiglia.»

Sollevo la tazza per nascondere la smorfia. Dopo un sorso di caffè dico: «Apprezzo l'idea di passare più tempo con Nora, ma per te e me è finita per sempre».

«Mmm-mmm. Okay, lo capisco. Sei appena uscito dal letto con una bionda dalle gambe lunghe. Teniamo presente la possibilità.»

La fisso. «Lexi, ho completamente perso la poca fiducia che avevo in te quando mi hai nascosto mia figlia. Non ho potuto godere della sua infanzia perché hai mentito dicendo che non era mia. Non c'è modo di tornare indietro a ciò che avevamo. L'hai distrutto.»

«Potrebbe essere la cosa migliore per Nora.»

«Possiamo condividere il suo affidamento, ma tu e io non torneremo mai insieme.»

Lexi continua imperterrita come se non avessi parlato. «Nora ha bisogno di quel tipo di stabilità. Sai che da quando è morto Sam tenta tutte le notti di infilarsi nel mio letto?»

«E tu non glielo permetti?»

«Le do un cuscino e una coperta per farla dormire sul pavimento accanto a me. Io divido il mio letto solo con il mio amante.»

Trattengo il fiato. «È una bambina che soffre per la perdita dell'unico padre che abbia mai conosciuto.»

«È quello che sto dicendo. Se diventassimo una famiglia sarebbe un bene per lei.» Lexi beve un sorso di caffè, fa una smorfia e lo rovescia nel lavandino. «Ti porterò del buon caffè la prossima volta in cui verrò. Nora, adesso andiamo.»

Nora alza gli occhi, spostando lo sguardo da sua madre a me. «Papà.»

Vado al divano e mi siedo accanto a lei. Sono stato cauto nel toccarla, lasciando che fosse lei ad avvicinarsi a me invece di prenderla in braccio come vorrei. I bambini, immagino, sono come gli animali, hanno bisogno di tempo per affezionarsi. Si deve conquistare la loro fiducia.

Lei alza su di me i grandi occhi innocenti, del colore del cielo, come i miei. «Verrai a vedere la mia casa nuova?» Parla davvero bene per la sua età. Avrà tre anni tra un paio di mesi.

«Non oggi. Devo lavorare, ma mi piacerebbe visitarla questo fine settimana.»

Lei mi sale in grembo e mi fissa. «C'è ancora un cagnolino malato?»

«Non lo so, ma devo essere lì per controllarlo. A volte arrivano anche gatti o lucertole o uccelli. Ogni giorno è una sorpresa.»

Lei mi dà un colpetto sulla guancia. «Bravo *vetario*.» Veterinario è una parola difficile per lei.

«Mi chiamano dottor Russo.»

Lei arriccia il nasino. «I cani non parlano.»

Mi sforzo di non ridere. «Non i cani. Sono i loro proprietari che mi chiamano così.»

«Fai le punture ai cagnolini? Io odio le punture.»

«A volte sì. Servono a mantenerli sani proprio come te.»

Lei scende dalle mie gambe, mandando Cheerios su tutto il pavimento.

«Raccogliamoli, Nora» dico.

Lei si china sul tappeto per prenderli, ficcandosene uno in bocca.

«Non mangiarli» le dico, tendendo il sacchetto. «Mettili qui e poi li butteremo nella pattumiera.»

Lexi si precipita da noi e afferra la mano di Nora. «No! Sono sporchi. Andiamo.» La prende in braccio e va verso la porta.

«Ciao, papà.»

Mi appoggio al divano, esausto. «Ciao, Nora.»

Eve

Mi sto mettendo Dominic alle spalle. Ho bloccato il suo numero, quindi basta chiamate o messaggi. Fortunatamente sono stata molto presa con Jenna e il bambino dopo quella disastrosa mattina, quattro giorni fa. Ho raccontato a Jenna della sveglia a sorpresa da parte della bambina che aveva mancato di menzionare. Pensa che dovrei dargli la possibilità di spiegarsi, come mi ha chiesto nei suoi messaggi prima che lo bloccassi. Dopo avergli parlato del mio passato, cosa non facile per me, mi aspettavo di sapere almeno le cose fondamentali su di lui. Che razza di padre non dice di avere una bambina?

È una bella domenica, appena prima di mezzogiorno e

Jenna e io stiamo portando Theo nel suo passeggino a fare un giro intorno al lago Summerdale. Eli sta facendo una meritata pausa dopo aver lavorato sabato ed essersi alzato di notte con Theo. Gli ho offerto di occuparmi io di dargli il biberon di notte, ma hanno la culla nella loro stanza, quindi possono prenderlo in fretta e occuparsene senza di me. Sfortunatamente, mi sveglio quando lo sento piangere. È una sveglia molto allarmante alle due di notte.

Respiro l'aria fresca con appena un accenno dell'inverno che verrà. Non mi manca l'inverno, ma mi mancano i rossi, gli arancio e i gialli brillanti delle foglie in autunno. Il lago è come il mozzo della città, con le strade che si diramano come i raggi di una ruota. Siamo su un sentiero pavimentato che gira intorno al lago.

«Le foglie stanno appena cominciando a cambiare» dice Jenna. «È il primo autunno di Theo. Vedi il rosso che fa capolino laggiù?» Si china per controllarlo nel passeggino. Sta dormendo.

«Sembra che Theo si addormenti se continui a muoverti» dico.

«Perderò molto in fretta il grasso extra» dice scherzosamente Jenna.

«Per favore, non hai mai avuto grasso extra. Era tutto e solo il bambino.»

«Ne ho un po', fidati.» Di colpo sembra all'erta. «Dominic» sussurra.

Alzo gli occhi e trovo Dominic, Lexi e Nora che camminano verso di noi, con Nora in mezzo che tiene le mani di entrambi. Sento lo stomaco che si stringe lentamente. Sembrano una famiglia. Vorrei voltarmi e camminare nella direzione opposta, ma non è possibile evitare il confronto.

«Ciao Dominic» dice Jenna sorridendogli. «Ti presento mio figlio Theo. Sta dormendo.»

Dominic dà un'occhiata al bambino. Nora lo segue e afferra il piede del bambino attraverso la coperta. Dominic le toglie la mano dal passeggino. «Congratulazioni.»

«Grazie» risponde Jenna, guardando incuriosita Nora.

«Questa è mia figlia, Nora.»

Nora si stringe alla sua gamba, di colpo intimidita.

Lexi si avvicina. «Sono Lexi, la mamma di Nora.»

Dominic presenta me e Jenna. Poi dice: «Eve, volevo parlarti».

Mi sforzo di assumere un'espressione neutra, nascondendo quanto mi addolori vederlo così. «Non ce n'è bisogno. Vedo che sei occupato con la tua famiglia.»

«Bello essere presentate formalmente» dice Lexi, con un'espressione divertita.

Le do un'occhiata letale. Non c'è niente di divertente nell'irrompere nella camera del tuo ex a letto con un'altra. il momento di imbarazzato silenzio è spezzato da Nora che esclama: «Anatre!» e corre verso il lago.

Dominic si precipita a seguirla. Lexi fa spallucce con nonchalance e li segue.

Jenna e io continuiamo a camminare a passo veloce. Appena siamo fuori dalla portata d'orecchi mi dice: «Capisco che cosa intendevi dire riguardo a Lexi. Sembra che ti stesse prendendo in giro per esserti fatta cogliere nuda a letto, quando è lei che si è intrufolata in casa».

«E ha mandato avanti la sua bambina.»

«Donna orribile. Nora assomiglia a Dominic negli occhi. È strano che non l'abbia mai menzionata. Lavoro spesso con lui al rifugio e per le raccolte fondi e non ha mai detto una parola. Forse si sta ancora abituando all'idea.»

Espiro bruscamente. «Sembra che stiano cercando di farlo funzionare, per il bene di Nora.»

Jenna resta in silenzio per qualche momento. «Forse. Ma hanno divorziato per un motivo.»

«Lo hanno fatto anche mamma e papà e adesso sono di nuovo insieme.»

«Però Lexi lo ha ingannato. Non sono sicura che sia una cosa che si perdona, sai. Tenere sua figlia lontana da lui per tanto tempo. Sembra che l'unico motivo per cui glielo ha detto è perché suo marito è morto.»

«Probabilmente ha bisogno dell'assegno di mantenimento

per la bambina.» Scuoto la testa. «È troppo incasinato. Non voglio mettermi in mezzo. Dominic ha parecchie cose da chiarire. Sua figlia ha bisogno di lui, la sua ex ha bisogno di lui. Io no. Stavo bene prima di conoscerlo e starò bene anche dopo.»

Jenna mi mette un braccio intorno alle spalle, abbracciandomi. «Mi dispiace che sia andata così.»

Mi trema il labbro e lo blocco addentandolo. «Già.»

«Se può aiutarti, sembrava che volesse veramente parlare con te. Magari chiarire un po' di cose.»

«Non mi aiuta.»

12

Sono passati tre giorni e sto ancora pensando a Dominic. Parte di me vorrebbe parlargli, fare chiarezza, qualcosa. Le cose sono finite veramente in modo orribile. Poi mi dico che non vale la pena di rivangare i fatti. Mi ha nascosto una cosa importante, quindi non mi posso fidare di lui. Come della maggior parte degli uomini. Tranne papà, non c'è mai stato un uomo che mi sia stato vicino quando ne avevo bisogno. Non si può semplicemente dipendere da un uomo. Lo sapevo eppure, come una stupida, mi sono fidata di nuovo. Sono tornata alla lezione di karate, più che altro per poter prendere a pugni il sacco.

Drew mi saluta con calore appena entro. «Ehi, sei tornata. Posso iscriverti, su base settimanale?»

«Certo, perché no? Probabilmente starò qui fino alla fine di ottobre.» Le trattative stanno andando veramente da schifo. Tutto nella mia vita fa schifo in questo momento. Quindi, benvenuto al sacco da boxe.

«Bene. Torno subito.»

Metto le calze e le scarpe in un cubicolo. Alcune persone sulla piattaforma stanno facendo stretching e provando i loro pugni e calci. Tutti hanno una cintura bianca. Audrey non c'è. È stata promossa a una classe più avanzata.

Vado verso l'apertura nelle corde per salire sulla piattaforma quando Drew mi intercetta, in mano ha un'uniforme da karate accuratamente piegata, con una cintura bianca sopra.

Me la porge, fissandomi negli occhi, un vero professionista. «Questo è il tuo *gi*. Vieni con me, ti mostro lo spogliatoio femminile e poi ci vedremo in ufficio per qualche minuto.»

«Prima di farlo, quanto costa ogni lezione?»

«C'è una quota fissa, ma se hai problemi finanziari possiamo trovare una soluzione. Parliamone nel mio ufficio.»

Lo seguo nello spogliatoio femminile dove si sta cambiando un gruppo delle donne che ho conosciuto la settimana scorsa. Il club delle donne sposate, qui per lo spettacolo. Non potrebbero ottenere lo stesso risultata ammirando qualche stella in TV o un modello su Internet? Solo per dire, servono un sacco di tempo e soldi per ammirare Drew ogni settimana.

Guardo di sottecchi una delle donne per vedere se indossa qualcosa sotto il suo *gi*. Okay, ha tenuto la t-shirt. Mi tolgo i pantaloni da jogging e infilo quelli bianchi dell'uniforme. Sono piuttosto rigidi. Poi metto la parte sopra senza togliere la t-shirt e avvolgo la cintura, legandola con un doppio nodo. Mi do un'occhiata allo specchio a parete, sorpresa da come appaio professionale. Potrei essere letale con queste mani. *Hi-ya!*

«Bello rivederti, Eve» mi dice una rossa.

Mi volto e la vedo che mi sorride. Le sue due amiche mi salutano con la mano. «Bello rivedere anche te. Mi dispiace, ho dimenticato i vostri nomi.»

Mi dicono come si chiamano e io indico ciascuna a turno, cercando di imprimermi i nomi nella memoria. «Marcy, Carla e Jen, giusto?»

«Quasi» dice la bruna piccolina. «Joan.»

«Joan. Dovremmo portare le targhette con i nomi nella classe per principianti.»

«Oh, imparerai presto i nomi» dice gentilmente Joan.

Se ne vanno e io resto lì ancora per un momento, meravigliandomi di come siano stati tutti amichevoli con me a

Summerdale. Non è come a Los Angeles. Vado nell'ufficio di Drew alla porta accanto.

È seduto dietro una vecchia scrivania di legno e mi indica di prendere posto su una sedia di plastica davanti a lui. Mi porge un contratto di due pagine. Riguarda più che altro ciò che significa la Robinson Martial Arts Academy: onore, rispetto, emancipazione, *bla-bla-bla*. Leggo in fretta una sfilza di roba che riguarda la responsabilità legale e arrivo finalmente al punto in cui si parla delle tariffe settimanali e mensili. C'è anche lo sconto per i contratti annuali. In effetti è fattibile per me su base settimanale. Sono abituata ai prezzi di Los Angeles.

«Mi sta bene l'abbonamento settimanale» dico prendendo una penna da una tazza sulla scrivania piena di penne e firmo il contratto.

Drew si alza ed esegue un breve inchino. «Benvenuta alla Robinson Martial Arts Academy.»

Mi alzo e mi inchino anch'io, visto che sembra una situazione di mutuo inchinarsi. «Grazie.»

«Dovresti chiamarmi *Sensei*. Significa insegnante.» Esce da dietro la scrivania e mi indica di seguirlo fuori. «Il tuo uomo sarà con noi oggi?»

Mi giro a guardarlo. «Non è il mio uomo.»

Lui aggrotta le sopracciglia. «Oh.»

Mi chiedo se non stia pensando che Dominic fosse lì per Audrey e se dovrei dire che non era così, poi decido che è meglio se sto alla larga da tutta la faccenda Drew-Audrey.

Salgo sul materassino. Le donne che erano nello spogliatoio ci raggiungono un momento dopo.

Drew va a passo svelto nello spazio davanti e si strofina le mani. «Cominciamo, classe.»

«Sì, *Sensei*» rispondiamo tutti insieme.

Dopo la lezione mi sento bene, carica dopo l'allenamento. Ho dato veramente un fracco di botte al sacco da box, con i miei pugni e calci potenti.

Drew appare accanto a me mentre torno verso lo spogliatoio femminile. «Bel lavoro oggi, Eve. La tua posizione quando tiri i pugni è migliorata molto.»

«Grazie, *Sensei*.»

«Puoi chiamarmi Drew quando non stiamo facendo lezione.»

Lo guardo. Non sta sorridendo, ma i suoi occhi sembrano meno cauti. È l'inizio di un'amicizia? Forse potrei chiedergli del suo background, come ricerca per la mia sceneggiatura.

«Come stanno Jenna e il bambino?» mi chiede.

«Benissimo. Jenna è veramente brava e Theo è meraviglioso.»

«Certo che lo è. È un Robinson.» Theo è suo nipote.

Sorrido. «Dovresti passare a trovarlo questo fine settimana. Sabato sera ci faremo portare la cena e ci saranno anche i miei genitori. Più saremo meglio sarà.»

«Forse passerò.»

Sorrido mentre raggiungo lo spogliatoio. Lui fa un passo indietro e poi si gira di colpo assumendo una postura difensiva per guardare le tre donne che ho incontrato prima. Whoa. Riflessi straordinari.

«Salve, *Sensei*» dice Marcy con una risatina. «Bella lezione oggi.»

Le altre donne si affrettano a confermare.

«Lieto di sentirlo.» E scappa nel suo ufficio.

Mi cambio in fretta e i miei pensieri tornano di nuovo a Dominic. Mi piacerebbe togliermelo dalla testa. E dal mio cuore. Accidenti a lui. Non sarei così incasinata se non mi fosse entrato nel cuore.

Saluto le donne e vado nella sala d'attesa a prendere le calze e le scarpe.

Sto finendo di allacciarmi le sneakers quando si apre la porta. Prima ancora di alzare gli occhi, una parte di me lo sa. Guardo Dominic negli occhi, con il cuore che batte forte, immediatamente all'erta e nervosa e vulnerabile.

Si è fatto vivo.

Non importa. Ha mentito e non posso fidarmi di lui.

«Speravo di trovarti qui» dice. «Possiamo parlare? Vorrei spiegare.»

«Dominic, non hai bisogno di spiegarmi niente.» *Perché è finita.*

Vado alla porta. Lui la tiene aperta per me lasciando che scenda le scale davanti a lui. Mi segue e mi raggiunge sul marciapiede.

«Un drink» dice, mettendomi una ciocca di capelli dietro l'orecchio. È abbastanza vicino da sentire il suo profumo delizioso che mi fa venire le ginocchia molli. Sapone, pulito, oceano e qualcosa distintamente sexy Dominic.

Sospiro tremando. È l'unico uomo da secoli che è riuscito a oltrepassare le mie difese. E se fosse solo sesso, mi sarebbe già passata. «Okay, un drink. All'Horseman Inn. Ho visto a che cosa può portare un drink a casa tua.»

Mi liscia i capelli, scostandoli dal volto e mi sfiora la tempia con le labbra. «Grazie.»

Dominic e io ci incontriamo nel parcheggio dell'Horseman Inn. È un percorso breve. Tiene aperta la porta del ristorante per me ed entro con le gambe rigide. Non so perché mi sto aprendo ad altro dolore. Non ci siamo fatti promesse. Qualunque cosa abbia da dire non importa minimamente.

Rallento il passo e Dominic mi preme la mano sulla schiena, guidandomi avanti.

Un momento dopo siamo seduti a un tavolo d'angolo nella sala da pranzo posteriore. È tranquillo qui il mercoledì sera e siamo le uniche persone in questa sala. Ci sono alcune persone che guardano la partita sulla TV sopra il bar. Come luogo neutrale non ci potrebbe esserci niente di meglio.

Una cameriera sui sessant'anni con capelli biondi tinti si ferma al nostro tavolo. «Salve dottor Russo.»

«Salve, Ellen. Come sta Tiger?» Probabilmente conosce tutti in città, grazie ai loro animali domestici.

«Adesso sta molto meglio, grazie. È tornato quello di prima.»

«Mi fa piacere» dice Dominic.

Ellen si rivolge a me. «Devi essere la sorella di Jenna, Eve. Le assomigli moltissimo.»

Sorrido. «Esatto. Lieta di conoscerti.»

«La cucina chiude tra mezz'ora se volete mangiare qualcosa. Altrimenti il bar è aperto fino alle dieci.»

«Solo acqua frizzante per me.»

«Anche per me» dice Dominic.

Lei piega la testa. «Okay.»

Dominic cambia sedia per mettersi accanto a me. «Ascolta, mi dispiace che tu abbia dovuto scoprire di Nora in quel modo. Lexi non aveva il diritto di irrompere in quel modo.»

Sento lo stomaco che si stringe. «Non è come se ci fossimo fatti delle promesse.»

«Comunque non era giusto.»

Fisso il tavolo, con un groppo di emozione in gola. Non so come o quando, ma Dominic mi è entrato nel cuore. Detesto sentirmi vulnerabile in questo modo.

Lui mi alza il mento, obbligandomi a guardarlo. «Mi sto ancora abituando all'idea di avere una figlia e non sapevo come affrontare l'argomento. Non sapevo se avremmo avuto un futuro insieme o se ti avrebbe fatto scappare.»

«Non te ne avrei fatto una colpa se fossi stato sincero.»

«Sono arrugginito quando si tratta di relazioni e nuovo a questa faccenda del papà. È la mia unica scusa.»

Continuo a non essere sicura di potermi fidare di lui. «Era una cosa piuttosto grossa da tenere segreta. Che cos'altro non mi hai detto?»

«Non lo so, Eve. Che cos'altro non mi hai detto tu?»

«Ti ho parlato dei miei genitori» mi sforzo di dire. Anche se non ho parlato della vergogna che provo per il mio incidente e la dipendenza da farmaci che ne era seguita. Per non parlare dei particolari dell'orribile serie di relazioni durante quel periodo e il mio divorzio. Mi ero messa in alcune brutte situazioni. Era stato già abbastanza difficile aprirmi su una cosa e poi mi aveva sbattuto addosso questa gigantesca sorpresa.

Dominic mi accarezza la schiena, rassicurante. «Sono sicuro che ci sia molto di più che potremmo sapere l'uno dell'altra, col tempo. Mi piacerebbe, finché sarai qui. Non sapevo semplicemente che cosa dire di Nora e quando. Mi scuso di nuovo per il modo in cui l'hai scoperto.»

Fisso il tavolo, con la gola stretta. «Sembravate una famiglia quando vi ho visti al lago, domenica. Non voglio intromettermi. Non sarebbe giusto per Nora.» Deglutisco forte e mi obbligo a guardalo negli occhi. «Non sono sicura che questa fosse una buona idea.»

«Hai detto un drink. Non abbiamo ancora bevuto niente.»

Alzo gli occhi e vedo Ellen che si sta avvicinando con i nostri bicchieri di acqua frizzante. Mi sforzo di assumere un'espressione piacevole anche se dentro di me sono un disastro. Ellen appoggia l'acqua davanti a me. «Grazie.»

«Prego» mi risponde. «E per te» aggiunge appoggiando il bicchiere d'acqua di Dominic. «Siete sicuri di non volere niente da mangiare?»

«Stiamo bene così» dice Dominic.

Lei annuisce e si allontana. Ho effettivamente sete dopo la lezione di karate, quindi bevo mentre lui comincia a parlare. Mi faccio forza e mantengo un'espressione neutra. Non voglio che capisca com'è difficile per me parlare di quella notte perché saprebbe che m'importa troppo.

«Eve, non mi piace parlare del mio divorzio perché, francamente, è umiliante. È abbastanza brutto che mi abbia tradito, ma poi essere anche incinta del figlio del suo amante, mi ha fatto sembrare un idiota.»

«Solo che aveva mentito.»

«Puoi immaginare come ero scioccato in quel momento, e ferito. Non ho mai messo in dubbio quello che mi aveva detto e, ripensandoci, avrei dovuto farlo.» Si passa una mano tremante sui capelli. «Avrei dovuto esserci io fin dall'inizio con Nora, non Sam.»

Vorrei confortarlo, abbracciarlo e portar via il dolore, ma sono bloccata. «Hai ragione.»

«Sam è morto lo scorso maggio facendo quello che amava: una gara di auto. Non lo conoscevo bene. L'avevo incontrato solo una volta. Era già divorziato dalla sorella di Lexi prima che io mi mettessi con lei.»

La mia curiosità ha la meglio. «Come vi siete conosciuti tu e Lexi?»

«Per caso, a una festa. Era l'amica di un amico. Io avevo appena cominciato la Facoltà di Veterinaria. Ci siamo sposati solo dopo pochi mesi e abbiamo divorziato poco prima del nostro secondo anniversario.»

«Io sono arrivata solo a un anno di matrimonio. Lui era innamorato di un'altra, quindi non c'era motivo di continuare.»

«Deve essere stato difficile.»

«Non come quello che hai passato tu.»

Lui espira bruscamente e guarda il soffitto. «Vero. In ogni caso non ho saputo di Nora fino al mese dopo la morte di Sam. Lexi mi ha sorpreso il giorno della Festa del Papà con la notizia, presentandoci. Mentre io passavo il tempo a guardare meravigliato mia figlia, Lexi parlava di assegno di mantenimento dato che, con la morte del marito, aveva davanti un radicale cambiamento dello stile di vita. Aveva un'assicurazione sulla vita, ma non sufficiente perché Lexi potesse continuare a spendere come voleva.»

«Mi dispiace, non voglio dare giudizi, ma che cosa hai mai visto in Lexi? Sembra avida di soldi.»

Dominic fa una risata amara. «È nata povera e si è fatta strada con le unghie e coi denti. Lo capisco. Ma prima che ci sposassimo era solo... divertente, pronta a tutto. Era tutto facile e leggero e mi guardava come se fossi il suo mondo.» Mi dà un'occhiata sarcastica. «Pensavo significasse che saremmo durati per sempre. Mi ha mostrato com'era veramente dopo il matrimonio, spendendo soldi che non avevamo, assillandomi perché cercassi di stabilire rapporti in un'area ricca per il mio lavoro, dopo la laurea. Dopo soli sei mesi le cose già andavano male. Non sembrava mai felice. Ho tentato di farlo funzionare ma mi stavo giostrando con una montagna di impegni scolastici. Non posso dire che sia stata tutta colpa sua che il matrimonio è fallito. Si sentiva sola.»

«Non è una scusa valida per quello che ha fatto.»

Dominic stringe le labbra, cupo. «Sono d'accordo. In ogni caso, Lexi mi ha presentato a Nora come *papà*. Pensavo che lei sarebbe stata confusa, ma Nora l'ha semplicemente accettato. Ha due anni e mezzo, tre a dicembre. Devo chiedermi se avrei mai saputo di avere una figlia se Sam non fosse morto» dice con la voce soffocata.

Gli stringo la mano. «È un tale inganno. Peggiore del solo tradimento perché è coinvolta una bambina.»

Dominic beve un sorso d'acqua e sospira. «Sospettavo che fosse mia quando ho visto i suoi occhi, ma ne ho avuto la prova con un test di paternità. I lineamenti sono quelli di Lexi. Ho pensato che forse sarebbe assomigliato di più a me se fosse stata un maschio. Non che non sia entusiasta di avere una bambina.» Negli occhi ha un'espressione dolce. «È meravigliosa.»

La ama e ne sono lieta. Allo stesso tempo so che io non rientro nel quadro.

«Sembra una situazione complicata» dico gentilmente. «L'ultima cosa che voglio è mettermi in mezzo.»

«Non succederà. Quella vita sarà separata da ciò che abbiamo.»

Mi sforzo di rivelare la mia peggiore paura. «Lexi vuole che voi tre siate una famiglia, cioè due genitori che vivono insieme con la loro bambina. Si capisce.»

«Ma non è ciò che voglio io. Ha suggerito già un paio di volte di tornare insieme, usando Nora come scusa. Ma non c'è la minima possibilità che io possa perdonarla per ciò che mi ha tolto. Ho perso *due anni* della vita di mia figlia.»

Guardo la sua espressione sincera e qualcosa dentro di me si rilassa. Non mi sto intromettendo in una famiglia. Non è innamorato di Lexi.

Dominic continua: «Voglio anche che tu sappia che Lexi e

Nora si stanno trasferendo a Summerdale. In questo modo potrò vedere Nora ogni domenica, spero più spesso».

Resto a bocca aperta, poi la richiudo di scatto. «Wow. Te lo aspettavi?»

Dominic si passa una mano sul volto. «Hai visto come opera Lexi, copiando la mia chiave e piombandoci addosso, sorprendendomi il giorno della Festa del Papà per annunciarmi che ero un padre. Certo che non lo sapevo. È stata tagliata fuori dalla sua cerchia di mamme snob perché Nora non è entrata in una delle scuole materne private in città, quindi Lexi ricomincerà qui.»

«Perché ci sei tu.»

«Quello, e perché abbiamo ottime scuole pubbliche.»

Cerco di elaborare tutte le informazioni, tentando di capire come mi sento.

«Tengo molto a te, Eve.» Mi scosta i capelli dal volto e mi appoggia la mano sulla guancia. Sento crollare le mie difese. «Per favore, non escludermi per questo.»

«Non voglio restare ferita» sussurro.

«Non succederà.» Mi bacia la tempia, la guancia. Le sue parole sono calde accanto al mio orecchio sensibile. «Tutto tra di noi sarà sincero e aperto da ora in poi. Solo quello con cui ti sentirai a tuo agio.»

Mi tiro indietro per guardarlo, in bilico tra la ragione e l'emozione.

I suoi occhi azzurri sono caldi e teneri, così teneri. Mi prende il volto tra le mani, abbassando lentamente la testa finché le nostre labbra si incontrano. La scarica di sensazioni a quel contatto, l'enorme senso di fare la cosa giusta decide per me. Mi arrendo, assaporando la sensazione delle sue labbra di velluto, il suo sapore, il suo profumo.

Dominic si stacca, con le dita che indugiano per un'ultima carezza, tracciandomi una linea lungo il collo. Sento un brivido. «Permettimi di accompagnarti a casa.»

Annuisco e mi alzo con le gambe che tremano. Non so dove stiamo andando, ma voglio scoprirlo. Sono pronta per qualcosa di vero.

Dominic

Mi fermo a casa di Jenna ed Eli a prendere Eve per la cena fuori, il nostro primo vero appuntamento. Ho i nervi a fior di pelle come un adolescente. So che è ridicolo alla mia età e con la mia esperienza. Il fatto è che Eve è diversa. Speciale. Stanno tornando emozioni che pensavo fossero sepolte per sempre: speranza per il futuro, desiderio intenso. Ah. Da quel punto di vista abbiamo fatto le cose al contrario, ma cercherò di rallentare, abbastanza da conoscerci.

Suono il campanello, dondolando sui tacchi.

Apre Jenna con gli occhi verdi pieni di malizia. «Dottor Russo, non pensavo che facesse visite a domicilio!» I suoi cani, Mocha e Lucy corrono a salutarmi. Dopo qualche latrato, mi annusano forte. Sono sicuro che mi riconoscono. Mi ero preso cura di Mocha prima che fosse adottato e da allora vedo entrambi per i controlli.

Jenna si fa indietro, invitandomi a entrare. «Eve si sta preparando. Ha già cambiato quattro volte i vestiti.»

Nascondo un sorriso. Forse Eve sta prendendo la cosa seriamente come me. Mocha, un pitbull marrone mi dà una testata, chiedendo coccole. Le accarezzo il fianco.

«Ciao Dominic» dice Eli, venendo dalla cucina con il

bambino tenuto contro il petto. Theo sembra comodo con la copertina verde e il cappellino in tinta.

«Ehi.» Mi avvicino. «Come sta l'ometto?»

Theo gira la testa per guardarmi.

Gli sorrido. «Ciao, sembra che si stia per addormentare.»

Eli sorride abbassando lo sguardo. «Non è mai così facile. A Theo serve il movimento. O camminiamo fino a quando crolliamo oppure lo portiamo a fare un giro in auto.»

«Quando camminerà probabilmente non si fermerà un attimo.»

Jenna si dà una botta sulla fronte. «Non ci avevo nemmeno pensato. Quindi per ora è tutto più facile.»

«Non direi che è facile» dice Eli.

Arriva Eve, scendendo di corsa le scale. «Mi dispiace averti fatto aspettare.»

Sento la bocca secca. È così bella. I capelli biondi hanno highlight del colore del miele e il taglio corto accentua gli zigomi alti, gli occhi azzurri e le labbra piene. E ha proprio la quantità giusta di curve.

«Vale la pena di aspettarti.»

Eve apre le labbra, con le pupille che si dilatano.

«Wow» dice Jenna. «C'è seriamente attrazione chimica qui. Andate, voi due. Divertitevi stasera. Non correte a casa per me. Eli e io per una notte ce la caveremo da soli con la nostra prole esigente.»

Eli ridacchia. «Spero che ce la caveremo per più di una notte, visto che abbiamo davanti circa diciotto anni.»

«Non preoccuparti. Sarà molto più facile da gestire da adolescente» dice Eve con un sorriso demoniaco. «O forse no.»

Li saluto e accompagno Eve alla porta. Andiamo alla mia auto e le apro la portiera. «Stai veramente bene» le dico.

Le guance si colorano lievemente di rosa. «Grazie.»

Eve sale in auto e chiudo la portiera, facendo qualche respiro profondo mentre vado dal lato del guidatore. In qualche modo, stasera sembra un test per vedere se abbiamo un futuro.

Appena metto in moto Eve mi dice: «Non mi sono veramente cambiata quattro volte. Jenna stava scherzando».

«Mi sarei sentito meglio se lo avessi fatto, sarei meno imbarazzato per essermi cambiato due volte.»

«Davvero?» mi chiede dolcemente.

Le pizzico il mento e la bacio. «Voglio che tutto sia perfetto per te questa sera.»

«Allora, dove siamo diretti?»

«Happy Endings a Clover Park, appena oltre il confine, in Connecticut. È un ristorante e un bar e, sul retro, hanno una pista da ballo, uno jukebox e tavoli da biliardo. Sembra divertente. Finora sono stato solo al bar.»

«Conosco quel posto.»

Esco dal viale e prendo la direzione della Route 15. «Quindi ci sei già stata?»

«Quando ero una bambina, si chiamava *Garner's Sports Bar and Grill*. La sala posteriore è nuova. La mia famiglia e io facevamo il brunch lì e poi, dopo il divorzio, andavamo lì a cena a volte, solo papà e io. Vivevamo in un appartamento a Eastman, la città dopo Clover Park.»

«A dire il vero, Audrey mi ha invitato per un drink al bar in quel locale, e, ripensandoci, mi sembra strano perché mi ha detto che va al bar dell'Horseman Inn per la Serata delle Donne tutte le settimane e incontra regolarmente lì le sue amiche.»

«Ti voleva tutto per sé.»

«Oppure non voleva che ci vedessero insieme.»

«Comincio a pensare che ci stiamo dicendo troppo. Cioè, preferirei non sapere dei tuoi appuntamenti con donne, che le conosca oppure no.»

«Okay, ma io vorrei sapere tutto del tuo passato.»

Lei piega di lato la testa, con gli occhi che scintillano. «Allora, c'era Ron, che aveva un feticcio per i piedi. Ho dovuto porre dei limiti...»

«Già, fermati. Non ho bisogno di conoscere le inclinazioni sessuali degli uomini del tuo passato. Solo, beh, a parte il tuo ex-marito, c'è stato qualcuno di serio?»

«Diciamo che volevo disperatamente stare con gli uomini della mia vita e a loro non importava di me, e di solito se ne andavano. So che dice più del punto in cui ero nella mia vita in quel momento e delle scelte sbagliate che ho fatto. Ci sono voluti anni di terapia per portare la mia autostima al punto che mi permette di fare scelte migliori. Finché ho finalmente deciso che la vita da single andava meglio per me rispetto al tumulto di emozioni che succedeva ogni volta che mi legavo a qualcuno. E poi ho conosciuto te ed eccoci qui.»

Rallento a uno stop per entrare nella Route 15 e le rivolgo un'occhiata comprensiva.

Lei fissa diritto davanti a sé. «Ho detto troppo.»

«No, sono contento che lo abbia fatto. Abbiamo passato entrambi momenti difficili, ma sono passati. Non c'è bisogno che ne parliamo se tu non vuoi.»

«Proprio non voglio.»

«Nessun problema. Parlami del tuo lavoro. Mi sembra affascinante.»

Questo la fa parlare. Ed è divertente da matti sentirla descrivere la stanza degli scrittori e le stranezze dei colleghi sceneggiatori, inclusa l'iguana domestica di uno degli uomini che non smette mai di parlarne, o un altro che ha bisogno di sdraiarsi per fare brainstorming e lo fa sul tavolo della loro sala conferenze.

Prima che me ne accorga arriviamo a Clover Park. Diversamente da Summerdale che è stata progettata come una ruota con il lago al centro del mozzo, Clover Park è su una nitida griglia, con la Main Street che corre in mezzo al centro e le strade laterali della griglia che conducono alle case, le chiese e le scuole. Mi fermo nel parcheggio dietro al ristorante, faccio il giro dell'auto e le apro la portiera.

«La tua mamma ti ha insegnato ad aprire le porte per le donne?» mi chiede. «È un'arte che sta morendo.»

«Sì, me l'ha insegnato mia madre. Alcune donne lo apprezzano, altre lo detestano. Tu che ne pensi?»

Lei mi sorride. «A me piace. Mi sembra che stia facendo quel passo in più perché sia comoda.»

«Esatto.»

È già buio ora che è la seconda settimana di ottobre e l'aria è pungente. Eve rabbrividisce. «Avrei dovuto portare una giacca. Non sono più abituata a questo clima.»

«Vorrei averne una da darti.»

Ci affrettiamo a fare il giro dell'edificio e le apro la porta d'ingresso. Entriamo e ci troviamo davanti quella che sembra una festa di compleanno. Ci sono palloncini con la scritta *Buon Compleanno* e striscioni intorno al perimetro del soffitto, a ogni tavolo nella sala da pranzo e alla postazione della receptionist. Tutti nella sala hanno una fetta di torta davanti. È difficile sentire la receptionist che ci sta salutando sopra il chiacchiericcio della folla.

«È una festa privata?» chiedo.

La receptionist, una bruna molto giovane, sorride. «No, è il mezzo compleanno di Maggie O'Hare. Le piace festeggiarlo qui nella speranza che si unisca un sacco di gente. Novantuno e mezzo ed è ancora in gamba.»

«Festeggia sempre i mezzi compleanni?» le chiede Eve.

«Una volta compiuti i novant'anni, ha deciso che aspettare un intero anno per festeggiare era troppo lungo. È solo una scusa per fare una festa.»

«Sembra una signora divertente» dice Eve.

La receptionist annuisce. «Più tardi probabilmente la vedrete ballare il tango con suo marito, Jorge. Qui ci sono più che altro i suoi nipoti e pronipoti, ma hanno occupato solo due tavoli lunghi in fondo. Potete sedervi dovunque vogliate, oppure, se volete stare tranquilli, provate il bar.»

Do un'occhiata a Eve. «Il bar?»

Lei annuisce.

Proprio allora si alza la festeggiata. Maggie è una signora dai capelli bianchi con una tiara e un body a stampe animalier sotto una vaporosa gonna rosa. «Dato che è il mio mezzo compleanno, sarò io a fare i regali» annuncia. «Tutti riceveranno una lezione di danza gratuita alla scuola di danza di Jorge.»

Dalla folla arriva un gemito collettivo.

«Ci regali sempre la stessa cosa» si lamenta una teenager.

«Vuoi solo che balliamo» dice un altro ragazzo.

Maggie agita le braccia. «Tutti quelli che vogliono rinunciare a questo grande regalo dovrebbero dimostrarmi che bravi ballerini sono. Tutti quanti, nella sala posteriore!» Fa un cenno a un uomo anziano con i capelli sale e pepe di unirsi a lei. Immagino che sia Jorge, dal modo in cui la guarda. Se ne vanno tutti verso la sala posteriore facendo il trenino.

Do un'occhiata a Eve, nel caso desideri sedersi nella sala da pranzo, ma lei indica il bar. «Torneranno» dice.

Andiamo al bar e ci sediamo in un paio di sgabelli verso il fondo. C'è una bella folla anche lì, con un gruppo di donne raggruppate insieme che ridono come vecchie amiche.

Una di loro alza il bicchiere: «All'Happy Endings Book Club!».

«All'Happy Endings!» dice un'altra.

«Avevo un nome migliore per il club» dice un'altra. Ha i capelli rossi e il tatuaggio di un falco sul petto, che si vede tra le sottili spalline della sua canottiera.

Una bionda favolosa con i capelli lunghi e un vestito rosa aderente sbuffa. «Mad, nessuno vuole essere chiamata SLITS – fessure.»

«Oh, davvero, principessa Hailey. Beh, non direi che HEBC sia semplice da dire. Non come SLITS.» E tira fuori la lingua.

Le donne scoppiano a ridere prima di fare cin-cin e ridere.

Mi chino verso l'orecchio di Eve e sussurro: «Vuoi andare in un posto più tranquillo?».

«Stai scherzando? Tutto questo origliare è oro per uno scrittore. Io colleziono dialoghi e tratti personali eccentrici dovunque vada.»

«Davvero? Quindi potrei finire come personaggio in *Irreverent*?»

Lei sorride misteriosa.

«Il favoloso veterinario con la fantastica auto sportiva. La gente si sintonizzerebbe sicuramente solo per quello.»

«Sinceramente, i personaggi non rispecchiano mai una sola persona. È sempre una combinazione di caratteristiche.»

«Oh.»

Lei mi dà una spallata. «Ma personalmente a me piace il favoloso veterinario con la fantastica auto sportiva.»

«E a me piace moltissimo la bella scrittrice con un cuore d'oro.»

Eve si mette la mano sul cuore, sbattendo gli occhi un paio di volte. «Pensi che abbia un cuore d'oro? Mi hanno sempre detto che sono riservata, perfino fredda.»

Le metto la mano sulla guancia, accarezzandola con il pollice. «Non la Eve che conosco io.»

I nostri sguardi si incontrano. Non so chi si muove per primo, ma poi ci stiamo baciando appassionatamente. Non sono mai stato attirato in un bacio come fa lei, come un uomo che sta annegando che ne ha sempre più bisogno.

Eve si stacca di colpo, mettendomi una mano sul petto per tenermi fermo. «Dovremmo ordinare del cibo e fare cose che si fanno durante un appuntamento.»

Eve mi rivolge un sorriso malizioso, strofinandomi il petto. «Come lasciare che gli uomini mi adorino e dicano cose lusinghiere per tutta la notte.»

«Mmm, lascia che pensi a qualcosa di bello da dire.»

«Ci devi pensare?» dice, fingendosi offesa.

Sorrido. «Che altre cose brillanti hai scritto? Hanno mai fatto un film?»

«In effetti sto scrivendo una sceneggiatura per un mondo di fantasia chiamato Nadirr. Hanno opzionato un paio di sceneggiature, ma finora non ne hanno fatto niente. Ci vuole parecchio tempo per trasformare qualcosa in un film, se mai lo fanno. Sono sette anni che ci provo.»

«Quindi scrivere per la TV paga i conti mentre cerchi di far fare un film.»

«In realtà mi piacciono entrambe le cose.»

«È fantastico che ti piaccia il tuo lavoro.»

«Lo adoro.»

Penso, ma non lo dico: "Allora sembra che tu sia al tuo

posto, vivendo a Los Angeles". Non voglio rovinare il momento parlando di quello che alla fine ci dividerà.

Dalla folla di donne arriva una voce. «Sono quei diabolici geni Campbell. Non preoccuparti, si calmerà tra una ventina d'anni.»

Altre risate dalle donne e un gemito.

Eve prende un taccuino dalla borsa. «Devo scrivere questa roba!»

~

Eve

Sto ancora sorridendo ripensando a ieri sera mentre faccio la doccia a casa di Dominic la mattina seguente sul tardi. Non solo la cena con Dominic è stata così rilassata e divertente, ma dopo ci siamo divertiti moltissimo ballando con i partecipanti alla festa di compleanno e le donne divertenti del bar. Siamo tornati a casa sua e Dominic mi ha assecondato, guardando altre puntate di *Irreverent*, che dice essere il suo nuovo show preferito. Mi ricorda quanto mi manca il mio lavoro. Sfortunatamente, le trattative non stanno andando bene. Alcune delle lamentele degli scrittori sono state fatte arrivare alla stampa con contro-risposte dall'associazione dei produttori. Non è mai una buona cosa quando si arriva a una battaglia sulla stampa su chi ha ragione agli occhi del pubblico. L'unica cosa buona è che posso prolungare il mio soggiorno a Summerdale.

C'è tanto per me qui. Sto creando un legame con il mio nipotino, ricominciando da zero con la mamma (con cui ho pranzato di nuovo questa settimana), godendomi il tempo con mia sorella e mio cognato, sto incontrando un mucchio di gente interessante e, per la prima volta, forgiando un legame profondo con un brav'uomo. Prima avevo paura, non volevo cercare una relazione, ma vedere da vicino l'esempio di Jenna ed Eli, superare il dolore dell'abbandono da parte della mamma, imparare a conoscere Dominic e permettergli di conoscere me, tutto mi ha permesso di aprirmi.

Non sono mai stata così felice. Eppure è temporaneo. La mia vera vita con la carriera dei miei sogni è a quattromila chilometri di distanza.

Chiudo l'acqua nella doccia, prendo un asciugamano da un gancio e mi asciugo, ricacciando in fondo l'ansia per il futuro. È l'unico modo di godermi il presente e ora è veramente fantastico. Pulisco la condensa dallo specchio del bagno. Il mio volto splende di felicità. Oh, e ho bruciature da barba sul lato del collo. La barba delle cinque a Dominic spunta alle tre. Ah-ah. Non riusciamo a stare lontani l'uno dall'altra.

Sospiro mentre mi metto una delle vecchie magliette di Dominic. In effetti mi sembra di fluttuare. Mi lavo i denti con lo spazzolino che mi ha dato Dominic e torno in camera per finire di vestirmi con gli abiti che avevo ieri e la biancheria pulita che avevo messo in borsa. Ehi, non mi ero mai aspettata di resistergli dopo il nostro appuntamento.

PJ alza la testa, dandomi un'occhiata stanca dal suo lettino accanto al letto di Dominic. Ha un altro lettino in soggiorno e si sposta dall'uno all'altro a secondo del suo umore. Più che altro dorme. Non abbaia né guaisce, accetta semplicemente la vita come viene. È quasi come un gatto.

«Puoi tornare a dormire» gli dico.

Mi siedo sul letto per mettermi calze e scarpe. Dominic è andato a lavorare per il suo turno del sabato mattina mentre io dormivo fino a tardi. So che passa anche qualche ora al rifugio il sabato pomeriggio. Jenna mi ha incoraggiato a coprire qualcuno dei turni del sabato pomeriggio, quindi pensavo di raggiungerlo più tardi. Spesso Jenna fa passeggiare i cani o fa qualunque altra cosa serva. Spero che a Dominic non dispiaccia se passiamo più tempo insieme. Non so per quanto resterò qui e voglio fare il pieno di felicità finché posso.

PJ alza la testa, con le orecchie nere puntute che si alzano quando si apre la porta d'ingresso.

Vado in soggiorno. «Ciao!» Sono felice di vedere Dominic e quello che ha in mano: caffè e una scatola di dolci del Summerdale Sweets. Adoro tutte le ricette di mia sorella.

«Buongiorno, raggio di sole. Ti ho portato la colazione, anche se è tardi.»

«Stai diventando sempre più fantastico.»

Lui sorride. «Davvero?» Appoggia il caffè e la scatola sul ripiano della cucina. Si volta a guardarmi e mi getto tra le sue braccia, stringendolo in vita.

Dominic mi tiene stretta per un momento prima di tirarsi indietro e accarezzarmi il volto con la sua mano grande. «Non sapevo che avessi un lato dolce.»

Non riesco a fare a meno di sorridere. «Sono felice. Ieri sera è stato bellissimo e sono contenta di vederti oggi. Ti dispiace se ti raggiungo al rifugio questo pomeriggio? Jenna voleva che prendessi il suo posto almeno una volta, per aiutarti.»

Lui mi bacia. «Mi sembra perfetto.»

Rimbalzo sui talloni. «Bene!» Mi volto verso la scatola dei dolci e la apro. Mmm, muffin ai mirtilli e lamponi con glassa croccante. «Penso di essere innamorata.»

«Cosa?»

Prendo un muffin e do un morso. «Di questi.» Mastico e deglutisco. «Sono da morire. Grazie.» Le mie emozioni si vedono. *Penso di essere innamorata*. L'ho detto dei muffin, ma una parte di me intendeva di lui.

Lui studia la mia espressione. «Devo nutrirti.»

Bevo un sorso di caffè. «Mancavi a PJ mentre eri fuori.»

Lui mi intrappola contro il bancone, con gli occhi pieni di ironia. «Davvero?»

Annuisco con il sangue che mi scorre veloce nelle vene. Dominic mi solleva sopra il bancone, sistemandosi tra le mie gambe. «Mi è mancato anche lui.»

Appoggio la mia colazione sul ripiano e gli metto le braccia intorno al collo. «Dominic.» Una parola che ha assunto un significato così grande. Non so come farò ad allontanarmi da tutto.

E poi la sua bocca è sulla mia, la mano che scivola lungo la schiena fino al sedere, premendomi più forte contro di lui. Quel delizioso punto di contatto fa esplodere in me il desiderio.

«Prendimi» gli dico tra un bacio e l'altro.

Lui mi toglie i vestiti, quasi senza smettere di baciarmi. Mi volta di colpo, piegandomi contro il bancone.

Il desiderio lotta con una assillante preoccupazione. Non ho dimenticato come Lexi abbia fatto irruzione con Nora. «Aspetta, siamo qui in mostra.»

Le sue dita scivolano tra le mie gambe, accarezzandomi in lenti cerchi stuzzicanti. «Allora?» Dominic mi bacia e mi morde dolcemente il lato del collo, mentre le dita continuano la lenta tortura. Mi tira il lobo dell'orecchio con i denti. «Ho cambiato la serratura.»

Sento le gambe molli mentre crollano le mie ultime difese. Sento il fruscio dell'involucro di un preservativo o poi Dominic mi afferra i fianchi, tenendomi ferma, e si spinge dentro. Ansimo quando mi riempie fino in fondo.

Mi sussurra all'orecchio: «Sei così sexy. Adesso ti farò venire».

Espiro tremante, sapendo che manterrà la promessa. Mi prende in lente spinte profonde mentre mi accarezza e strofina, dandomi proprio ciò che voglio. La passione non è mai stata così forte. La mia mente si svuota e mi lascio andare completamente, arrendendomi a tutto ciò che mi può dare.

Dominic mi sussurra delle lodi all'orecchio. «Sì, proprio così.»

Una foschia di sensazioni mi porta via e poi Dominic colpisce proprio il posto giusto ed esplodo, scossa fino in fondo, con le sensazioni che si diffondono, un'ondata dopo l'altra. Mi tira forte verso di sé e si lascia andare con un gemito gutturale.

Il suo respiro è aspro accanto al mio orecchio. «Non ne ho mai abbastanza di te.»

Sento il cuore che sprofonda. «Anch'io.» Sarà così difficile dirsi addio. Vorrei riuscire a smettere di pensare al futuro, ma sta incombendo come in una grande DISSOLVENZA... Il finale del bel film di Summerdale.

Dominic mi volta per guardarmi e mi prende il volto tra le mani calde. «Che cosa c'è che non va?»

«Niente.»

«Eve, dimmelo. Sembri triste. Pensavo che fossi esultante com'eri prima che facessimo sesso. Pensavo che fosse stato il sesso di ieri notte che ti aveva fatto sentire così.»

Sei tu. Lo abbraccio stretto, appoggiandogli la guancia al petto, ascoltando il battito costante del suo cuore. «Non sono mai stata così felice e mi spaventa perché so che non potrà durare, vista la distanza.»

«Ci inventeremo qualcosa.»

«Ma tu sei legato a questo posto e io...» Mi copre la bocca, cancellando la protesta dalle mie labbra con un bacio, tenero, perfino amorevole, con il corpo che trasmette ciò che le parole non potrebbero mai dire. L'emozione è reale e non è unilaterale.

Dominic si tira indietro appoggiando la fronte alla mia. Condividiamo un respiro e poi un altro, legati insieme per un momento senza tempo.

Il rumore di metallo che colpisce il pavimento attira la nostra attenzione. Guardo. PJ ha appena lasciato cadere il guinzaglio ai nostri piedi. Alza i grandi occhi verso di me e poi verso Dominic. Vuole uscire.

Dominic ridacchia. «Lo porto fuori io.»

Mangio un boccone di un delizioso muffin ai lamponi. Potrei farci l'abitudine.

~

Quando arriviamo al rifugio, sono sorpresa di trovare Audrey e Drew già lì. Sono nella stanza dei gatti, dove Audrey sta indicando a Drew i vari gatti.

Dominic bussa sul vetro e li saluta. Audrey esce, con Drew subito dopo di lei.

«Wow» dice Audrey. «Sembra che oggi tu abbia un mucchio di aiuto extra. Ciao Eve, siete venuti insieme?»

Indico la porta da cui siamo entrati. «Proprio da quella porta.»

Lei mi osserva per un momento e sembra vedere qualcosa che le dice che stiamo insieme. Oh Dio, ho l'aspetto di chi *ha appena fatto sesso*? Mi sono spruzzata acqua fredda sul volto prima di uscire. Forse è la bruciatura da barba sul mio collo. La copro con la mano.

Dominic tende la mano a Drew e si scambiano una stretta. «Audrey ha invitato anche te. Perfetto.»

Gli occhi azzurri di Audrey brillano di gioia appena repressa. «È il nuovissimo membro del Club del Libro e stavamo parlando di com'è gratificante passare del tempo al rifugio e *voilà*!»

«Mi piacciono i cani» borbotta Drew.

«Avevamo un po' di tempo dopo la fine della lezione di karate dei bambini» aggiunge Audrey. Cerca di non sorridere ma non ci riesce.

Nascondo una risata. Sembra che ad Audrey faccia piacere avere Drew che si aggrega alle sue attività preferite.

Dominic si strofina le mani. «Mi fa piacere avere qui entrambi. Eve e io ci occuperemo di dar da mangiare ai cani. Se poteste riempire le ciotole d'acqua dove serve, poi mi servirà aiuto per portar fuori i cani per una passeggiata. Potete portarne due alla volta. Più di quello e si eccitano e non è mai un bene dopo il pasto.»

Dominic e io ci dirigiamo verso la stanza posteriore, dove tiene il cibo per i cani. Mentre andiamo sento Audrey dire: «Sembrano una coppia, vero?».

Drew risponde a voce talmente bassa che non riesco a sentire che cosa dice. Accidenti.

Vorrei dire: «Sì! Siamo una coppia» ma qualcosa mi impedisce di dirlo a voce alta. In cuor mio noi siamo insieme. In qualche modo dirlo a voce alta significa spezzare il felice incantesimo. C'è troppa incertezza nel nostro futuro, troppe domande per le quali non ho una risposta.

14

Eve

Incontro la mamma all'Horseman Inn per il pranzo. È il nostro terzo pranzo madre-figlia e mi sento molto più a mio agio con lei, solo noi due. Immagino che ci sia voluta la sua diagnosi per superare il dolore del passato e ricreare un legame con lei e forse quello l'ha anche invogliata a chiedermi perdono.

È la seconda volta di fila all'Horseman Inn. Penso che le piaccia incontrare la gente che conosceva in città prima di trasferirsi. Siamo qui di martedì, invece del solito pranzo del mercoledì perché l'intervento chirurgico è programmato per giovedì mattina e non pensava di riuscire a mangiare granché il giorno prima, per via del nervosismo.

Mi siedo e la mamma, sorridente, si siede davanti a me, salutando la proprietaria del ristorante. «È bello rivederti, Sydney!»

Sydney sorride serena. «È bello riavere te ed Eve in città.» Non sono il tipo da dire che una donna ha bisogno di un uomo per completare la sua vita, ma è evidente che il matrimonio e la maternità hanno fatto bene a Sydney. Una volta era un fascio di energia. Anche un po' aggressiva, le piaceva dare un pugno sulla spalla alla gente che le piaceva.

«Dovremo far incontrare Theo e la piccola Quinn per farli giocare insieme» dice la mamma.»

«Lo faremo sicuramente» dice Sydney. «Godetevi il pranzo.»

Proprio in quel momento entra un uomo alto con i capelli castani in disordine e un velo di barba sulle guance, con una bambina urlante che indossa un cappellino bianco e un abitino viola. Si precipita verso Sydney. «Ho cercato di calmarla, ma vuole solo le tette.»

Sydney ce lo indica. «Mio marito, Wyatt, e la nostra demoniaca bambina, Quinn.»

Wyatt le ficca in braccio la bambina e si rivolge a noi. «È uno scherzo tra di noi, perché ci chiamiamo a vicenda diavoli, ma in modo amorevole.»

«Sono sicura che sia molto dolce» dice la mamma mentre Quinn emette un urlo a pieni polmoni che mi fa vibrare i timpani.

Sydney sospira. «Dai, Quinn, devo veramente lavorare. Non posso tenerti in braccio tutto il giorno.»

«In effetti...» Wyatt la segue con un marsupio per bambini.

La mamma e io ci scambiano un'occhiata complice.

«Theo è un bambino molto più facile» sussurra la mamma.

«Non urla mai in quel modo.» Anche se, a dire la verità, si agita parecchio.

«Sono così contenta di essere diventata nonna» dice la mamma.

«Grazie Jenna.»

«E tu, Eve?» mi chiede gentilmente. «È qualcosa che vedi nel tuo futuro?»

Apro la bocca. Non l'ho mai pensato, ma ultimamente l'idea mi attira veramente. Comunque il mio futuro è così incerto che non so come rispondere. Siamo interrotte dalla cameriera che mette sul tavolo i bicchieri d'acqua e ci consegna i menu.

La mamma sorride alla nostra cameriera, la stessa donna di quando sono stata qui con Dominic. «Ellen, ciao! Sono Meghan Larsen.»

Cominciano a conversare allegramente. Sembra che la mamma conosca tutti in città e le piaccia stare qui. Si era trasferita dopo la laurea di Jenna perché si sentiva troppo sola nella sua casa. L'aveva venduta e aveva comprato un appartamento accanto al suo posto di lavoro. Ora lavora part-time da casa nell'appartamento che divide con papà. La mamma lavora nell'IT. Io non ci capisco niente. Jenna faceva un lavoro simile ma a un certo punto non ce l'ha più fatta e si era trasferita nuovamente a Summerdale per aprire una pasticceria. Io non ho ereditato quel gene analitico. Riconosco un grande merito a mia madre, è tornata al college dopo aver avuto Jenna e me. Sono sicura che non sia stato facile.

Quando la cameriera se ne va, oso farle la domanda che ho in testa da quando mi ha parlato della sua diagnosi. «Sei tranquilla per l'intervento?»

«Sì. Oggi almeno. Non chiedermelo domani. Prima d'ora il mio unico intervento è stato farmi togliere un dente del giudizio.»

«Ogni intervento chirurgico fa paura. Sarò lì per te e ci saranno anche Jenna, Eli e papà. Theo si divertirà con lo zio Caleb e la zia Sloane. Vogliono far pratica con un bambino prima che arrivi il loro.» Sorrido, cercando di sembrare normale, come se non fossi terrorizzata all'idea di perdere la mamma proprio quando abbiamo ripreso i contatti.

La mamma allunga la mano sul tavolo e prende la mia. Resta in silenzio per un attimo, guardando in basso. Quando finalmente mi guarda negli occhi, i suoi sono pieni di lacrime. «Eve, non so dirti quanto significhino per me questi pranzi madre-figlia. Ho sempre sperato...» La sua voce diventa soffocata.

«Mamma, va tutto bene» frugo in borsa per cercare un fazzoletto di carta, anch'io con gli occhi pieni di lacrime. Non posso permettermi di crollare prima del suo intervento; a quel punto saprebbe quanto sono preoccupata. Le passo un fazzolettino. Lei si asciuga le lacrime e fa un profondo respiro tremante. «Mi ero ripromessa di non diventare troppo emotiva.»

«Va tutto bene.»

«Tu assomigli più a lui, sai. A tuo padre.»

«Lo so.» Papà ha fatto carriera fino a diventare il direttore di un supermercato, ma in segreto è un poeta che cerca sempre la parola o la frase perfetta.

«È il motivo per cui pensavo che avesse senso che avessi scelto lui quando l'aveva chiesto il giudice e dentro di me sapevo che probabilmente saresti stata meglio con lui.»

«Mamma, va tutto bene. Davvero. Ho elaborato tutto durante la terapia. Ti sei scusata più di una volta. Non dobbiamo davvero riparlarne. Ti ho perdonata. Voglio che voltiamo pagina.»

Lei annuisce, mordendosi il labbro. «È quello che voglio anch'io.»

Cambio argomento, parlandole delle ultime trattative durante lo sciopero. Non sono mai stata così divisa leggendo le e-mail che mi aggiornano sulla situazione. Una parte di me è scoraggiata perché lo sciopero si sta trascinando e significa niente lavoro, mentre una parte di me si sente sollevata perché non devo ancora lasciare Summerdale.

Do un'occhiata mentre una bambina dai capelli scuri corre accanto al nostro tavolo, diretta alla sala da pranzo posteriore. La mamma la segue a passo svelto. «Nora, ti ho detto di non correre avanti senza la mamma. Questo non è un campo giochi.»

Merda. È la ex moglie di Dominic. Alzo il menu, nascondendo la faccia. L'ultima cosa che voglio è avere a che fare con lei. Non ho passato nemmeno un momento con Nora perché Dominic non vuole che si affezioni a me. Però lo capisco. Io non resterò.

Osservo Nora che si arrampica sulla sedia e prende un tovagliolo dal tavolo, mettendoselo in grembo e guardando ansiosamente sua madre.

«Brava bambina» dice la mamma.

Nora sorride. Il suo sorriso radioso mi ricorda quello di suo padre, il modo in cui gli illumina gli occhi. I suoi occhi scintillano, a volta divertiti, a volte maliziosamente sexy.

«Le conosci?» mi chiede la mamma.

Sbatto un paio di volte gli occhi, tornando a prestarle attenzione. «Non proprio.»

«La bambina è adorabile.» La mamma si volta, la saluta agitando la mano e Nora la imita.

«Mamma, non farlo! Non attirare l'attenzione.»

Lei si volta a guardarmi. «Che cosa c'è che non va?»

«Niente. Solo non salutarla.»

Ellen torna a prendere l'ordine. Quando se ne va, la mamma mi guarda per un lungo momento e poi sembra scegliere con attenzione le parole. «Jenna mi ha detto che stai vedendo qualcuno in città, un papà single.»

«Tu e Jenna parlate di me?»

«Non abitualmente, ma mi è capitato di menzionare che mi sarebbe piaciuto che tu rimanessi a Summerdale e...»

«Davvero?»

«Certo. E anche tuo padre e Jenna e sono sicura che, se potesse parlare, Theo direbbe la stessa cosa. Non ho detto niente perché so che dev'essere una decisione tua. È la tua vita. È egoistico da parte mia volerti vicina per recuperare il tempo perduto. Non è una tua responsabilità.»

Do un'occhiata mentre Nora prende un bicchiere di plastica con una cannuccia e beve un lungo sorso. «Immagino di no.»

«Jenna sperava che il tuo papà single potesse farti desiderare di restare.»

Mi irrigidisco. «Non rinuncerò al lavoro per un uomo. Non è facile entrare nella stanza degli scrittori di uno show di successo. Sono appena stata promossa a story editor. La prossima stagione potrei essere citata come produttore. Sarei folle a lasciarmi alle spalle tutto questo per la possibilità di un lieto fine. Non ci credo. Jenna è un'eccezione.»

Mi sento stringere il petto. Tutto ciò che ho detto è la penosa verità. E non mi piace che Jenna e la mamma non diano la giusta importanza alla mia carriera. Loro stanno facendo il lavoro che vogliono. Tutti facciamo delle scelte di vita.

Vedo Nora che parla animatamente, con gli occhi allegri e felici. Lexi la sta ascoltando e annuendo. Sono contenta di vederlo.

La mamma dà un'occhiata alla sala da pranzo posteriore. «È sua figlia quella da cui non riesci a distogliere gli occhi?»

Mi dimeno sulla sedia, a disagio. Non me n'ero resa conta ma immagino che stessi guardando Nora. Adesso sta colorando un menu per bambini, molto presa dalla sua attività mentre sua madre guarda il telefono. «Sì. L'ho incontrata una sola volta, quindi potrebbe non ricordarmi.» *In effetti due volte, ma la prima volta sono rimasta nascosta sotto le coperte per la maggior parte del tempo.* «Non voglio avere a che fare con sua madre.»

«È angelica come sembra? La bambina intendo.»

Non mi posso permettere di affezionarmi a Nora, angelica o no. «Suo padre la descrive come un angelo. Sono sicura che abbia i suoi difetti.»

«Non li abbiamo tutti?»

∿

Finito il pranzo, siamo rimaste a lungo a tavola, chiacchierando. La mamma mi ha fatto un mucchio di domande sul mio lavoro e su come vanno le cose a Hollywood per uno scrittore. Apprezzo che prenda sul serio me e il mio lavoro. Adesso siamo nel parcheggio per salutarci.

Gli occhi della mamma si riempiono di lacrime. «Mi piace tanto il tempo che passiamo insieme.» Mi abbraccia e non mi lascia andare.

Mi si stringe la gola. Sembra quasi che mi stia dicendo addio.

Si tira indietro e mi prende il volto tra le mani. «So che il tuo lavoro è importante per te, ma vorrei per te quello che ha tua sorella, un marito amorevole e un bambino da amare.»

«Perché non aggiungi anche un paio di cani?» le chiedo sarcastica. «Mi prenderò semplicemente la vita di Jenna e la trasformazione sarà completa. La figlia che hai sempre voluto.»

La mamma mi guarda a lungo negli occhi. «Ti voglio bene, Eve. Ti ho sempre voluto bene e te ne vorrò sempre.»

La mia maschera di compostezza di rompe e mi sfugge una lacrima. «Mamma. Non dirlo come se mi stessi dicendo addio.»

«Voglio solo far sapere che cosa provo a quelli a cui voglio bene.»

«Starai bene. Questo è solo un intoppo, come hai detto.»

La mamma mi accarezza la guancia. «Hai ragione, ne sono sicura. Comunque, ti voglio bene.»

Mi fa male il petto, ferocemente. Le parole sembrano venire da un posto buio e nascosto in fondo a me. «Ti voglio bene anch'io.»

Mia madre mi rivolge un'occhiata lacrimosa prima di andare alla sua auto.

E io resto semplicemente lì, nel parcheggio, sentendomi una ragazzina sperduta. Morirà e mi lascerà di nuovo.

Scuoto la testa. No, lei *ha paura* di stare per morire. Ecco perché sembra che stia dicendo addio. Ma ce la farà. Deve farcela.

Jenna e io restiamo nella sala d'attesa all'Eastman Hospital durante l'intervento di nostra madre. Papà è andato a prendere il caffè con Eli e Theo è con Caleb e sua moglie, Sloane.

«Dovrebbero averci già detto qualcosa oramai» sussurro a Jenna.

Lei sta finendo un pacchetto di liquirizia alla ciliegia e masticando furiosamente. «Lo so, dovremmo chiedere a qualcuno?»

«Sono sicura che ce lo direbbero se qualcosa fosse andato storto.»

Lei divora un'altra stringa di liquirizia. «Ieri si è fermata da me per dirmi che mi voleva bene e mi ha abbracciato veramente a lungo. Era quasi come se sapesse che era arrivata la sua ora.»

«Non dirlo.»

«È vero.»

«Ha fatto la stessa cosa con me» ammetto. «Era solo spaventata. Ce la farà.»

Papà ed Eli tornato con il caffè per tutti. Una volta consegnato, si siedono ciascuno a un lato di noi due, papà accanto a me, Eli accanto a Jenna.

«Notizie?» chiede papà.

«Non ancora.»

Ha una gamba che rimbalza su e giù. Mette il caffè su un tavolino. «Non ne ho bisogno, sono già nervoso così.» Poi si rivolge a me. «Tu che novità hai?»

«Non molte. Ancora in sciopero. Mi sto godendo Theo e la mia famiglia» dico, dando una stretta al braccio di Jenna dall'altra parte.

Nella sala d'attesa appare la dottoressa Weitz. È sulla cinquantina, quindi mi piace pensare che la sua esperienza vada a nostro vantaggio. Papà balza in piedi.

«È andata bene» dice la dottoressa a papà. Vedendo che pendiamo tutti dalle sue labbra si rivolge a noi come gruppo. «Nessuna sorpresa. Adesso è nella sala di risveglio. Una volta che sarà uscita dall'anestesia potrete andare a vederla.»

Papà crolla sulla sua sedia. «Grazie, dottoressa Weitz.»

Lei fa un cenno con la testa. «Un'infermiera vi dirà quando potrete andare a vederla» dice andandosene.

Papà si passa una mano tremante sui capelli tra il biondo e il bianco. «Non riuscirò a rilassarmi finché l'avrò vista.»

Appoggio la testa sulla sua spalla. So che cosa intende dire. Sono ansiosa anch'io di vederla.

Un'ora di nervosa conversazione, quattro stringhe di liquirizia, mezzo caffè e immagini terrificanti sul canale di notizie che si vede sulla TV in sala d'attesa e non sto più nella pelle.

«Perché ci vuole così tanto?» dice Jenna. «Vado a chiedere che cosa sta succedendo.»

Marcia verso la reception. Anche da dove siamo la

sentiamo chiedere ad alta voce di vedere nostra madre. Eli va con lei per sostenerla. Dopo una nervosa conversazione con il tizio dietro la scrivania, tornano al loro posto.

«Mandano qualcuno a controllare come sta» dice Eli.

Restiamo tutti seduti sul bordo delle sedie. Vorrei piangere ma non ci riesco. È tutto represso dentro, il non sapere, la paura, il legame ritrovato solo di recente con mia madre. Non posso perderla.

Poco dopo appare una giovane infermiera, con le mani strette davanti a sé. «Salve, sono Melissa. Ho appena controllato Meghan, ci sta mettendo un po' più di quanto ci aspettassimo a risvegliarsi dall'anestesia, ma non preoccupatevi. A volte succede. Ha mai avuto una reazione avversa all'anestesia prima d'ora?»

«Non credo che abbia mai dovuto sottoporsi a un'anestesia prima d'ora» dice papà.

«Ha detto che si era fatta togliere il dente del giudizio» dico. «Non ha menzionato reazioni all'anestesia.»

«Okay, continueremo a monitorarla e vi faremo sapere. Come ho detto, non preoccupatevi. Rispondono tutti diversamente all'anestesia.»

L'infermiera si volta e va a passo svelto verso la porta a due battenti che ci tiene lontani dalla mamma.

Papà crolla, prendendosi la testa nelle mani. Si amano ancora perfino dopo il loro infernale divorzio. Colgo lo sguardo di Jenna e lei mi indica di scambiare la sedia con la sua. Mi alzo e lei si siede al mio posto, mettendo un braccio intorno alle spalle di papà. Eli resta seduto sostenendoci silenziosamente.

Mi siedo davanti a loro, con il dolore come una morsa intorno al petto. Riesco a malapena a respirare. Prendo il telefono, vorrei mandare un messaggio a Dominic, ma poi non so che cosa dire. Vorrei che fosse qui per confortarmi, ma non ho il diritto di chiederglielo. Non abbiamo una relazione seria. Non come Jenna ed Eli.

Guardo nuovamente verso la reception e mi manca il fiato

quando vedo qualcuno che viene verso di me a passo sicuro. Dominic.

Si è fatto vivo quando avevo bisogno di lui.

15

Crollano le mie ultime difese. Amo quest'uomo. Si è fatto vivo quando ne avevo più bisogno e non è la prima volta. C'era quando ho trovato un cane ferito, quando avevo la gomma a terra, è venuto alla lezione di karate per fare pace con me ed era al bar la primissima volta in cui ci siamo incontrati, proprio come aveva detto. È un uomo di cui mi posso fidare, da cui posso dipendere. Sento l'emozione che mi stringe la gola. L'amore non è come me l'aspettavo. È stata una lenta, inevitabile valanga e adesso che mi ha travolta riesco a malapena a parlare.

Corro verso di lui. Mi abbraccia senza dire una parola. Mi affloscio, assorbendo il conforto della sua presenza forte e costante.

Dopo qualche momento, mi tiro indietro e lo guardo. «Che cosa ci fai qui? Pensavo dovessi lavorare.»

«Ho cambiato i programmi per essere qui con te.»

Mi si riempiono gli occhi di lacrime. «Ti sei ricordato che oggi era il giorno.»

«Certo.»

«Non sei obbligato a restare» riesco a dire nonostante il groppo in gola.

Dominic mi mette la mano sulla guancia. «Voglio restare. È uscita dalla sala operatoria?»

«Sì, ma ci sta mettendo più di quanto prevedevano per riprendere conoscenza dopo l'anestesia.» Mi si spezza la voce. Dominic mi abbraccia di nuovo, tenendomi vicina.

«Vieni, sediamoci» mormora. «Hai mangiato e bevuto qualcosa?»

«Solo liquirizia e caffè.»

«Ti prendo un po' d'acqua.» Mi guida verso le sedie dove c'è la mia famiglia. «Vuoi qualcos'altro?»

«Solo tu, non lasciarmi.»

«Okay.»

Ti amo.

Si siede davanti alla mia famiglia.

«Salve a tutti» dice Dominic in tono sommesso. «Capisco che l'attesa sia dura. Sono sicuro che starà bene. È una donna forte.»

«Grazie» risponde papà.

Jenna annuisce e appoggia la testa sulla spalla di Eli.

«Non siamo sicuri che starà bene» sussurro all'orecchio di Dominic.

«Ha messo al mondo due donne forti; è ovvio che sia forte anche lei.»

Sbatto gli occhi per ricacciare indietro le lacrime. Una parte di me sente che piangere porterebbe sfortuna. Devo credere che andrà tutto bene.

Dominic mi prende la mano, intrecciando le nostre dita. Mi sfugge una lacrima. Nella mente mi appare ogni pessima scelta che ho fatto in passato con le mie relazioni, in netto contrasto con il modo in cui mi tratta Dominic. Mi rispetta, tiene a me. C'è per me. È un vero amico.

Quarantacinque terrificanti minuti dopo, l'infermiera ritorna. «È sveglia. Potete andare a vederla. Uno per volta, per favore.»

Papà balza in piedi con un *urrah* e di colpo stiamo tutti stretti in un abbraccio di gruppo. Jenna sta ridendo e piangendo allo stesso tempo e fa piangere anche me.

«Chi viene per primo?» chiede l'infermiera.

«Una di voi ragazze vuole andare per prima?» chiede papà.

«Vai tu, papà» dice Jenna.

Annuisco. Abbiamo visto entrambi com'era crollato.

Papà va con l'infermiera.

«Pensavo che i tuoi genitori fossero divorziati» dice Dominic.

«Non secondo il loro cuore» dico. «Adesso vivono insieme.»

«Ah.»

Gli metto le braccia intorno alla vita. «Voglio vederti di nuovo domani. Possiamo avere un altro appuntamento domani sera?»

«Appuntamento serale più il giorno successivo come lo scorso fine settimana. Mi piace che tu resti da me il più a lungo possibile.»

Mi volto a guardare Jenna e sto per chiederle se può fare a meno di me o se ha bisogno di aiuto con Theo quando lei mi dice, con un enorme sorriso: «Non permetterei mai a Theo di essere d'intralcio al vero amore».

Arrossisco, senza parole. Non posso negarlo.

Dominic sembra altrettanto agitato. «Io, uhm... Non abbiamo...» Si rivolge a me come se avessi io la risposta.

«Grazie, Jenna» dico. «Dominic è diventato importante per me.»

Lui sorride, con gli occhi che mi guardano amorevolmente. «Anche tu.»

Jenna applaude. «Sì! Lo sapevo!»

Dominic

Eve sembra meno in guardia di prima. Ha sorriso moltissimo a cena. Adesso siamo tornati a casa mia e ha PJ in grembo sul divano del soggiorno, gli sta parlando e lo accarezza dolcemente sulla fronte ossuta e dietro le orecchie.

«Sembri diversa» le dico sedendomi accanto a lei.

PJ mi dà un'occhiata malevola come se temesse che possa distogliere l'attenzione di Eve da lui. Non si sbaglia.

«Diversa come?» mi chiede Eve.

«Non lo so. Più sciolta. Più rilassata.»

Lei mi rivolge un sorriso dolce. «Beh, la mamma se la sta cavando bene e io mi sto godendo il mio soggiorno a Summerdale. Più che altro grazie a te.»

«Non Theo?» dico scherzando.

Lei ride. «Anche Theo, certo. Lui è sempre il numero uno. Ma tu ci vai vicino. Sei quasi alla sua altezza.»

Sento il calore che si espande in petto. Qualcosa è decisamente cambiato tra di noi. È più aperta sul fatto di stare con me. Mi fa venire voglia di abbassare la guardia anch'io. «Sembra tutto più luminoso con te nella mia vita.»

Eve sorride e poi diventa seria. «Dovrei dirti...»

«Che cosa?»

Lei si concentra su PJ, accarezzandolo dolcemente. «In passato, ho avuto pessime relazioni. Ho scelto gente che non andava bene per me, bevevo troppo, droghe, non avevo abbastanza autostima. Ho avuto un incidente d'auto perché guidavo sotto l'effetto di stupefacenti. Fortunatamente ho colpito un palo del telefono e l'unica persona ferita sono stata io. Sto ancora cercando di perdonarmi per quello. Quando penso a che cosa sarebbe potuto succedere, a quanto avrebbe potuto essere peggiore il risultato...»

«Ma non è successo nient'altro. Non torturarti sui "se" del passato. Adesso stai bene.»

Eve mi fissa senza sbattere le palpebre. «È il motivo per cui ho avuto bisogno dell'intervento al ginocchio. L'incidente è stato un mio stupido errore. E poi sono diventata dipendente dagli antidolorifici. Poi c'è stata la mia terribile decisione di sposare il mio spacciatore, seguita dal divorzio. Devi sapere che razza di fardello mi porto dietro quando si tratta di me.»

«Riesco solo a indovinare quanto dev'essere stato difficile per te.»

«Sì, beh» dice un po' incerta. «La cosa non ti preoccupa?»

«Adesso stai bene, no?»

«Sì, dopo anni di terapia. Sono pulita ed evito a tutti i costi gli uomini tossici. Sono anche loro una specie di droga, con tutti i drammi e le emozioni coinvolte. Era come se stessi cercando di elaborare in tempo reale tutti i miei casini con gli altri, gente che non mi aiutava a voltare pagina. Ero bloccata. Ho lasciato perdere gli uomini tossici ma non ho mai più veramente lasciato avvicinare un uomo. Con te voglio tentare.»

Un'ondata di affetto mi fa spostare PJ e tirarla in grembo. PJ grugnisce il suo dispiacere, ma torna in fretta a sdraiarsi.

«Eve, grazie per averlo condiviso con me. Capisco che non è stato facile.»

Lei mi passa le dita sulla nuca. «Non sembra che ti scoraggi.»

«È tutto alle tue spalle. Hai lavorato per guarire, dimostrando un grande coraggio. Sono fiero di te.»

Eve sbatte rapidamente gli occhi. «Temevo potessi pensare male di me.»

«Mai.»

Eve mi dà un bacio tenero e vengo travolto da un'ondata di desiderio e amore. E adesso sono io quello che deve mostrare coraggio perché sono innamorato e devo trovare un modo per farlo funzionare.

~

Eve

Dominic e io passiamo un bel fine settimana per la terza settimana di fila. A volte non riesco quasi a credere come siano fantastiche le cose tra di noi. Non ci sono più segreti e, cosa ancora più importante, c'è fiducia. Ed è una cosa importante per me. Comunque ho passato da lui i venerdì notte e il giorno dopo l'ho raggiunto al rifugio per aiutarlo con gli animali. Capisco perché Jenna faccia la volontaria al rifugio. C'è qualcosa di gratificante nel prendersi cura dei cani e dei gatti, sapendo che li stiamo aiutando a sentirsi a loro agio nella loro casa temporanea prima di trovare quella definitiva. Anche Drew e Audrey sono stati lì ogni sabato pomeriggio e sembrano andare d'accordo lavorando insieme e scambiandosi efficientemente i compiti. Ho perfino visto Drew sorridere. Due volte!

Adesso stiamo tornando a casa di Dominic sabato pomeriggio tardi. Ho circa un'ora e mezza prima di dover tornare a casa di Jenna per la cena di famiglia. La mamma è tornata dall'ospedale ed è ansiosa di rivedere Theo. Sono passati nove giorni dall'intervento e si sta riprendendo bene.

Quando arriviamo a casa di Dominic, porto fuori PJ per fargli fare i suoi bisogni, lodandolo quando ha finito e poi lo riporto dentro. Mi piace prendermi cura di questo piccolo, malcontento Boston Terrier. Dominic dice che la sua espressione è più dovuta all'età e alla struttura facciale che vera arroganza o scontento. Comunque mi piace la sua espressione. Mi ricorda me stessa quando ero più giovane. Mai contenta, che cercavo di tenermi alla larga da tutti come unica difesa. Finché non mi ero buttata in una pessima relazione. Un mucchio di alti e bassi, un mucchio di disastri. Quel periodo è finito. Adesso sono a un buon punto nella mia vita.

«È bello fuori» dico. «Dovremmo fare una passeggiata intorno al lago.»

PJ mi dà un'occhiata infastidita voltando la testa prima di sistemarsi sul suo lettino accanto al divano.

«Non sei obbligato a venire» dico a PJ prima di rivolgermi a Dominic. «E tu?»

«Sono piuttosto stanco. Ti dispiace se restiamo qui? Il divano mi sta chiamando.» Gira intorno e si lascia cedere. «Penso che stia chiamando anche il tuo nome.» Si sposta di lato e batte sul cuscino accanto a sé. Poi, senza quasi aprire le labbra chiama: «Eve, Eve».

Mi stendo sul fianco, gettando un braccio e una gamba

sopra di lui. «La tua interpretazione di un divano è così convincente.»

Dominic mi accarezza i capelli, fissandomi negli occhi. «È dura fare tardi la sera con te e poi occuparmi degli appuntamenti del sabato. Se continua dovrò assumere qualcuno part-time. Non posso limitare la mia vita amorosa. Tu sei irresistibilmente sexy.»

Ridacchio, una cosa che non sono abituata a fare. «Smettila, lo faresti per me?»

Dominic mi bacia. «Farei qualunque cosa per te.»

Mi si scioglie il cuore, pieno di emozioni, sto scoppiando d'amore. Vorrei dirgli che cosa provo. Ma poi Dominic appoggia la bocca sulla mia, imperioso e pressante e il desiderio prende il sopravvento.

Suona il campanello e ci stacchiamo.

«Aspettavi qualcuno?» gli chiedo.

«No.» Si alza dal divano. «Probabilmente uno scout che vende i popcorn. È quel periodo dell'anno.»

Mi rilasso. Bene, ci sarà ancora tempo per le coccole. Non mi è mai successo prima di Dominic. Ovviamente non durano mai tanto. Il desiderio si accende entro pochi secondi ma poi ci coccoliamo di nuovo dopo. A volte ci addormentiamo abbracciati.

«Ehi, sei occupato?» chiede una voce di donna.

«Ciao, papà.»

Mi metto seduta in fretta e mi liscio i capelli. Nora e Lexi, la donna che sto cercando di non odiare perché sembra prendersi buona cura di Nora. Anche se detesto quello che ha fatto a Dominic.

«Ciao, Nora!» dice Dominic quando la bambina corre dentro. Gli abbraccia una gamba e lui le arruffa i capelli. Sono così dolci. Sembra che Dominic abbia forgiato un legame con lei da quando può vederla ogni domenica.

Lexi mi guarda da sopra la spalla di Dominic, mi dà un'occhiata blanda e poi torna a rivolgersi a lui. «Stiamo andando nel campo giochi e volevamo vedere se avresti voluto venire con noi. Ce n'è uno dall'altra parte del lago.»

«Altalena!» esclama Nora, tirando la stoffa dei jeans di Dominic.

«Ti piacciono le altalene?» le chiede Dominic.

Nora annuisce così forte che la coda di cavallo alta le sbatte sulla faccia. La tira indietro ed esclama: «Anche gli scivoli!».

«Anche gli scivoli?» chiede Dominic in tono eccitato. Mi dà un'occhiata con una domanda negli occhi. Vuole andare.

«Divertitevi» dico. «Io me ne stavo andando.»

Dominic viene da me e mi dice a bassa voce «Grazie. So che capisci. Ti inviterei a venire con noi, ma non siamo a quel punto, lo sai vero?»

Ignoro la fitta al cuore. L'ha già detto. Nora ha avuto abbastanza scombussolamenti nella sua vita e non vuole che si affezioni a me perché non abbiamo una relazione permanente. Io mi sento sconvolta solo perché avevo effettivamente cominciato a permettermi di immaginare un futuro con lui. Avevo questa fantasia di essere una di quelle coppie sulle coste opposte. Io sarei rimasta a Los Angeles durante la stagione in cui si scrive per *Irreverent* e sarei tornata a Summerdale fuori stagione. Lui sarebbe venuto a trovarmi nei finesettimana e l'avremmo fatto funzionare. Dovrei riservare la mia immaginazione alle sceneggiature.

«Noi aspettiamo fuori» dice allegramente Lexi.

La porta si chiude dietro di loro.

Il silenzio tra di noi è pesante. Dominic ha un'altra vita senza di me, un'intera famiglia senza di me. So che è ciò che vuole Lexi. Detesto che passi tanto tempo con lei. Non ho detto niente per via di Nora. Non permetterei mai a un bambino di essere ferito per ciò che vuole un adulto. Eccomi, sono io, un'adulta che fa cose da adulta.

Afferro la borsa. Le parole sembrano fragili alle mie orecchie, ma riesco a dirle. «Ci vedremo martedì alla festa di Halloween. Divertiti con Nora.»

Dominic sospira. «E io che pensavo di riuscire a riposare un po'.»

«Non con una bambina piccola.»

Gli do una beccatina sulla guancia e mi affretto a scendere e a uscire. Nora è accucciata nel parcheggio di ghiaia e raccoglie sassi. Lexi sorride beffarda quando passo.

Io non dico una parola a nessuna delle due.

Quella sera aiuto Jenna a preparare la tavola per la nostra cena da asporto con i nostri genitori.

«Che cosa c'è che non va?» chiede Jenna. «Sembri distante da quando sei tornata da casa di Dominic. Avete litigato?»

«No, non è niente.»

Entra Eli che porta Theo addormentato nel seggiolino per auto. «Lo metto nel lettino per il sonnellino. Poi andrò a ritirare la cena.»

«Non può dormire durante la cena» dice Jenna. «La mamma sta facendo un grosso sforzo venendo qui solo per fare il pieno di nipotino.»

«Un pisolino di un'ora. Quando arriverà Theo sarà molto più gradevole in compagnia.»

Lei sospira e annuisce. Eli va di sopra.

«Theo è sveglio dalle quattro questa mattina» dice Jenna. «Non siamo riusciti a farlo addormentare fino all'una questo pomeriggio e adesso tutta la sua routine è sconvolta.»

«Mi dispiace. Avrei dovuto essere qui per aiutarvi.»

Jenna non lo accetta. «Hai diritto alla tua vita amorosa. Quante volte capita un uomo come Dominic?»

Stringo le labbra. Mai. È un'opportunità unica. Ma non c'è posto per me in quella famigliola. E la faccenda del rapporto sulle coste opposte è solo una pia fantasia da parte mia, un'illusione creata dal mio stato di ridicola felicità quando era stato lì per me per l'intervento chirurgico di mia madre. Mi devo chiedere se ho scelto apposta di amare un uomo perché sapevo non sarebbe durata.

Mi indica di seguirla in cucina dove apre il rubinetto dell'acqua calda. Ci sono alcune pentole e padelle nel lavandino.

«Ci penso io» dico. «Vai a riposare.»

Lei sospira. «Non posso riposare. Mamma e papà arriveranno presto. Inoltre voglio sapere che cosa ti sta succedendo.»

Controllo la temperatura dell'acqua e verso un po' di detersivo sulla spugna. «Sei molto ostinata.»

«Quante volte capita che mia sorella stia avendo una torrida storia d'amore proprio sotto il mio naso?» Salta sul ripiano del bancone e mi sorride.

Mi concentro sulla teglia per i brownie che sto lavando. Pensavo di aver sentito il profumo del cioccolato quando sono entrata. Probabilmente Jenna li ha preparati come dessert per stasera.

Mi dà una ditata sul braccio.

«È stupido» dico.

«Sai quanta fatica ho fatto quando Eli e io ci siamo messi insieme la prima volta. Non ti giudico.»

Scuoto la testa. «Mi sento in colpa perfino dicendolo perché non c'è posto per me in questo quadretto e l'ultima cosa che voglio è che una bambina sia trascurata per colpa mia, ma il fatto è che Dominic è uscito per andare al campo giochi con Nora e Lexi. Sono venute mentre ero lì. Non voleva invitarmi perché Nora ha già avuto abbastanza sconvolgimenti nella sua vita, dopo aver perso il suo patrigno, il trasferimento, cominciare la scuola materna, e quindi non vuole che si affezioni a me nel caso in cui io non diventi una presenza permanente nella sua vita. Lo capisco, davvero. Non voglio affezionarmi nemmeno io, per lo stesso motivo. Ha senso?»

«Assolutamente, quindi Lexi e Nora si sono fatte vive senza preavviso?»

Risciacquo la teglia e Jenna tende la mano per prenderla, con lo strofinaccio pronto. «Già, stavano andando al campo giochi in riva al lago e si sono fermate da lui.»

Jenna stringe gli occhi. «Lexi non mi piace per niente. Doveva aver visto la tua auto fuori. Penso che ti stia facendo sentire esclusa di proposito.»

«Non è colpa di Dominic se lei non conosce limiti.» Strofino più forte una pentola. Anche se dovrebbe essere più fermo al proposito. «Problemi con l'ex. Lo capisco.»

«Deve mettere dei paletti.»

«Ha appena scoperto di essere un padre.» Mi si riempiono gli occhi di lacrime e mi cadono le spalle. Appoggio la pentola e fisso fuori dalla finestra sul retro. «Mi sembra sbagliato mettermi in mezzo. Sono una famiglia.»

«Dominic è un papà single. Puoi continuare a stare con lui. È solo un po' più complicato.»

«Forse se non ci fossi io, Nora potrebbe avere i suoi genitori insieme, come una vera famiglia.»

Jenna mi dà un'occhiata severa. «Stai immaginando un futuro che probabilmente non succederà mai. Tu rivorresti una donna che ti ha nascosto il fatto che la bambina era tua finché suo marito, con cui ti *aveva tradito*, non è morto?»

Rido perché sembra una soap opera. «No.»

«Dominic non è stupido. Non ci cascherà più con Lexi. Penso che stia solo cercando di rendere le cose più facili per Nora. Non pensare che abbia a che fare con te.»

«Ma qual è il mio posto?»

«Con lui.»

Torno a lavare la pentola.

«E forse un giorno anche con Nora» aggiunge Jenna.

Sono immediatamente all'erta. «Io, una matrigna?»

«Perché no? Sei fantastica con Theo. A volte penso che sia più brava tu di me a calmarlo. Ed è una novità anche per te.» Le manca un po' la voce nel dirlo.

Le stringo il braccio. «Sei fantastica con lui. Per me è più facile perché non ho gli ormoni della neomamma che mi stressano ogni volta che piange. Io ho solo la distanza giusta che mi permette di restare calma.»

Jenna si asciuga una lacrima. «Gli ormoni sono stronzi. Eli è calmo come sempre.»

«Ti piacerebbe veramente vivere con un uomo che vive una montagna russa ormonale?»

Jenna spalanca gli occhi. «L'idea mi dà i brividi.»

E scoppiamo entrambe a ridere.

«Siediti qui con lui, accanto a me» dice la mamma, battendo la mano sul divano.

Jenna prende in braccio Theo e si siede accanto alla mamma, che comincia immediatamente a parlare con il bambino e a porgergli un dito perché lo afferri.

«Mamma, mi sembri un po' pallida» dice Jenna. «Forse ti piacerebbe sdraiarti per un po'?»

«Potremmo andare a casa» dice papà.

«Non ancora.» Sono giorni che aspetta questo momento. Non può prendere in braccio Theo dato che sta ancora guarendo dall'intervento chirurgico, quindi sta solo vicino a lui.

«Eve, potresti portare qua i brownie con i piattini da dessert?» mi chiede Jenna.

«Certo.»

Vado in cucina a prendere i brownie in un grande contenitore di plastica. Jenna è fanatica quando si tratta di mantenere freschi i dolci. Il cane abbaia di colpo, correndo verso la porta e fa emettere un ululato a Theo.

Do un'occhiata in soggiorno. C'è Drew.

Metto i brownie sui piatti da dessert sul tavolo della sala da pranzo. La stanza è subito accanto al soggiorno. «Il dessert è pronto!» So perfettamente che non è il caso di appoggiare del cibo sui tavolini. Mocha e Lucy lo sbaferebbero immediatamente. Sanno tutti che il cioccolato non fa bene ai cani.

Drew appare in sala da pranzo. «Ehi, Eve, niente Dominic?»

«È con sua figlia.»

«Ah, è strano per te?»

Sono sorpresa dal suo intuito. Da quanto mi ha detto Jenna, è un tipo alpha completamente sprovveduto. Anche se potrebbe avere dei pregiudizi per via di come non si è mai fatto avanti con la sua amica Audrey. «È diverso.»

«La chiave è parlare ai bambini come se fossero dei piccoli adulti.»

«Davvero?»

«È come tratto i miei allievi di karate. Fa loro sentire che qualcuno li ascolta.»

Nascondo una risata. Anche con la mia limitata esperienza coi bambini non mi sembra proprio la cosa giusta da fare. «Buono a sapersi.»

I miei genitori entrano nella stanza, con Jenna ed Eli, si siedono e la conversazione fluisce liberamente intorno a Theo e il suo fantastico sviluppo. Jenna ed Eli sono genitori orgogliosi e i neononni sono appesi alle loro labbra perché sono altrettanto orgogliosi.

Drew inarca le sopracciglia guardandomi con un'espressione divertita. Gli sorrido anch'io.

«Qualcuno vuole qualcosa da bere?» chiedo. Segue un coro di richieste.

«Acqua.»

«Latte per me.»

«Caffè.»

Qualche altra richiesta di latte e sono tutti. Mando tutto a memoria e vado in cucina. Lavoravo come cameriera mentre cercavo di entrare nella stanza degli scrittori. Era stato prima che finalmente ottenessi un posto come assistente di uno sceneggiatore, cosa che mi aveva permesso di inserirmi nell'ambiente.

Finito di servire da bere a tutti, Theo comincia ad agitarsi. Jenna lo allatta.

Appena mi siedo, tutti cominciano a mangiare i brownie,

tranne Drew che ha respinto il piatto. Probabilmente non mangia dolci. È super in forma, come il sodato che era. Penso che anche il karate aiuti.

«E io che pensavo che fossi arrivato giusto in tempo per il dessert» dice Jenna prendendolo in giro. Eli le mette in bocca un pezzettino di brownie.

«Mi dispiace di non essere arrivato in tempo per la cena» dice Drew. «Stavo aiutando un'amica a spostare delle cose.»

«Chi?» chiede Eli.

«I genitori di Audrey si stanno preparando a vendere la loro casa e lei voleva alcuni dei mobili. Una chaise longue e una scrivania Stickley con la sedia abbinata. Fattura eccellente quella scrivania.»

«Bello che tu faccia un favore a *un'amica*» dice Jenna.

Drew la guarda senza battere ciglio. «Lo farei per chiunque.»

«Mmm-mmm» mormora Jenna. «Scommetto...» Viene interrotta da Eli che le dà un altro pezzettino di brownie

Sorrido. Tempismo perfetto. A Jenna piace stuzzicare Drew riguardo ad Audrey perché è frustrata per suo conto. Io mi dico che se avesse dovuto succedere probabilmente sarebbe già successo. Devono essere veramente amici. Proprio come Audrey e Dominic. E a chi non farebbe comodo un buon amico? Specialmente quando tutte le buone amiche di Audrey sono sposate e occupate con i loro bambini.

Una volta divorati i brownie, sparecchio e carico la lava-stoviglie. Mi sento in colpa per aver abbandonato Jenna e aver passato metà del mio fine settimana con Dominic.

Mio nipote emette un urlo e torno nella sala da pranzo per dare una mano.

Jenna lo sta facendo rimbalzare e battendogli sulla schiena. «Forse dovremmo portarlo fuori. Scusate il baccano.»

«Potrei portarlo a fare un giro in auto» si offre Eli.

«Oh, ma io voglio vederlo» dice la mamma. «Vorrei tanto poterlo tenere in braccio.»

«Mamma, ci penso io» dice nervosamente Jenna.

Cammina avanti e indietro con lui mentre tutti osservano, ma Theo non si calma, nemmeno dopo aver fatto il ruttino.

«Dovremmo andare» dice papà.

«Non ancora» dice la mamma con la voce che trema. «È presto.»

Drew va da Jenna. «Se non ti dispiace, vorrei aiutarti. Non ho passato molto tempo con mio nipote.»

Jenna spalanca gli occhi. «Sei sicuro?»

«Dammelo.»

Jenna gli consegna Theo. Drew lo tiene stretto al petto, lasciando che Theo gli appoggi la testa sulla spalla. «Va tutto bene, ometto, andiamo a fare un giro del soggiorno.»

Entro qualche minuto il pianto di Theo si acquieta. Andiamo tutti in soggiorno per vedere che cosa ha fatto Drew.

Lui ci guarda ma continua a parlare a bassa voce a Theo mentre cammina intorno al perimetro della stanza. Poi si ferma davanti alla finestra, continuando a parlare al bambino. Gli sta parlando come se fosse un piccolo adulto?

«L'uomo che sussurra ai bambini» dice Jenna.

Ci sediamo tutti mentre Drew e Theo forgiano un legame accanto alla finestra. La conversazione è un po' forzata perché stiamo tutti cercando di sentire che cosa dice Drew.

Un pochino dopo, Theo dorme profondamente sulla spalla di Drew, che viene da noi. «In quale stanza c'è il suo lettino?»

«Come hai fatto?» chiede Jenna. «Noi non riusciamo mai a farlo addormentare senza un giro in auto o una lunga camminata. Tu sei semplicemente rimasto lì fermo.»

Sulle labbra di Drew appare l'ombra di un sorriso. «Gli ho raccontato la storia degli eventi che hanno portato alla Seconda Guerra Mondiale.»

«L'hai annoiato tanto da farlo dormire» dice Eli ridendo.

Rido anch'io. È esattamente quello che ha fatto.

Drew dà un'occhiataccia a Eli. «Vado a cercare il lettino.»

«È nella nostra stanza» dice Jenna.

Drew porta Theo al piano di sopra.

«La prossima volta ci proverò anch'io» dico. «Racconterò a Theo di come vanno le trattative per il contratto.»

«Io gli parlerò delle procedure di polizia» aggiunge Eli.

«E io che pensavo di fare un gran bel lavoro con le ninna-nanne» dice Jenna.

Drew scende le scale. «Voi avete fatto una cosa magnifica. Theo è fantastico.»

«Grazie» dice Eli.

«Saresti un ottimo papà» dice la mamma a Drew, che espira bruscamente. «Sì, l'ho già fatto curando i miei fratelli minori dopo la morte di nostra madre.»

«Papà era sempre impegnato al ristorante,» dice Eli «ma Caleb, che era il più piccolo, aveva otto anni. Non è la stessa cosa che occuparsi di bambini veramente piccoli o neonati.»

Drew borbotta qualcosa sottovoce, a disagio. Povero cristo.

La mamma si rivolge a me. «Tu saresti un'ottima madre. Hai un buon istinto e tanto amore da dare.»

«Non tutti devono per forza avere un bambino, mamma» dico prima di andare in cucina a pulire.

Un momento dopo la mamma appare al mio fianco. «Sono troppo eccitata dal fatto di essere nonna per la prima volta. Scusami se sembrava che ti stessi facendo pressioni.»

Faccio partire la lavastoviglie. «Va tutto bene.» Comincio a pulire i ripiani, aspettando che se ne vada. Mi ferisce un po' che, quando finalmente abbiamo ripreso i contatti, tutto quello che vuole è che sia più come Jenna.

La mamma sospira. «Sei felice? Io voglio solo che tu sia felice.»

La guardo. «Sto cercando di essere felice. Sinceramente è un lavoro duro. Penso che smetterò di tentare e mi accontenterò di stare come sto.»

«È una cosa saggia. Ti sei costruita una tua casa lontana da casa e hai avuto successo nella tua carriera, in un'industria molto competitiva.»

Mi si stringe la gola. «Grazie.»

La mamma mi apre le braccia e fa una smorfia. Prova ancora dolore dopo l'intervento. L'abbraccio piano, di lato.

Quanto mi tiro indietro, lei mi guarda con amore negli occhi e in quel momento mi sento di potermi fidare di lei. «Sono innamorata di Dominic» le confido. «Il papà single.»

«Oh, tesoro. Sono così contenta che abbia trovato l'amore.»

«Sì, ma non riesco a immaginare come potremmo avere un futuro quando viviamo ai lati opposti del paese. Mi sta stressando e mi sta rendendo difficile godermi il tempo che abbiamo insieme.» *Ed è legato a una figlia che non vuole condividere con me.* Non dovrebbe fare tanto male.

«Vuoi il mio consiglio?»

Annuisco.

«Non pensarci troppo. Aspetta e vedi come va. Sto cominciando a vedere il valore dello sfruttare ogni momento del presente.»

Sorrido appena. «Adesso chi è saggia?»

«Ho imparato nel modo più duro.»

«Tenterò.»

«Non tentare. Goditi semplicemente ogni momento. Quante volta capita di innamorarsi?»

Bella domanda. Non credo di essermi mai innamorata prima d'ora. Chi sapeva che l'avventura di una notte avrebbe potuto diventare il mio unico vero amore?

Ho disperatamente bisogno di credere al lieto fine.

17

Dominic

Apro la porta alle undici di domenica mattina, già sorridendo perché vedrò Nora. Domenica sono i miei giorni con lei anche se Lexi resta sempre con noi. Non so se sia per mettere a suo agio Nora o se lo fa per sé. Mi ci sto abituando. Di solito non interferisce, fa le sue cose al telefono a meno che Nora vada espressamente da lei.

«Buongiorno» dico con calore.

Oggi Lexi sembra truccata, capelli perfetti, trucco esagerato sugli occhi e un vestito che sembra più adatto alla passerella che a una mamma: una giacca con un foulard leggero, pantaloni sartoriali e stivali con il tacco alto. Nora è sempre la solita bambina carina con una lunga maglietta viola e leggings viola a fiori. I capelli sono raccolti in due codini.

«Ciao papà» esclama Nora, gettandosi contro la mia gamba.

Le metto la mano sulla nuca. «Ciao, Nora.»

Lexi mi rivolge un sorriso veloce, allunga la mano dietro di sé e mi porge un seggiolino da auto. «Congratulazioni, oggi è il giorno padre-figlia. Penso che si sia abituata abbastanza a te per restare senza di me. Vado a fare compere in

Città. Ti manderò un messaggio quando sarò sulla strada del ritorno.»

Mi sento stringere lo stomaco. «Te ne vai?»

Lei ride. «Rilassati. Ce la farai. Ciao, Nora. Ci vedremo questa sera dopo cena.»

«Ciao, mamma!» dice Nora, entrando e andando direttamente da PJ. Non ha mai avuto un animale domestico e ne è affascinata.

Lexi si volta e si affretta a scendere gli scalini.

«Avresti potuto avvertirmi!» le grido dietro. «Mi sarei potuto preparare.»

Lei non si volta nemmeno, agitando una mano sopra la spalla. «Andrà tutto bene. Divertitevi!»

Rientro e chiudo piano la porta. Nora è accucciata accanto a PJ e gli sta infilando il dito nella narice. Lui si tira indietro e mi rivolge un'occhiata supplicante.

Vado da loro e le tiro via il dito. «A PJ non piace quando gli metti il dito nel naso. Toccalo in questo modo.» Le prendo la mano e gliela faccio passare dietro le orecchie a punta. «Gli piace anche se gli accarezzi il petto.» Le mostro anche quello. «Dovunque non riesca ad arrivare con le sue zampe.»

Lei mi imita, accarezzandogli il petto. «Okay.»

La fisso, chiedendomi che cosa fare con lei tutto il giorno. Lexi di solito programma la giornata e io mi accodo. Non ho giocattoli qui per lei. Perché non le ho preso niente? Tutto ciò che ho sono giocattoli per il cane.

Nora picchietta PJ sopra la testa. «Bravo cane. Bravo cane.» PJ abbassa la testa sul pavimento, dandole un'occhiata rassegnata.

Almeno è addestrata a usare il vasino. Non saprei nemmeno come fare per cambiare un pannolino. Sono completamente impreparato! Accidenti a te, Lexi!

Mi alzo e cammino per un po', nervosissimo. Potrei portarla al campo giochi come abbiamo fatto ieri. Era durato un paio d'ore.

«Ehi, Nora, ti piacerebbe andare al parco giochi?»

Lei si alza. «Fame.»

«Oh, hai fame. Hai fatto colazione?»

«Cheerios.»

«Okay, ma hai fame di nuovo.» Controllo l'ora sul telefono. Sono appena passate le undici. Spero che i ristoranti siano già aperti per il pranzo. Di solito vado a fare la spesa la domenica sera e mi sono rimasti solo dei burrito surgelati. Posso dare da mangiare un burrito a una bambina o i fagioli sono troppo difficili da digerire?

«Che cosa ti piacerebbe mangiare?» le chiedo.

Lei sorride felice. «Moussaka.»

Sbatto gli occhi, sorpreso che conosca quella parola. «Non so dove trovare la moussaka. Che ne dici della pizza?»

Lei annuisce.

«Perfetto. Pizza! E poi possiamo andare al campo giochi.»

«Yay!»

Respiro di sollievo. Andrà tutto benissimo.

«Wa-a-h!» piange Nora, con la pizza mezzo masticata in mostra nella bocca aperta. Il panico mi fa accelerare il battito. Il pranzo a base di pizza doveva essere la parte più facile della giornata. Un'ape si è appoggiata sul nostro tavolo e prima che potessi fermarla, Nora l'aveva intrappolata sotto la mano e ovviamente l'ape l'aveva punta. Le afferro il palmo e lo controllo. Il pungiglione è piantato in profondità.

Faccio un respiro profondo. «Okay, devo portarti a casa e usare delle pinzette per togliere il pungiglione.»

Lei piange ancora più forte. «Voglio la mamma!»

«La mamma non c'è. Penserà papà a te.»

«Mamma!»

La prendo in braccio, lasciando indietro la pizza. Nora mangia lentamente, solo un pezzettino in venti minuti. Io ho finito la mia. Possiamo sempre tornare, giusto?

Lei si dimena nelle mie braccia. «Mamma! Mamma! Mamma!»

La gente nel ristorante ci fissa.

Rivolgo loro un sorriso rassicurante. «Puntura d'ape. La porto a casa. Sono suo padre.»

La maggior parte di loro torna al loro pasto, tranne una donna anziana che continua a osservarmi mentre porto la mia bambina singhiozzante in auto e la faccio salire sul sedile posteriore. Appena la cintura di sicurezza è chiusa Nora smette di lottare.

«Ho la bua» dice con una vocina, fissando il palmo.

«Lo so. Non toccarla. Dobbiamo togliere il pungiglione.»

«Fa male» dice piangendo.

Le bacio la guancia bagnata di lacrime. «Lo so. Solo un momento.»

Torno a casa mia, con le spalle che mi arrivano alle orecchie mentre sento il suo patetico pianto sul sedile posteriore. Ogni pochi minuti ripete: «Voglio la mamma».

Prendo in considerazione di chiamare Lexi, ma le ci vorrebbe almeno un'ora e mezzo per tornare dalla Città. Nora non continuerà a piangere così a lungo, no?

Quando arriviamo a casa Nora sta tirando su col naso e piangendo e ho i nervi a fior di pelle. E non ho ancora nemmeno usato le pinzette. Fortunatamente sono abituato a trattare con gli animali in preda al dolore. Sarà la stessa cosa. Ce la posso fare.

La porto in bagno con me, trovo le pinzette e la faccio sedere sul sedile del WC. «Resta qui e non muoverti.»

Lei alza la mano, fissando il palmo. «Ape cattiva.»

«Le api pungono solo se si sentono intrappolate. La prossima volta in cui vedrai un'ape, lasciala volare via.»

«Ape cattiva.»

«Okay, ape cattiva.» Prendo un po' d'alcol dall'armadietto e disinfetto le pinzette.

Mi inginocchio davanti a lei. «Devi restare ferma, così non ti farò male.»

Le trema il labbro inferiore. «Voglio la mamma.»

Mi sento stringere il cuore. *Uccidetemi adesso.* «Vedrai la mamma più tardi. Adesso ci penserà papà a te.»

«Papà è in cielo.»

Chiudo gli occhi per un momento. «Il tuo altro papà, allora.» Le prendo la mano la apro e uso le pinzette con l'altra. Appena tocco il pungiglione lei sobbalza.

«Ahi! No, papà, no!»

Cerco di afferrarla meglio per il braccio, ma lei si gira e si libera, correndo fuori dal bagno.

«Nora, aspetta!»

Corre verso la porta d'ingresso e cerca di abbassare la maniglia. Per fortuna non riesce ad arrivare al chiavistello. Quando fallisce, corre dietro il divano, stringendosi tra quello e la parete.

Ci deve essere un modo migliore per farlo. Al lavoro c'è sempre un tecnico veterinario che tiene fermo l'animale mentre io lavoro su di lui. A volte dobbiamo sedarli. Ovviamente non posso sedare una bambina di due anni. Che altro piace ai bambini? Se solo avessi un lecca-lecca per distrarla. Prendo il telefono e sono sul punto di mandare un messaggio a Lexi, ma l'orgoglio mi frena. Da quando ho saputo di Nora, faccio pressioni per passare più tempo con lei. Come sembrerà se non riuscirò a superare la mia prima visita senza supervisione?

Poi ricordo com'era stata brava Eve con il nipotino neonato. Ha sempre detto che Jenna la definisce la sua seconda mamma. Lei saprà che cosa fare. Le mando un messaggio.

SOS. Ho Nora da solo per tutto il giorno. È stata punta da un'ape e adesso si nasconde dopo che ho tentato senza successo di toglierle il pungiglione.

Aspetto diversi strazianti minuti tenendo d'occhio Nora. È insolitamente silenziosa. Sbircio dietro il divano. È ancora ferma, sta cercando di restare nascosta.

Mi allontano di un passo. «Mi chiedo dove sia Nora.»

Sento una risatina.

Okay. Posso escludere uno shock anafilattico. Ho solo bisogno di aiuto. Il telefono vibra con un messaggio.

Eve: *Pensavo che non volessi che Nora mi conoscesse.*

Io: *È un'emergenza. Finirà per odiarmi se devo continuare a inseguirla per togliere il pungiglione.*

Eve: *La stai rincorrendo?*

Io: *Ha cercato di scappare. Adesso si è nascosta. Per favore vieni. Ti dovrò un favore.*

Eve: *Non ho esperienze con le bambine di due anni. Sono sicura che ci riuscirai senza di me.*

Io: *Sta andando in modo orribile!*

Faccio una fotografia di Nora nascosta dietro il divano e la mando a Eve.

Eve: *Ohh, povera bambina.*

Io: *Questa è la sua prima visita senza la sua mamma. Se è sconvolta non vorrà tornare!*

Sento gli occhi che scottano. Deglutisco il groppo che ho in gola. Non pensavo che sarebbe stato così difficile. Sono stato così attento a procedere lentamente, permettendo a Nora di conoscermi.

Io: *Per favore, Eve. Ho bisogno di te.*

Le parole sono sincere e vulnerabili. Stringo i denti, aspettando la sua risposta. Dopo Lexi ho smesso di credere che esistesse una brava donna con cui avere un futuro ma in questo momento, tutto ciò che voglio è poter contare su Eve per un momento veramente importante.

Eve: *Sto arrivando.*

Chiudo gli occhi, travolto dal sollievo.

Appena vedo Eve sulla soglia di casa mia, sorridente con in mano una giraffa di peluche, capisco: non ho bisogno di lei solo per oggi ma per sempre, una parte permanente della mia vita.

«Ho portato una distrazione» dice, agitando la giraffa. «A Theo non dispiacerà condividerla.»

«Grazie» riesco a dire.

«Dov'è Nora?» dice a voce alta.

C'è un fruscio dietro il divano ma Nora resta nascosta.

«Nora, la mia amica Eve è venuta a trovarci e ha portato qualcosa per te.»

«È il mio peluche preferito» dice allegramente Eve. «Una giraffa. Ti piacciono le giraffe?»

Silenzio.

Eve mi fa segno di restare in silenzio, passandomi la giraffa, poi va da PJ che è sdraiato sul suo lettino. Lo prende in braccio con tutto il lettino e lo appoggia di fianco al divano dove Nora può vederlo.

«Dato che non riesco a trovare Nora, lascerò che giochi PJ con la giraffa» dice, appoggiandogli la giraffa di fianco.

PJ le dà un'occhiata e poi guarda lei con la sua solita espressione altezzosa. Eve si inginocchia accanto a lui e lo accarezza proprio come gli piace, dietro le orecchie, parlando con lui in modo che Nora senta. «Non è una gran bella giraffa? Sapevo che ti sarebbe piaciuta. Così morbida e pelosa, con la quantità giusta di collo per aggrapparsi.»

Si alza e viene da me. «Peccato che Nora non sia qui per vedere la mia giraffa.»

Le metto un braccio intorno alle spalle e la tiro al mio fianco, baciandole la tempia. «Grazie per essere venuta» le sussurro all'orecchio. «Stavo perdendo la testa.»

«Andrà tutto bene. Ti ho mai detto che una volta ero una bambina testarda?»

«No.»

«Oh sì, la regina della testardaggine, a mio discapito. Sono anche scappata più volte. Richiede pazienza, perseveranza e...» abbassa la voce «un piccolo incentivo.» Ammicca.

Sono innamorato di te. Il mio cuore batte fortissimo, il sangue mi scorre veloce nelle vene. È la donna che non credevo esistesse. Voglio che resti con me per sempre, un vero partner di vita.

I suoi occhi diventano dolci, come se avesse sentito i miei pensieri. Probabilmente ce l'ho scritto in faccia.

Un fruscio di piedi attira la nostra attenzione. Nora allunga la mano verso PJ per prendere la giraffa e inciampa sopra il cane. Atterra sdraiata sopra di lui e il palmo della mano ferito colpisce la giraffa. Nora strilla mentre PJ ulula e salta via, zoppicando un po'.

Vado da Nora, sollevandola da dov'è sdraiata sopra il lettino di PJ. Almeno è atterrata sul morbido. «Ti sei fatta di nuovo male alla mano?»

Lei annuisce con le lacrime che rigano le guance. «Cane cattivo.»

Eve afferra la giraffa e la fa ballare davanti agli occhi di Nora. «Di' ciao a Gizmo.» Alla mia espressione sorpresa, Eve alza una spalla.

«Ciao, Gizmo» dice Nora con la voce piagnucolosa.

«Andiamo in bagno a togliere il pungiglione» le dico.

«Che ne dici se restiamo qui sul divano?» dice Eve. «Nora può tenere Gizmo. Ti piacerebbe?»

Nora annuisce.

Eve la mette seduta sul divano e le porge Gizmo. Poi si rivolge a me. «Pensi che si lascerebbe prendere in braccio?»

Nora chiacchiera con Gizmo, appoggiando il naso su quello della giraffa.

Annuisco. «Probabilmente sarà abbastanza distratta che non le importerà. Vado a prendere le pinzette.»

Quando torno, mia figlia è seduta in grembo a Eve e stanno entrambe parlando con la giraffa in braccio a Nora. Sembrano a loro agio insieme, entrambe contente di conversare con Gizmo. La mia mente va a un futuro in cui Eve faccia parte della vita di Nora. Mi piace l'idea. Non so come potrebbe funzionare, ma mi sembra una cosa giusta.

Eve mi guarda con un sorriso. «Ho il telefono per fare luce sulla sua mano.»

«Ottima idea.»

Mi siedo accanto a loro e tiro verso di me la mano di Nora. Lei la tira indietro in fretta.

Mantengo la voce tranquilla anche se mi innervosisce l'idea di farle male. «Nora, devo togliere il pungiglione, altrimenti continuerà a farti male.»

«No.»

«Devo farlo.»

«No.»

«Quando ti avrà tolto il pungiglione, possiamo andare a prendere un gelato. Anche Gizmo» dice Eve.

Nora mi porge la mano.

«Incentivo» dice Eve. Punta la torcia del telefono sul palmo della mano di Nora tenendole il polso con l'altra.

Afferro la mano e avvicino lentamente la pinzetta.

«Sapevi che oggi è il compleanno di Gizmo?» chiede Eve. «Cantiamogli *Happy birthday*.»

Eve comincia a cantare stonata e Nora si unisce a lei. Tira indietro un po' la mano mentre lavoro ma prima che finisca la canzone, ho fatto.

«Tutto a posto» le dico.

Nora si controlla il palmo. «Cerotto per la mia bua.»

«Posso farlo.» Vado in bagno, ascoltando i suoni allegri di mia figlia e del mio nuovo amore, che ridono e parlano. È la vita che voglio per il mio futuro. Eve, io, Nora e i nostri futuri figli.

Scuoto la testa. Non ho nemmeno detto a Eve che cosa provo. Per quanto ne so, potrebbe scappare di corsa a Los Angeles. Ovviamente è lì che finirà prima o poi. E io non potrei mai lasciare Summerdale, non con Nora e il mio lavoro qui.

Che cosa si fa quando si vede finalmente un futuro fantastico insieme, sapendo che è impossibile?

18

Eve

«Potrebbe essere stato un errore.» Do un'occhiata pentita a Dominic. Abbiamo permesso a Nora di prendere una coppetta di gelato al cioccolato e ne indossa più di quanto ne abbia mangiato.

Siamo al Shane's Scoops, un negozio di gelato gourmet nella vicina Clover Park. Sono cresciuta nel paese vicino, a Eastman, quindi conosco tutti i negozi che ci sono qui. Non c'è molta gente nel negozio, probabilmente perché è l'ultimo fine settimana di ottobre e fuori fa freddo. Ci sono solo due ragazze adolescenti a un tavolo e una coppia di anziani a un altro.

Nora sta ancora cercando di prendere la zuppetta di gelato sciolto dal fondo della coppetta. Le scorre il gelato sul mento e, anche se ho cercato di metterle un tovagliolo sotto il mento, un sacco di gelato ha mancato il tovagliolo ed è finito sulla maglietta viola. Dominic e io eravamo talmente occupati e parlare e a mangiare il nostro gelato che non ci eravamo accorti del disastro finché non è stato troppo tardi.

Dominic prende altri tovagliolini dal dispenser al nostro tavolo e cerca di pulirla mentre lei lo ignora e continua a scavare nella sua coppetta.

«Buono, eh, Nora?» le chiedo.

«Sì.» Lei si porta la coppetta alla faccia e cerca di leccare il fondo.

«Penso che non ce ne sia più.»

Lei mi mostra la coppetta con un sottile strato di gelato sciolto sul fondo. «Ancora.»

«Puoi berlo. Così.» Sollevo la mia coppetta e bevo le ultime gocce sul fondo.»

Lei mi imita ma la inclina troppo. Il gelato le finisce sulla faccia e scorre sulle guance e il mento. Poi sbatte la coppetta sul tavolo. «Tutto finito.»

Dominic afferra altri tovaglioli e le tampona la faccia.

«Hai portato un cambio di vestiti per lei?» gli chiedo.

«Non ho niente.»

Nora scende dal suo sedile e corre verso la vetrina dei gelati, sbattendo le mani coperte di gelato sul vetro e alzandosi in punta di piedi per guardare tutti i gusti.

«Mi dispiace!» dice Dominic, togliendole le mani dal vetro. Cerca di pulire il vetro con il tovagliolo, ma riesce solo a sbavarlo.

Una delle due ragazze dai capelli rossi dietro il bancone gira intorno con un flacone di detersivo e un tovagliolo di carta in mano. Indossa la maglietta della Shane's Scoops. Le ragazze hanno gli stessi capelli rosso brillante di Shane O'Hare, il proprietario del negozio. Scommetto che sono le sue figlie. Sembra abbiano sui sedici o diciassette anni e si assomigliano moltissimo.

«Nessun problema. Ci siamo abituate.» Pulisce le impronte. «Dovreste portarla in bagno e lavarla.» Indica verso il fondo.

Dominic prende per mano Nora e va in bagno con lei. Potrà anche toglierle il gelato dalla faccia e dalle mani, ma la maglietta è completamente rovinata. Non vedo come potremmo portarla al negozio di giocattoli in fondo alla strada tanto è un disastro.

Un uomo dai capelli rossi appare dal fondo del negozio. Shane. «Come va oggi, ragazze?» chiede. Deve essere vicino alla cinquantina adesso, ma è esattamente come lo ricordo. Quando ero una bambina e terribilmente timida era così gentile con me. Spesso mi faceva assaggiare i gelati quando non riuscivo a decidere che gusto prendere, senza che avessi bisogno di parlare, solo indicandoli.

«Bene, papà» dice una delle ragazze, come se fosse irritatissima che le abbia chiesto come andava.

«Ti abbiamo detto che potevamo occuparci del negozio di domenica» dice l'altra, mettendosi una mano sul fianco.

«Lieto di vederlo» dice suo padre. «Non dimenticate di pulire i ripiani, i tavoli e le palette prima di chiudere.»

«Lo sappiamo» rispondono all'unisono.

Lui piega la testa di lato. «Abby, Hannah, vi ho mai detto quanto mi piace irritarvi?» Fa il solletico a una delle due e prende l'altra per il collo. Loro ridono e gli danno uno spintone.

Nascondo un sorriso. È così bello vedere una famiglia felice. Vedo per caso le magliette con il logo del Shane's Scoops in vendita su un piccolo scaffale di lato alla vetrina dei gelati. Hanno le misure da bambino. Perfetta per Nora.

«Ehi, posso avere una maglietta nella misura da bambini?» Shane va allo scaffale. «Che misura.»

«Oh, non lo so. Ha due anni.» Tendo la mano e l'abbasso. «È alta più o meno così.»

«Proviamo questa» dice porgendomene una.

La solleva. «Sembra giusta. Va bene anche se è un po' lunga.»

Shane mi fa pagare mentre le due figlie sussurrano tra di loro alle sue spalle.

«Non so se ricorda, ma venivo sempre qui quand'ero una bambina. Eve Larsen. Ho sempre adorato questo posto.»

Lui mi guarda. «Oh, sì. Ricordo te e tuo padre. Lui prendeva sempre il gelato al burro di pecan e tu volevi assaggiare diversi gusti prima di decidere. Sei una dei pochi bambini che sceglievano un gusto diverso ogni volta che venivano.»

«Giusto. Era tutto così buono che non potevo sceglierne solo uno.»

«Oh, grazie. È bello sentirlo, visto che sono fatti freschi tutti qui in negozio. Vivi qui in città?»

«No, sono solo in visita. Ha delle belle figlie.»

Le ragazze diventano rosse come i loro capelli. Lui sorride. «Grazie, ne ho altri due a casa, un maschio e una femmina.»

«Lavorano tutti per lei?»

«Solo Abby e Hannah sono abbastanza grandi, ma gli altri non vedono l'ora di stare in mezzo ai gelati.»

Le ragazze annuiscono e sembrano fiere di lavorare qui.

Riappare Dominic con una Nora pulita ma con una maglietta sporca addosso. «È il meglio che sono riuscito a fare.»

«Le ho preso una t-shirt» dico. «Vieni qua, Nora. Potrai indossare questa bella t-shirt con il disegno di un cono gelato.»

Lei corre verso di me e gliela mostro. «Ooh!» esclama alzando le braccia.

Immagino di doverla aiutare a svestirsi. Le tolgo la maglietta sporca. Poi prendo alcuni tovagliolini e le asciugo il petto prima di metterle la t-shirt nuova. Le si impigliano le braccia perché cerca di spingerle in alto mentre io sto cercando di infilare i buchi delle maniche. Dopo qualche minuto di tentativi, la t-shirt è a posto.

Nora guarda in basso e strofina le mani sul cono gelato, sorridendo.

«Grazie» dico a Shane.

«Ecco.» Mi passa una busta di plastica. «Per la maglietta sporca. Mettila a bagno con uno smacchiatore appena arrivate a casa.»

«Grazie, lo faremo.»

«Congratulazioni per la tua famiglia, Eve» dice Shane. «Spero di rivedervi qui tutti alla vostra prossima visita.»

Resto a bocca aperta per la sorpresa. Sembriamo una famiglia? Non mi è mai successo che qualcuno pensasse che appartengo a loro come una vera e propria famiglia.

«Grazie» dico con la voce rotta.

Dominic mi tiene aperta la porta, poi Nora mi sorprende prendendomi la mano.

Sono solo le sette di sera ma sono esausta. Abbiamo portato Nora nel negozio di giocattoli e le abbiamo comprato un triciclo, visto che l'ha adorato dopo averne provato uno nel negozio. Le abbiamo chiesto se ne avesse uno in casa e ha risposto di no. Dominic aveva detto di non averla mai vista con uno, quindi abbiamo comprato quello preassemblato, lo abbiamo portato a casa e abbiamo passato la maggior parte del pomeriggio camminando con lei lungo il marciapiede mentre lei pedalava.

Poi siamo andati al lago a dare da mangiare alle anatre, abbiamo fatto un piccolo picnic per cena e siamo tornati a casa di Dominic. Noi adulti eravamo così esausti che abbiamo messo un film sul laptop per guardarlo tutti insieme. È *Alla ricerca di Nemo*. Siamo mezzo addormentati, PJ russa sonoramente come al solito a causa del muso schiacciato e Nora guarda con gli occhi spalancati.

«Non avremmo dovuto farle fare un sonnellino?» sussurro a Dominic.

«Non so lo, i bambini di due anni fanno il sonnellino?»

«Non lo so.»

«Non credo che avrebbe funzionato. È ancora piena di energia.»

Il film finisce e Dominic e io ci guardiamo in faccia. Abbiamo ancora più di un'ora prima che arrivi Lexi.

«A che ora va a dormire Nora?» chiedo.

«Non lo so. Nora non mi ha dato molte informazioni.»

Nora scende dal divano e comincia a roteare accanto al tavolino.

«Non farlo, ti girerà la testa» le dice Dominic.

Nora si ferma e poi comincia a roteare nella direzione opposta. È a quel punto che ricordo come Drew abbia fatto addormentare Theo parlandogli di cose noiose da adulti.

«Mettiamo un documentario sugli animali» dico. «Probabilmente la annoierà a morte.»

«Le piacciono gli animali.»

«Okay, allora qualcosa di noioso e adatto alla sua età.»

Dominic trova un programma di cucina. «Guarda, Nora, stanno cucinando bellissime ricette internazionali.»

Nora sale sul divano e si stringe in mezzo a noi due. Dopo qualche minuto, si sta succhiando il pollice e rigirando una ciocca di capelli tra le dita, con gli occhi che sbattono sonnolenti.

Ecco fatto. Si addormenterà in fretta. La testa mi cade avanti quando mi appisolo e poi mi sveglio di colpo.

Nora mi si arrampica in grembo, rannicchiandosi di lato. Le metto le braccia intorno, adoro la sensazione di averla nelle braccia. Non sapevo che esperienza speciale fosse tenere in braccio un bambino finché non è arrivato Theo.

Nora allunga la mano mettendola sul braccio di Dominic, collegandoci tutti.

Qualche minuto dopo, Nora di affloscia addormentata nelle mie braccia.

«Le piaci» sussurra Dominic.

«E lei piace a me» rispondo.

Dominic mi sorride con gli occhi dolci. «Sono così contento che sia venuta oggi.»

«Quindi ti sta bene se Nora e io passiamo un po' di tempo insieme?»

«Sì. Mi piacerebbe che imparasse a conoscerti.»

Scosto i capelli dal volto di Nora. Gli elastici che tenevano i codini sono caduti da tanto. I lunghi capelli scuri sono vaporosi e morbidi come seta. «Piacerebbe anche a me.»

Sono così rilassata con Nora accoccolata contro il mio petto e il calore di Dominic di fianco. È così che potrebbe essere, con me parte della mia piccola famiglia, accoccolati insieme sul divano, con il nostro cane PJ che russa di fianco.

Poco dopo suona il campanello.

«È in anticipo» dice Dominic, balzando in piedi.

Nora sta ancora dormendo in braccio a me. Mi chiedo se è

il caso di spostarla sul divano, ma detesto l'idea di svegliarla proprio nel bel mezzo di una scena che potrebbe essere imbarazzante.

Lexi entra. «Ho preso il treno prima.» Si blocca, fissandomi mentre ho in braccio la sua bambina che dorme. «Che diavolo sta succedendo qui?» sibila.

«Si è addormentata» sussurro, alzandomi lentamente dal divano e trasferendo Nora nelle braccia di sua madre.

Lexi si rivolge a Dominic. «L'unica volta che ti permetto di tenerla da solo e tu fai venire la tua ultima scopata a prendersi cura di nostra figlia? È l'ultima volta che la vedrai da solo.»

«Eve è più di quello» dice Dominic.

«Avevi detto che non era niente di speciale.» Lexi mi prende Nora dalle braccia e si dirige verso la porta.

Nora alza la testa per un attimo. «Mamma.»

Lexi si affretta ad andare verso la porta. «Giusto. La tua vera mamma è qui. Andiamo a casa.»

La porta sbatte chiudendosi alle loro spalle.

Resto lì, stordita, intorpidita e improvvidamente gelata. Incrocio le braccia, abbracciandomi. «Non ho mai voluto mettermi in mezzo alla vostra famiglia.»

Dominic mi tira tra le sue braccia. «Lexi è solo gelosa. Si abituerà all'idea che Nora incontri gente nuova.»

«Potrebbe costarti l'affidamento congiunto. È molto dispotica.»

«Le parlerò.»

Mi tiro indietro, pensando alla mancanza di paletti di Lexi, alle sue visite inaspettate; perfino arrivare più presto oggi è probabilmente stato un gesto deliberato per cogliere Dominic alla sprovvista. «Ti serve un avvocato.» *Perché non voglio essere io il motivo per cui perdi tua figlia.*

«Deve solo calmarsi.»

Gli rivolgo un'occhiata scettica.

«Inoltre non sappiamo se...»

«Se cosa?»

«Se farai parte in permanenza della vita di Nora. Capisco la cautela di Lexi.»

«Quindi adesso prendi le sue difese. Prima avevi detto che ti sarebbe piaciuto che Nora imparasse a conoscermi.»

Dominic si passa la mano sui capelli. «È complicato. Possiamo riparlarne quando saremo sicuri se resterai o te ne andrai?»

«Me ne andrò, è solo questione di sapere quando.»

«Ci inventeremo qualcosa quando arriverà il momento. Nel frattempo, non permettiamo a Lexi di rovinare tutto.»

Sospiro, stanca fino alle ossa. «Hai ragione. Perché allora Lexi vincerebbe. Sarà meglio che vada.»

Dominic mi bacia. «Ci vedremo alla festa di Halloween.»

«Ci dovrebbe essere un aggiornamento sullo sciopero alle cinque del pomeriggio, ora della costa Ovest il giorno di Halloween. L'obiettivo era di arrivare a un accordo per la fine del mese.»

«E poi dovremo fare quel discorso.»

Lo abbraccio un'ultima volta prima di uscire.

Un'ultima festa insieme, un discorso importante, due cuori infranti. Voglio credere che funzionerà tutto, ma non vedo come.

19

Dominic e io ci scambiamo un'occhiata e scoppiamo a ridere. Temevo che il mio cattivo umore avrebbe rovinato la serata, ma è impossibile essere tristi con questi costumi ridicoli. Lui è vestito come Bleeker, dal film *Juno*, con le fasce antisudore sulla fronte e ai polsi, una t-shirt, pantaloni corti da palestra e calzettoni a tubo tirati fino alle ginocchia. Siamo sul portico di Jenna e ci ammiriamo a vicenda. Io sono Juno, l'adolescente incinta.

Dominic mette la mano sul mio finto pancione. È un cuscino sotto la maglia. Ho aggiunto una felpa sopra la canottiera con una gonna e i leggings sotto. Era la cosa migliore che sono riuscita a inventarmi all'ultimo momento come costume di Halloween. *Juno* è uno dei miei film preferiti.

«Com'è successo?» mi chiede Dominic.

«"È cominciato tutto con una sedia"» dico citando il film. «Ti piaccio bruna?» Ho preso in prestito una parrucca scura che Jenna ha usato per un altro costume.

Lui mi bacia. «Hai un aspetto fantastico.»

«Oh mio Dio, ragazzi. Devo farvi una fotografia» dice Jenna, guardando Dominic da sopra la mia spalla.

Faccio un passo indietro per far entrare Dominic, per le foto. Jenna porta cerchietto con le antenne da ape e ha Theo in un costume da ape che è praticamente un grande sacco a pelo a righe. Deve essere comodo, perché è profondamente addormentato. Jenna resterà in casa per il dolcetto o scherzetto, mentre Eli è fuori di pattuglia.

Mocha e Lucy ci girano attorno, annusando. Dominic accarezza i fianchi dei cani, uno per mano.

«Oh, siete davvero Juno e Bleeker» dice Jenna, indicandoci dove vuole che ci mettiamo. Mette Theo in una culla portatile accanto al divano e ci fa mettere accanto alla porta d'ingresso. «Dominic, pensavo che non saresti mai potuto sembrare un Geek, ma con quella fascia ci riesci» dice ridendo. «E le calze a tubo?»

«Grazie» dice asciutto Dominic.

Mi mette un braccio intorno alle spalle e io metto una mano sul mio pancione gigante.

Jenna scatta alcune fotografie con il telefono. «La mamma impazzirebbe vedendoti così.»

Sbuffo. «Non incoraggiarla.»

Jenna si mette il telefono in tasca. «Divertitevi voi due. Theo e io guarderemo È il grande cocomero, Charlie Brown. Ora che ho un bambino, ho la scusa perfetta per guardare tutti i miei film da bambini preferiti.»

«Sono sicura che gli piacerà dormire per tutto il film» dico. «Ciao!»

Suona il campanello e i cani abbaiano impazziti, correndo verso la porta. Theo si sveglia e comincia a piangere. È il motivo per cui non suono mai il campanello. Bussare alla porta non infastidisce tanto i cani.

«Ci sono i bambini per il dolcetto o scherzetto» dico. «Vuoi che ci pensi io?»

Jenna prende in braccio Theo, accarezzandogli la schiena mentre va alla porta. «No, vai e divertiti alla festa.»

Apro la porta davanti a un gruppetto di tre bambine, una vestita da fata, una da fantasma e una da strega.

«Dolcetto o scherzetto?» dicono in coro.

«Ci penserà la signora alle mie spalle» dico, passando loro accanto. Dominic mi segue.

Mi do un'occhiata alle spalle vedendo Jenna con il

bambino in un braccio mentre tende con l'altra mano la ciotola con i dolcetti alle bambine.

Prima ancora che arriviamo all'auto di Dominic, le bambine stanno già correndo alla casa accanto, ridendo. Saluto un gruppo di genitori sulla strada, che stanno seguendo le bambine.

«Mi manca fare dolcetto o scherzetto» dice Dominic aprendomi la portiera.

«I bei tempi passati. Ora dobbiamo comprarci i dolci da soli e sentirci in colpa perché li mangiamo.»

Dominic ride e chiude la portiera.

Ci vogliono solo cinque minuti in auto per arrivare a casa di Wyatt e Sydney, non abbastanza per una conversazione approfondita, ma una parte di me vuole sapere se è riuscito a sistemare le cose con Lexi. Non ho mai voluto essere il motivo per cui viene tagliato fuori dalla vita di sua figlia.

«Sei terribilmente silenziosa» dice Dominic.

«Sto solo pensando.»

«A che cosa?»

«Lexi ha rinunciato alla sua minaccia di non farti vedere Nora da solo?»

«Ne parlerò con lei domenica prossima durante la visita programmata. Fidati, Lexi ha bisogno di tempo per calmarsi.»

«Non voglio rovinare le cose per te.»

«Domenica mi hai salvato. Quando la mia bambina piange, è come se mi scorticasse i nervi. Ero nel panico, non sapevo che cosa fare, ero terrorizzato dal timore di incasinare tutto. Poi sei arrivata tu, calma e tranquilla.»

«Immagino di non avere la stessa sensazione di nervi a fior di pelle perché non è mia figlia. Ho solo pensato che cosa avrei potuto fare per aiutarla, come faccio con Theo.»

«Forse avresti dovuto fare il medico di Pronto Soccorso. Sei brava sotto pressione.»

«Sono sotto pressione ogni settimana per rispettare la scadenza per lo show. Si passa dalla sceneggiatura alle riprese in tempi velocissimi.»

«Nervi d'acciaio. Hai già sentito dello sciopero?»

Controllo il telefono. Sono le sette del pomeriggio, ora di New York, e significa che sono le quattro a Los Angeles. «Non ancora. Spero che siano buone notizie. Ogni giorno di sciopero fa perdere soldi ai produttori, quindi dovrebbero volere che finisca in fretta.»

«Per non parlare della mancanza di stipendio per gli scrittori. Tu hai problemi?»

«Jenna ha pagato il mio affitto questo mese. La rimborserò appena potrò, con gli interessi.»

«Ne sono certo.»

Restiamo entrambi in silenzio, con la persistente incertezza sul futuro che si frappone tra di noi come un grande muro. Uno di noi dovrà scalare quel muro per arrivare all'altro. Uno di noi dovrà fare un enorme sacrificio e potrebbe finire male, con il risentimento di uno dei due. Se avessi scritto questa storia, come farei ad assicurare un lieto fine? Sfortunatamente sono più conosciuta per i miei finali in sospeso che per le conclusioni felici.

Forse significa che non c'è un lieto fine possibile. C'è solo la felicità che provo adesso. Che cosa dicono, che è meglio aver amato e perso che non aver mai amato? Fa schifo in entrambi i modi.

Qualche minuto dopo Dominic entra nel lungo viale che porta alla casa di Wyatt e Sydney. È una bella proprietà con ettari di boschi e colline erbose e una grande casa a due piani rivestita di assicelle grigie.

Indico fuori dal finestrino. «Oh, Jenna me ne ha parlato. Guarda, un faro in un posto senza sbocchi sul mare.» È grigio con la sommità bianca. Jenna ha detto che in effetti è una torre idraulica ma che al precedente proprietario piacevano i fari e quindi l'aveva fatta costruire di quella forma.

«Strano, vero?» dice Dominic. «Sono già stato qui. Wyatt ha contribuito in modo sostanziale alla costruzione del rifugio per animali. E abbiamo fatto un servizio fotografico professionale per un calendario, con uomini e cani. Lo hanno venduto qui intorno.»

«Ora che me lo dici, ricordo che Jenna me ne aveva parlato

un po' di tempo fa. Uomini a torso nudo e cani. Devo vedere il tuo mese.»

«Solo il mio?»

«Ovvio! Non guarderò gli altri uomini. Magari potrebbe capitarmi di dare un'occhiata, accidentalmente, solo mentre giro le pagine.»

Dominic si mette a ridere. «Sono sicura che Jenna ne abbia tenuto una copia. C'era anche Eli.»

Qualche minuto dopo siamo davanti all'ingresso. Normalmente non mi piacciono le grandi feste ma, tramite Jenna ed Eli, conosco un mucchio di questa gente. Jenna mi ha presentato le sue amiche e la famiglia di Eli vive tutta qui in città. Dominic suona il campanello e sentiamo i cani che abbaiano e si precipitano verso la porta.

«I cani sono i benvenuti in questa casa» dice Dominic.

Un momento dopo Wyatt Winters, un uomo alto con folti capelli castano scuro, apre la porta con in braccio una Shih Tzu bianca con un fiocco rosa. Al suo fianco, una Pitbull che indossa un costume da coccinella e un Golden Retriever con una camicia da smoking. «Palla di Neve, Rexie, Scout, giù» ordina ai cani che si acquietano immediatamente.

Wyatt sorride. «Juno e Bleeker.»

«Sì!» dico, lieta che abbia riconosciuto i personaggi. «Pensavo che avremmo dovuto spiegare chi siamo per tutta la sera.»

Wyatt fa un passo indietro. «Non sei l'unica. Anche mia sorella Kayla si è vestita da Juno.» Si volta, indicandoci di seguirlo. «Kayla, Adam! Venite a vedere!»

Ho già conosciuto Kayla e Adam. Adam è uno dei fratelli di Eli. Sua moglie, Kayla, è super vivace e dolce.

Lo seguiamo lungo un corridoio fino a una grande cucina moderna con i ripiani di granito ed elettrodomestici di acciaio inossidabile. Ci indica un ripiano con una varietà di bevande e bicchieri di plastica. «Servitevi, la birra è in frigorifero.» Mette a terra il cagnolino bianco. Presumo che sia Palla di Neve. «Kayla!»

Un momento dopo appare Kayla, una bruna piccolina. Oh,

wow, sembra veramente Juno con i capelli scuri lunghi fino alla spalla, grandi occhi castani e la corporatura minuta. «Eve, siamo gemelle!»

Mi avvicino, con gli occhi incollati alla sua pancia. «Sembra così vera.»

Kayla ride e si accarezza la pancia. «Perché lo è. Sono di quattro mesi e mezzo.»

«Congratulazioni» dico. «La mia è sola un cuscino.»

Lei mi dà una bottarella sul cuscino. «Si vede, comunque è un gran bel costume. Oh, Dominic, stai benissimo come Bleeker. Adam si è già tolto la fascia perché non vuole sembrare un Geek. Gli ho detto che era divertente.»

Adam appare un momento dopo con una bottiglietta d'acqua aperta in mano. È alto e snello ma muscoloso, con i capelli castano scuro e un po' di barba. I suoi occhi castani sono una versione più dolce di quelli di suo fratello Drew. Passa la bottiglia a Kayla. «Ti ho detto che la fascia mi faceva prudere la fronte, ecco tutto.» Dà una lunga occhiata al costume di Dominic, guardandolo dalla testa ai piedi. «Carino.»

«Sono abbastanza sicuro della mia virilità da indossare un costume da Geek» dice Dominic.

«Forse sei già un Geek, quindi per te non è difficile» dice Adam dandogli una gomitata. «Come vanno le cose con l'associazione Best Friends Care? È tutto quello di cui parla Drew.»

«Davvero?» dico, sorpresa. Drew è piuttosto silenzioso quando lavora lì. Non sono nemmeno riuscita a capire se gli piacesse o meno.

«Oh, sì. Parla di tutti i cani e delle loro diverse personalità, oltre che di quelli che potrebbero essere adatti a essere cani da terapia.»

Dominic lo guarda incuriosito. «Uhm. A me non ha detto niente. Dato che sono io quello che sceglie i cani per il programma sarei interessato alla sua opinione. È qui?»

«Lui resta al dojo a Halloween, per distribuire i dolci ai bambini. Inoltre non ha mai voluto mettersi un costume.»

Kayla mette le braccia intorno alla vita del marito. «Drew non è un tipo da feste, proprio come Adam, che però le sopporta per fare piacere a me.»

Adam la guarda adorante e le mette un braccio sulle spalle. Lei gli sorride prima di rivolgersi di nuovo a noi. «Tra due settimane farò un'ecografia e scopriremo se è maschio o femmina e poi faremo una festa per rivelare il sesso. Siete invitati. Sarà così divertente. Ho ordinato le decorazioni e una torta al Summerdale Sweets che, quando la affetteremo, mostrerà dei confettini azzurri o rosa.»

«Kayla riesce a rendere una festa qualsiasi cosa» dice Adam, con uno dei suoi rari sorrisi.

Lei annuisce entusiasta. «Sono così eccitata anche se sono un po' preoccupata che Tank si sentirà trascurato.»

«È il nostro cane» dice Adam.

«È molto affezionato a me» dice Kayla. «Intendo regalargli un giocattolo alla festa. È una carota che contiene dei biscottini e i cani devono darsi da fare per arrivarci. Il nostro gatto, Simba, riceverà dell'erba gatta.»

«Sembra che abbia pensato a tutta la famiglia» dice Dominic.

Proprio allora appare Sydney, la moglie di Wyatt, con la piccola Quinn su un fianco. Sento una stretta al petto vedendo il faccino rotondo di Quinn che spunta da un costume da orsacchiotto. Sydney ha un cerchietto con le orecchie da orso.

«Adorabile!» esclamo. «Quanti mesi ha?»

«Nove.»

Accarezzo la pelliccia marrone sul braccio del costume di Quinn. «Non sei un bell'orsacchiotto?» Sorrido a Sydney. «E la mamma orsa.»

Lei guarda me e Dominic. «Mi piace il costume di coppia, proprio come quelli di Kayla e Adam.»

«È quello che ho detto anch'io.»

«Dove sono le tue orecchie da orso, papà orso?» gli chiede Sydney.

Wyatt le estrae doverosamente dalla tasca posteriore e se le mette. È ridicolo, le orecchie sono troppo piccole per la sua testa maschile. E per il resto, indossa una maglia a maniche lunghe e jeans. Non molto da orso. Sydney indossa una felpa beige con un orso davanti.

«Adesso, chi è il Geek?» scherza Adam.

Lui e Dominic ridacchiano insieme.

Wyatt si inalbera. «Aspetta che nasca il bambino e dovrai indossare *tu* i costumi di famiglia» dice a Adam. «Sono sicuro che Kayla avrà un mucchio di idee fantastiche.»

«Grazie, Wyatt» dice allegramente Kayla. «Sarà così. Facciamo tutti una fotografia.»

«La faccio io» dico. «Voi mettetevi vicini.» Mi dico che non appartengo veramente al gruppo, visto che sono solo in visita.

«Ci dovresti essere anche tu» dice Kayla. «Jenna è mia cognata, quindi sei praticamente una parente anche tu.»

Gli altri mi indicano di unirmi a loro.

«Okay, okay» dico ridendo.

Ci stringiamo tutti per un selfie.

«L'anno prossimo dovremo avere anche Theo e Finn, il bambino di Paige e Spencer» dice Sydney. «Potremo fare una foto di gruppo dei bambini, una volta che riescono tutti a restare seduti e sono vaccinati.»

«Per allora probabilmente staranno gattonando» dice Wyatt. «Quinn comincia già.»

«Sarà come cercare di radunare dei gatti» dice Dominic.

«Che cosa fa la tua bambina stasera?» gli chiede Sydney.

«Ha fatto mezzo giro del lago per il dolcetto o scherzetto prima che diventasse buio» risponde Dominic.

Mi mordo il labbro. Non ho nemmeno pensato a chiedere di Nora ed eccomi qui, dopo un solo giorno insieme, a sperare di far parte della sua vita. Avrei dovuto pensare a lei. Halloween è importante per i bambini e sono sicura che abbia capito che cosa stava succedendo, avrà tre anni tra meno di due mesi.

Sydney sorride. «Che costume aveva?»

Dominic prende il telefono per mostrarglielo. «Da principessa. Hanno fatto una piccola sfilata nella sua scuola materna.»

Sydney e Kayla guardano la fotografia. «Aww!» esclamano.

Dominic non mi ha mostrato la fotografia, anche se ci eravamo scambiati dei messaggi e l'avevo visto a casa di Jenna. Si potrebbe pensare che avrebbe condiviso una fotografia. Mi si stringe la gola e ricaccio in fondo il dolore. Dominic fa per mettere via il telefono.

«Posso vederla?» chiedo.

Mi passa il telefono. Mi bruciano gli occhi per le lacrime. È bella, ovviamente. Sua madre le ha pettinato i capelli facendo dei boccoli e spruzzandoli con il glitter. Scommetto che a Nora piace. Ha una tiara di brillantini, una collana con un gigantesco rubino e un abito azzurro chiaro di satin e tulle. Sembra così felice, sorride all'obiettivo.

«Sei potuto andare alla sfilata o te l'ha mandata Lexi?» gli chiedo.

«Ho potuto esserci di persona» mi risponde. «Uno dei molti vantaggi di avere Nora che vive qui.»

«Giusto» riesco a dire nonostante il groppo che ho in gola.

Dominic rimette in tasca il telefono, guardandomi incuriosito.

«Chi vuole una birra?» chiede Wyatt, aprendo il frigorifero.

Gli uomini si avvicinano per prendere le loro birre.

Io mi concentro su Quinn, dicendomi che Dominic non mi ha nascosto apposta le notizie su Nora. Probabilmente è corso a casa dopo il lavoro e ha dimenticato di parlarmene. Non che io mi sia ricordata di chiedere.

«Puoi tenerla un momento?» mi chiede Sydney. «Sosta in bagno per mamma orsa.»

Mi guardo attorno e mi rendo conto che Kayla si è allontanata per andare a parlare con un'altra donna presente alla festa.

«Certo» dico, un po' sorpresa che me l'abbia chiesto. Finora non ho mai tenuto in braccio Quinn. La prendo in braccio. Oh, è molto più pesante di Theo. «Ciao» le dico. «Io sono Eve. Scommetto che non vedi l'ora di giocare con tuo cugino Theo. Dagli un anno o due per diventare interessante.»

Lei mi fissa con gli occhi spalancati e poi mi mette una mano sulla guancia. Sorrido e lei mette l'altra mano sull'altra guancia, tenendomi la faccia. Poi stringe.

Le tolgo una mano e poi l'altra. «Attenta con la mia faccia. Vediamo che cosa c'è di interessante con cui puoi giocare.» Vedo un bicchiere rosso di plastica e glielo do. Lei lo tira dall'altra parte della stanza. «Ehi, come sei forte. Vedo un futuro di lanciatrice per te, o forse potrai giocare a football. Le ragazze possono giocare a football. Le ragazze possono fare tutto quello che vogliono. Non permettere alla società o a tutto quel rosa di dirti che non è così.»

C'è silenzio nella stanza. Dominic, Adam e Wyatt mi fissano.

«Che c'è? Non è mai troppo presto per insegnarglielo.»

Wyatt scuote la testa. «Sembri proprio Sydney. Mia figlia non giocherà a football. Dovrei avvolgerla nel pluriball. Le insegnerò tutto quello che so della programmazione. Per me ha funzionato.» Jenna mi ha raccontato che Wyatt è un miliardario fin da quando era giovane, grazie alla tecnologia. Ha smesso di lavorare a poco più di trent'anni.

Appoggio la guancia contro quella morbida di Quinn. «Può fare entrambe le cose, anche se il baseball può essere più sicuro. Su questo sono d'accordo con te.»

Quinn mi batte sulla testa.

«Visto, è d'accordo.»

Dominic si avvicina, sorridendo a Quinn e dandole un buffetto sotto il mento. Poi si rivolge a me. «Hai un istinto naturale con i bambini.»

«Come mai non mi hai detto niente di Nora?» gli chiedo sottovoce. «Mi sarebbe piaciuto vedere la sua fotografia in costume.»

«Mi dispiace. Non sapevo che ti sarebbe interessato sapere di una sfilata della scuola materna.»

Sposto Quinn tra le braccia in modo che non possa togliermi la parrucca. «Mi sono sentita vicina a lei dopo la giornata passata insieme. Mi piacerebbe sapere queste cose se mi vuoi ancora nella sua vita.»

«È così.»

Deglutisco e mi concentro sul visino dolce di Quinn. Si sta tirando il cappuccio del costume da orsacchiotto. Glielo tolgo e le liscio i capelli. «Okay. Piacerebbe anche a me.»

«Probabilmente dovremmo parlare presto di...»

«Lo so. Non adesso, okay?»

Dominic

Non avevo pensato che la mia avventura di una notte si sarebbe trasformata nella migliore relazione della mia vita. È quasi troppo bello per essere vero. Eve e io stiamo bene insieme e lei capisce la faccenda di Nora. Vuole perfino essere coinvolta. L'unica questione è: come faremo a far funzionare un rapporto a distanza? Prima o poi lei tornerà a Los Angeles e ci sono un mucchio di chilometri tra di noi.

Siamo riuniti nella sala video nel seminterrato a guardare *Nightmare* con qualche altro appassionato di horror. C'è odore di popcorn nell'aria. Wyatt ha una di quelle macchine per fare i popcorn su un carrello in una cucina dall'altra parte della stanza.

«Vuoi un po' di popcorn?» chiedo a Eve.

Lei mi stringe il braccio. «Sì, grazie.»

Vado a prenderne una ciotola per noi e afferro anche una scatola di M&M dal ripiano. Wyatt ha rifornito bene questo locale con popcorn e dolcetti. Una donna che non riconosco e che non indossa un costume fa funzionare la macchina per i popcorn. Personale? La ringrazio e torno da Eve.

Alzo gli snack. «Si possono mischiare gli M&M con il popcorn?»

«Devi chiederlo? Certo. Io ero abituata a bere le bibite con una cannuccia di liquirizia.»

«Non credo che sarebbe la stessa cosa con l'acqua. Inoltre non vedo liquirizia.»

«Shh» dice una donna con gli occhiali dalla montatura di corno e una giacca di tweed seduta dall'altra parte di Eve.

«Scusa.» È una donna anziana, forse la madre di Wyatt?

Eve e io ci buttiamo sul popcorn e gli M&M. Ho visto questo film talmente tante volte che guardo più Eve che lo schermo. È così carina con la parrucca bruna. Ha le labbra lucide di burro e mi fanno venire voglia di leccarle, poi il collo e più giù. Sembra che questo desiderio non diminuisca, per quante volte stiamo insieme. Forse potremmo andarcene dopo il film e tornare a casa mia. Non riesco a passare tutto il tempo che vorrei con lei. Solo nei fine settimana perché è decisa a essere presente per Jenna e Theo. Lo capisco. Sono una famiglia. È venuta per loro.

Eve mi guarda. «Bella combinazione.»

Sì, noi siamo una bella combinazione.

Annuisco e prendo un po' di popcorn e M&M insieme. Stavo pensando di passare il Giorno del Ringraziamento con lei. Ho deciso di chiudere per quattro giorni, e ho attivato un servizio di emergenza per i miei clienti. Ho anche qualche giorno libero tra Natale e Capodanno. Ci aiuterà per la lunga distanza, ma poi? Prenderebbe mai in considerazione di vivere qui?

Quando finisce il film, la donna anziana si alza e annuncia: «Intervallo! Tornate qui tra un quarto d'ora per il secondo film».

Vado in cucina con Eve, mettiamo le ciotole nel lavandino e buttiamo i tovaglioli.

«Vuoi saltarlo?» le sussurro all'orecchio. «Potremmo tornare a casa mia.»

«Sei così sexy con quella fascia» mi dice scherzosa. «Come faccio a resisterti?»

Accidenti, per un po' avevo dimenticato di essere vestito

come Bleeker. «E tu sei la donna incinta più sexy che abbia mai visto.»

«Oh, grazie.» Prende il telefono dalla tasca della felpa. «Lasciami sono controllare se Jenna ha bisogno di aiuto stasera.»

Aspetto con impazienza, anche se so che Jenna sta tenendo in piedi la baracca da sola con il bambino e una fila di ragazzini che arrivano per il dolcetto o scherzetto.

Eve fissa il telefono, con le sopracciglia aggrottate. «Lo sciopero è finito.»

Mi sento stringere lo stomaco. Sappiamo entrambi che è un addio.

20

«Quando devi rientrare?» le chiedo.

Lei si volta lentamente verso di me, con un'espressione scioccata. «Devo essere al lavoro lunedì prossimo. Abbiamo ottenuto tutto ciò che volevamo. È una buona notizia.»

«Bene. Sono contento per te.» Cerco di mettere un po' di entusiasmo nella voce, ma sembra falso.

«Grazie» mi dice con la voce un po' sommessa. «Sapevo che avrebbero detto qualcosa stasera, ma immagino di essermi distratta e adesso ecco qui la notizia.» Legge nuovamente la schermata. «Sono condizioni eccellenti in effetti. Penso che le società stessero perdendo un mucchio di soldi con lo sciopero e non volessero riavere un altro sciopero a breve. Wow. È una vittoria per gli scrittori.»

«Probabilmente dovremmo parlare.»

«Lasciami controllare con Jenna.» Va in un'altra zona del seminterrato per chiamare, accanto all'attrezzatura per allenarsi.

Ficco le mani nelle tasche degli short e poi le tolgo, sentendomi ridicolo. Tolgo le fasce dalla fronte e dai polsi e abbasso le calze a tubo alla loro altezza normale. Basta costume. Il tempo dei giochi è finito. Adesso le cose si fanno reali.

La perderò. Me lo sento. Non ho mai pensato che avrei

trovato una come lei e adesso se ne andrà. Probabilmente per sempre.

Eve si avvicina, con un'espressione chiusa. Niente sorrisi allegri, niente calore in quegli occhi azzurri. «Jenna ha bisogno di me. Ha detto che non voleva disturbarci alla festa, ma è esausta e Theo si sta agitando. Ti dispiacerebbe lasciarmi lì? Tu puoi tornare alla festa.»

«No, va bene. Ti lascerò lì e poi andrò a casa.»

Eve va di sopra. «Grazie per la comprensione» dice voltando la testa.

«Già.»

Eve va a cercare Sydney per dirle che ce ne andiamo e immagino che abbia accennato al fatto che tornerà presto a Los Angeles perché poi Sydney l'abbraccia forte. Eve saluta tutti agitando la mano, come faccio io da lontano. Non ho molta voglia di socializzare.

Appena siamo fuori le dico: «Posso venire a trovarti per il Ringraziamento. Mancano solo tre settimane. Non è molto».

«Non lo so. Nella e-mail dicono che dovremmo essere pronti a lavorare da casa durante la pausa per il Ringraziamento. Potrei avere solo un giorno libero.»

«Okay, okay. Un giorno potrebbe funzionare. Potremmo cucinare il tacchino, guardare il football, qualunque cosa tu voglia fare.»

Lei mi ferma mettendomi una mano sul braccio. «Dominic.»

Mi sento stringere lo stomaco. So già che non lo voglio sentire. Mi sta lasciando.

«Troveremo un modo» dico di getto.

«Non voglio che tu attraversi il paese solo per passare una giornata con me. Non vuoi passare il Giorno del Ringraziamento con Nora?»

«Lexi la porta a vedere i nonni nel Connecticut. Spera di riconciliarsi con sua sorella.»

«Quella di cui ha sposato l'ex marito?»

«Lui è morto, quindi lei spera che possano voltare pagina.»

Eve scuote la testa. «A volte la vita reale batte la fiction.»

Apro l'auto e lei sale prima che possa aprirle la portiera. Non vuole che faccia gesti da coppia. Si sta staccando. Sto male. Salgo dalla mia parte e faccio attentamente marcia indietro nel viale affollato.

Arrivati sulla strada principale le dico: «Non può essere la fine».

«Ci terremo in contatto, okay?»

«Che cosa significa?»

«Tornerò per il primo Natale di Theo. Ci vedremo allora.»

«E poi?»

«Forse potremmo vederci quando lo show sarà in pausa. A causa dello sciopero quest'anno finirà più tardi. Finiremo per la fine di gennaio e poi cominceremo a scrivere in primavera. Hanno già approvato un'altra stagione.»

«Quindi vuoi dire che avremo febbraio?»

«E forse un paio di settimane a marzo. So che non è l'ideale.»

Guido in silenzio, riflettendo. La dura verità è che non sembra che Eve abbia la minima intenzione di lasciare Los Angeles. E io non posso andarmene da qui. C'è Nora e voglio far parte della sua vita. Potrei sempre vendere la clinica e ricominciare altrove, anche se non sarebbe facile, ma non posso lasciare Nora. Ho già perso tanto della sua vita. Lexi non vorrebbe trasferirsi. Le piace stare vicino a New York e la sua famiglia non è lontana.

Quando arriviamo nel viale di Jenna ho la brutta sensazione che sia finita. Faccio comunque un ultimo sforzo. «Immagino che non sarebbe giusto chiederti di trasferirti in permanenza a Summerdale.»

«Posso fare il mio lavoro solo a Los Angeles. Mi ci è voluto molto tempo per ottenere un lavoro stabile come sceneggiatrice. È un lavoro che si fa in collaborazione. Immaginiamo insieme la storia e arriviamo insieme alla conclusione di ogni stagione e di ogni episodio. E sono in lizza per un'altra promozione. Per ora sono una story editor, poi potrei passare a produttrice. Potrei arrivare a essere la responsabile del programma, incaricata di tutto.»

«E se *Irreverent* fosse cancellato?» le chiedo nella sciocca speranza che la farebbe tornare da me.

«Sarei comunque nella posizione giusta per lanciare le mie idee per nuovi show da gestire. Completo controllo creativo. È la cima della montagna per chi scrive per la TV.»

«Quindi lasciare Los Angeles significherebbe dire addio alla tua carriera. Non potresti lavorare da qui?»

«Sono tutti lì. Non accetterebbero che partecipassi per telefono.»

Mi passo la mano tra i capelli. «Perché mi sembra di essere l'unico sconvolto dal fatto che te ne stai andando? Non ti interessa per niente? Sono stato più felice di sempre da quando ti ho conosciuta. Tengo a te e non avevo mai pensato che mi sarei sentito così per un'altra donna.»

Le trema il labbro e scoppia in lacrime. «Stavo cercando di fare la coraggiosa. Sarò solo una complicazione per te e Nora e i rapporti a lunga distanza fanno schifo e non volevo che mi ricordassi così, a frignare come una bambina.»

«Shh, non sei una complicazione. Lo è Lexi. Mai tu.» La attiro tra le braccia e le bacio la tempia. «Non voglio perderti.»

«Neanch'io voglio perderti.» Eve tira su col naso e si stacca, asciugandosi gli occhi. «Devo entrare.»

«Posso vederti questo fine settimana?»

Lei mi bacia la guancia bagnandola con le sue lacrime. «Penso che sia meglio se ci diciamo addio adesso.» La voce è soffocata. «Non so perché ho parlato della mia pausa. Se vogliamo essere pratici, non funzionerà a lungo termine e penso che lo sappiamo entrambi.» Le lacrime continuano a rigarle le guance.

Mi si annebbia la vista mentre lotto per non piangere. «Non lo sappiamo di sicuro, non abbiamo tentato.»

«Addio, Dominic.» Si affretta ad aprire la portiera e scende dall'auto. La guardo con il finto pancione mentre si precipita verso la porta, desiderando da morire di afferrarla, farla tornare indietro e baciarla per ricordarle ciò che abbiamo.

Ma non lo faccio.

Resto seduto lì, distrutto a guardarla finché entra.

«Addio» dico piano all'auto vuota. Vorrei ululare, con il dolore che mi squarcia dentro, nello stomaco acido puro.

Si apre la tenda e lei mi guarda. Slaccio la cintura di sicurezza, sul punto di andare da lei, che però richiude in fretta la tenda e si volta.

Lascio andare il fiato e allaccio di nuovo in fretta la cintura, metto la marcia, faccio retromarcia e spingo sull'acceleratore, divorando la strada, allontanandomi da lei il più in fretta possibile.

Rallento alla fine dell'isolato. Chi sto prendendo in giro? Non si può correre più veloci di questo tipo di dolore.

Eve

In fondo ho sempre saputo che sarebbe finita. Solo non sapevo che avrebbe fatto così male. Ho amato e ho perso, alla grande.

21

Dominic

Tre strazianti settimane dopo sto per lasciare il lavoro e volare a Los Angeles per il Giorno del Ringraziamento con Eve. Lei non sa esattamente che sto andando. Jenna mi ha dato il suo indirizzo dicendo: «Vai a prenderla!». Non sono sicuro se Jenna stia facendo il tifo perché Eve e io torniamo insieme o perché Eve si trasferisca a Summerdale in permanenza, in modo che le sorelle possano riunirsi. Probabilmente entrambe le cose.

Ho mandato regolarmente messaggi a Eve da quando se n'è andata e lei mi ha tenuto al corrente del suo lavoro, dicendo però che era troppo occupata per parlare al telefono. Non posso riconquistarla con i messaggi. Nessuno dei due vuole il matrimonio, dopo le nostre pessime esperienze, ma voglio invitarla a vivere con me. Jenna dice che di solito Eve ha tre mesi liberi all'anno. Potremmo vivere insieme in quei mesi. Forse se *Irreverent* fosse cancellato, lei potrebbe scrivere per il cinema, da Summerdale. Scrive già sceneggiature come secondo lavoro.

È sbagliato sperare che il suo show fallisca? Ma non so che altro fare. Tutto ciò che so è che siamo fatti l'uno per l'altra.

È il giorno prima del Ringraziamento e l'ufficio è chiuso e

pulito. Drew è al rifugio per animale dietro la clinica e farà il turno che di solito è mio.

Esco e faccio il breve percorso fino al rifugio, trovando Drew nell'area dei cani mentre riempie le ciotole d'acqua.

Si volta a guardarmi. «Qui va tutto bene.»

«Perfetto. E Audrey è ancora d'accordo di dividere i turni con te per il fine settimana?»

«Tranquillo, ci pensiamo noi, anche per il Giorno del Ringraziamento. È innamorata di quei gatti. Penso che li porterebbe tutti a casa se potesse.»

«Grazie, lo apprezzo veramente. Qualche domanda? Hai bisogno di qualcosa prima che me ne vada?»

«In effetti sì, c'è una cosa.» Va verso uno scaffale e prende una spessa busta.

«Che cos'è?»

Me la passa. «È il libro di Audrey. Potresti darlo all'agente di Eve quando sei là? Forse vorranno farne uno show per la TV o un film, è buono. Me l'ha lasciato leggere.»

Lo guardo perplesso. «Pensavo che Audrey non fosse pronta a mandarlo in giro. Ogni volta che qualcuno ne parla, dice che ha bisogno di un'altra revisione.»

«Ha solo paura che lo respingano. Vedi se l'agente di Eve può aiutarla.»

«Non posso farlo senza che Audrey lo sappia.»

«L'ho già mandato la settimana scorsa a tutti gli agenti letterari e case editrici che ho trovato. Questo è l'ultimo pezzo del puzzle. Sarà contenta quando avrò buone notizie da darle.»

Gli ridò la busta. «Non sai niente delle donne? Mai fare qualcosa alle loro spalle. Ti ucciderà.»

«Sarà contenta quando sentirà le buone notizie.» Mi tende di nuovo la busta e io faccio un passo indietro, rifiutandomi di prenderla. «Te lo manderò per e-mail. Per favore, fallo per lei.»

«Drew, seriamente, devi dirle che cosa hai fatto.»

«Lo farò quando avrò buone notizie.»

«E se non avrai buone notizie?»

Drew torna alle gabbie dei cani. «Ti ho detto che il libro è buono. Sarà il prossimo grande successo e alla fine mi ringrazierà.»

Penso alla dolce bibliotecaria Audrey, perpetuamente preoccupata che il suo libro non sia ancora abbastanza buono. Forse Drew ha ragione e lei ha solo bisogno di una spinta.

Oppure potrebbe scoppiargli in faccia. Proprio come la mia visita a sorpresa a Eve. Almeno io ho qualcosa che assomiglia a un piano.

Oppure mi sto prendendo in giro esattamente come Drew?

~

Eve

Ho una cena del Ringraziamento da supermercato in frigorifero: un pollo di rosticceria, ripieno e una crostata alla zucca. È la mia ricompensa per aver finito di scrivere oggi. Ho avuto il mio episodio e intendo finirlo durante il lungo fine settimana. Fisso senza vederlo il cursore lampeggiante sullo schermo del mio laptop.

Il problema è che continuo a pensare alla mia vita a Summerdale e poi arrivano le lacrime e non riesco a concentrarmi sul mio lavoro. Dominic mi manca tanto da far male. E mi manca tenere in braccio Theo, i pranzi settimanali con mia madre, vivere con Jenna ed Eli, le cene di famiglia. Mi manca la piccola Nora con il suo vasto vocabolario e tutti i nuovi amici che ho incontrato. Mi mancano perfino i miei amici animali, PJ con la sua espressione altezzosa e la frenesia di Mocha e Lucy. E le fresche giornate d'autunno. A Los Angeles c'è sempre il sole, non ci sono le foglie che cambiano colore in autunno sulle palme.

Sospiro. Il mio appartamento sembra così vuoto e silenzioso.

Mi sento sola.

Lascio cadere la testa nelle mani, con la tristezza che mi

pesa addosso. Sono andata a letto presto ogni sera e, quando lo faccio, sogno Dominic con i suoi scintillanti occhi azzurro cielo pieni di calore e tenerezza. E poi mi sveglio e mi colpisce di nuovo. Ho perso l'unico uomo che ho veramente amato. È un uomo eccezionale che c'è stato per me quanto contava.

Mi raddrizzo e faccio un respiro profondo. Il lavoro è l'unica cosa che tiene a bada le lacrime.

Suona il campanello. Strano. Non ho ordinato niente. Forse Jenna mi ha mandato qualcosa. È brava, pensa sempre a mandare fiori o scatole di dolci per le occasioni speciali.

Guardo dallo spioncino e ansimo. Sento una scarica di adrenalina. C'è Dominic, con un mazzo di rose rosse in mano e una valigia di fianco.

Mi volto, lisciandomi i capelli con le mani tremanti e picchiettandomi le guance, guardando la felpa e i jeans. Oh mio Dio, non riesco a credere che sia qui.

Apro la porta. «Dominic!» mi tremano le ginocchia mentre mi faccio indietro e il sangue mi va alla testa.

Le sue braccia forti mi avvolgono. «Stai bene?»

Lo abbraccio stretto, premendo la guancia contro il suo petto. «Sono solo così sorpresa.»

Dominic mi prende il volto tra le mani. «Mi sei mancata tanto.»

«Mi sei mancato anche tu.» Faccio un passo indietro e indico vagamente il mio appartamento in disordine. Ci sono carte, storyboard e post-it sparpagliati dovunque in soggiorno e nella piccola zona pranzo. «Mi dispiace per il disastro. Non aspettavo nessuno. Ho solo roba del supermercato per il pranzo del Ringraziamento.»

Dominic porta dentro la sua valigia e torna da me. «Tutto ciò che mi interessa è stare con te.» Mi porge le rose fissandomi teneramente negli occhi. «Eve, ti amo.»

Smetto di respirare, con ogni centimetro di me all'erta. Voglio dirgli che provo le stesse cose ma ciò che mi esce è: «Oh».

«Avrei dovuto dirtelo prima che partissi. Non ti sto

dicendo "sposiamoci" ma mi piacerebbe avere un futuro con te.»

Sento le lacrime bollenti negli occhi e un'ondata di emozioni che mi rendono difficile parlare. Potrei avere un posto con lui e Nora? Voglio credere al lieto fine.

«Eve?»

«Mi piacerebbe.»

Metto le rose sul tavolino e gli avvolgo le braccia intorno alla vita. Lui mi tiene vicina, accarezzandomi i capelli.

Alzo la testa, guardandolo negli occhi. «Ti amo anch'io, ma...»

«Fermiamoci all'amore. Per il resto vedremo.»

Annuisco, anche se mi dico che non sarà così facile. E poi Dominic mi bacia e non c'è bisogno di parole. I nostri corpi esprimono tutto l'amore che c'è tra noi.

Dominic

Eve e io siamo sdraiati sul fianco a letto, con le gambe intrecciate, rilassati dopo il fantastico sesso riconciliatore. Le accarezzo i capelli scostandoglieli dal viso, desiderando di poter restare sempre così, beatamente felici insieme, lontani dal mondo esterno.

Eve sospira. «So che vogliamo stare insieme, ma non sono sicura di poter rinunciare alla mia carriera al punto in cui sono, dopo tutti i sacrifici fatti per arrivarci.»

«Non dobbiamo decidere niente adesso. Quando verrai a Natale, lavoreremo su un compromesso che funzioni per entrambi.»

«Non credi che signifìchi solo rimandare l'inevitabile?»

«L'inevitabile è noi due insieme.»

Lei si accoccola più vicina.

Cambio argomento, tentando di mantenere un'atmosfera leggera tra di noi. «Ieri, Drew ha cercato di darmi il libro di Audrey perché tu lo passassi alla tua agente, senza che lei lo sapesse, e la parte peggiore è che lo ha già mandato agli agenti letterari e alle case editrici al suo posto.»

Eve resta a bocca aperta. «No!»

«Sì.»

«È orribile. Alle sue spalle! Dici che dovrei informare Audrey?»

«Il danno è già fatto. Drew deve confessare e pagarne lo scotto.»

«Hai ragione.»

«Gli ho raccomandato di dirglielo. Insisterò di nuovo quando tornerò.»

Eve scende dal letto. «Lasciami finire la sceneggiatura oggi così nei prossimi giorni potrò portarti in giro in questa zona. Quand'è il tuo volo?»

Mi appoggio al gomito. «Domenica mattina.»

«Potrò lavorare ancora dopo il tuo volo, allora.»

«Mi metterò a leggere in silenzio mentre lavori. Posso leggere le sceneggiature per i film che non hai ancora venduto?»

Lei si mette una felpa, niente reggiseno. «Purché prometti di non fare una mossa alla Drew e li mandi in giro senza che lo sappia.»

Le do un'occhiataccia. «Credimi, non sono così stupido. Audrey sarà così infuriata.»

Eve si guarda intorno cercando le mutandine. Le trovo sul comodino e gliele passo. Ammiro le sue gambe lunghe mentre si veste.

«Sarà fortunato se gli parlerà di nuovo» mi dice.

«Okay, te li sto mandando» dice Eve dal suo posto al tavolino rotondo da bistrot nella zona pranzo. «Hai portato il tuo laptop?»

«Sì. Eccolo.» Lo tolgo dalla mia piccola valigia.

Qualche momento dopo siamo entrambi seduti con i

nostri laptop. Io sono sul divano; lei è seduta al tavolo con le cuffie.

Apro la prima sceneggiatura, intitolata *Once More With Feeling – Ancora una volta con sentimento*. Parla della riunione di due sorelle. Mi aveva detto di aver realizzato questo film finanziandolo con i suoi soldi e di averlo mandato ai festival del cinema, dove non aveva vinto. Mi piace. Riesco a sentire la sua voce, proprio come parla nella vita reale.

Eve si toglie una delle cuffie. «Questo è come il nostro club degli sceneggiatori. Io li scrivo, tu li leggi.»

«Prima regola del club: non si parla del club.»

Eve ride. «*Fight Club*. Bello vedere che abbiamo in comune i riferimenti cinematografici.»

Quando finisco di leggere la sceneggiatura ho la gola chiusa per l'emozione. Mi rendo conto del suo talento. Non posso chiederle di rinunciare alla sua carriera per me. Deve restare qui, dove si fanno tutti i contratti per la TV e i film, dove si filma tutto.

Con la sensazione che il mondo stia sprofondando, apro la sceneggiatura seguente. Eve sta ancora felicemente battendo sui tasti.

Quando finisco la seconda sceneggiatura sono convinto che sarà un grande successo. Non riesco a credere che non ne abbiano già fatto un film, è un thriller, pieno di colpi di scena, ambientato in una New York post-apocalittica.

Eve si toglie le cuffie e si stiracchia. «Pausa per la cena. Preparati a farti impressionare dalla mia abilità con il microonde.»

Sorrido, con la mente che va a come potrei farlo funzionare. Ci sono decisioni difficili da prendere.

«Stai bene?» mi chiede.

«Sì. Preparo la tavola.»

«Ti dispiace se mangiamo a questo tavolino?» Indica il tavolo da bistrot coperto di carte e bigliettini. «Là ho una specie di sistema.»

«Nessun problema. Eve, finora ho letto due delle tue sceneggiature. Hai molto talento.»

«Come metà di questa città. L'altra metà dovrebbe semplicemente tornare a casa. Ah!»

Lo trovo difficile da credere. Non so se cerchi di fare la modesta o se crede veramente di essere una fra i tanti. Io riuscivo a vedere le scene che si svolgevano come un film mentre le leggevo. Non mi sono annoiato una sola volta, eppure non sono un fanatico di film. E nemmeno della TV, se è per quello. Ironico che, quando mi sono innamorato di nuovo, sia stato con una persona così diversa da me.

Poco dopo siamo seduti fianco a fianco per il nostro pranzo del Ringraziamento.

«Buon Giorno del Ringraziamento» le dico.

Lei alza una coscia di pollo e io faccio cin-cin con la mia. «Buon Ringraziamento. Sinceramente, io sono qui per la crostata. Probabilmente la finirò per colazione domani.»

Continuiamo a mangiare. Non male per venire da un supermercato. Normalmente vado a casa nel Michigan per il Giorno del Ringraziamento e sono un po' viziato dalla cucina della mamma. Forse l'anno prossimo potrei portare Eve a un Ringraziamento della famiglia Russo. Ma sto andando troppo avanti. È più facile che non elaborare la logistica del presente.

Finiamo la cena in un silenzio amichevole, eravamo entrambi affamati. Non avevo mangiato niente in aereo, ho dormito qualche ora in un albergo all'aeroporto e mi sono presentato qui al mattino. Eve ha detto che era stata troppo presa per mangiare.

Una volta servita la crostata dico: «Sai, Lexi vuole sempre andare in spiaggia in vacanza».

«Okay» mi risponde lentamente.

«Magari le piacerà qui. Non sei lontana dalla spiaggia. Potrei convincerla a trasferirsi qui con Nora. Tu non dovresti rinunciare al tuo lavoro e io potrei trovare un lavoro qui.»

«Ma là tu possiedi la tua clinica.»

«Potrei venderla.»

Eve spalanca gli occhi. Mangia un po' di torta, pensierosa. Finalmente dice: «Quindi sradicherei non una ma tre persone».

«Vediamola come una possibilità.»

Eve annuisce, con gli occhi pieni di lacrime. «Un'altra possibilità è che a marzo non firmi il contratto per la prossima stagione e lavori solo sulle mie sceneggiature cinematografiche a Summerdale. Ovviamente sarei a bolletta.»

Le prendo entrambe le mani nelle mie. «Ma potresti vivere con me, quindi non dovresti preoccuparti per l'affitto e sono sicuro che avrai altre opzioni o vendite o in qualsiasi modo si chiamino. Eve, le tue sceneggiature sono fantastiche. Sono il tipo di film che vorrei vedere. Tanta azione con momenti di umorismo. Ne hai perfino una con una trama amorosa, nella quale entrambi sono rimasti vivi alla fine.»

«Immagino che non avessi molta fiducia nell'amore, anche se ho tentato.»

«Almeno ne avevi a sufficienza per una delle tue sceneggiature. E che ne dici di trovare lavoro a New York? Ci sono alcuni show televisivi che vengono girati lì a cui potresti partecipare?»

«Non ho molti contatti lì. Non credo che li abbia nemmeno la mia agente.»

«Hanno girato un film a Summerdale non molto tempo fa, tramite la società di Claire Jordan. Ricordo che erano tutti molto eccitati. Scommetto che potremmo procurarti dei contatti loro tramite. C'era Harper Ellis, una dei protagonisti. Jenna non è cresciuta con lei?»

Eve sorride. «Giusto! Non mi rendevo conto che Claire Jordan avesse la sua società di produzione.»

Ci guardiamo negli occhi e la tensione che c'era tra di noi svanisce, sostituita dalla speranza.

«Claire Jordan opera dal Connecticut» dico. «Non dev'essere lontana dalla Città e questo significa che è a una distanza ragionevole anche da Summerdale.»

«Bene. Ci guarderò.»

Mangio un boccone di crostata. Non è nemmeno lontanamente buona come quella di mamma. Appoggio la forchetta mentre Eve continua a mangiare la sua con gusto. Probabilmente non ha mai mangiato una crostata fatta in casa, crescendo con suo padre.

Quando finisce la sua fetta mi dice: «Proverò a vedere se Jenna può mettermi in contatto con Claire e lo farò sapere alla mia agente. Dipende se hanno qualcosa per me».

Mi sposto verso di lei. «Stai dicendo quello che credo tu stia dicendo? Stai seriamente prendendo in considerazione un futuro insieme a Summerdale?»

Eve lotta per non sorridere e perde. «Sto prendendo seriamente in considerazione un futuro insieme. Il posto non è ancora deciso.»

Le bacio tutto il suo bel volto. Lei ride e mi mette le braccia intorno al collo. Il bacio diventa carnale e il desiderio si scatena di nuovo.

La prendo in braccio e vado verso la camera con lei accoccolata contro di me.

«Sei come un regalo che non finisce mai» mi dice sorridendomi.

«Tu sei il miglior regalo che abbia mai ricevuto. Adesso vediamo di scartarti.»

Eve

Sono tornata a Summerdale per il primo Natale di Theo. Il bambino non sa che cosa significhi. È seduto in braccio a Jenna sul pavimento davanti all'albero di Natale circondato da regali. Siamo seduti tutti in cerchio intorno a lui: i miei genitori, io ed Eli, apriamo i suoi regali per lui e glieli mostriamo a uno a uno. La mamma sta veramente bene, grazie al cielo. Ha fatto la radioterapia e i medici sono ottimisti sulla prognosi.

Abbiamo appena finito di mostrare i regali a Theo quando sentiamo bussare alla porta. Dominic sa che non deve suonare il campanello per evitare di eccitare i cani, nel caso in cui Theo stia dormendo.

Balzo in piedi. «Vado io.» Mi affretto verso la porta e la spalanco. «Buon Natale.»

C'è Nora, per mano a Dominic. «Buon Natale» dice Dominic con calore.

«Buon Natale» dice Nora. «Ho tre anni» dice alzando tre dita.

Mi accuccio per essere al suo livello. «L'ho sentito. È fantastico. Buon compleanno.»

«È stato quattro giorni fa. Hai perso la mia festa.»

Do un'occhiata a Dominic, con il senso di colpa che mi fa stringere il petto. Non sono arrivata in tempo a causa del lavoro.

«Il prossimo anno» dice Dominic.

Abbraccio Nora e poi Dominic, ancora più a lungo. Nora corre verso l'albero per vedere i regali di Theo.

C'è parecchio rumore quando i miei genitori conoscono Nora, esclamando contenti. Jenna e io abbiamo dei regali per lei. Glieli porge Eli.

Nora straccia la carta da regalo e alza il libro di cucina per bambini, regalo di Jenna ed Eli, con protagonista la sua principessa dei cartoni animati preferita. Lo getta da parte e apre il mio regalo. Jenna sbuffa.

«Ooh» dice Nora. «Una macchina fotografica, ho visto la pubblicità.»

L'aiuto a puntarla. «Esatto. Devi solo premere questo bottone.» La macchina fotografica è viola e fatta di un materiale indistruttibile.

«Che cosa si dice, Nora?» la invita Dominic.

«Grazie per i regali» dice Nora.

La mamma applaude. «Che buone maniere!»

Nora si mette immediatamente all'opera facendo fotografie a tutti. È un caos felice con gli adulti che stravedono per Nora e il piccolo, Theo.

«Faccio il caffè per tutti» dico.

«Ne avremo bisogno, per riuscire a stare al passo con i piccoli» dice contenta la mamma.

Faccio segno a Dominic di seguirmi in cucina. Appena ho

acceso la caffettiera, mi volto verso di lui, pronta con il mio grande discorso.

Lui mi bacia prima che possa dire una parola. Per un momento mi perdo in lui, mettendogli le braccia intorno al collo e sciogliendomi contro il suo corpo. Il rumore della mia famiglia vicina mi ricorda che qui non c'è privacy.

Interrompo il bacio, mettendogli una mano sul petto. «Trattieni quel pensiero. Ho preso la mia decisione. Finirò questa stagione di *Irreverent* poi lavorerò a tempo pieno sulle sceneggiature per il cinema. Forse qualcosa funzionerà con la società di produzione di Claire Jordan. La verità è che, per quanto mi piaccia scrivere per *Irreverent*, desideravo più tempo da dedicare alle mie storie. E, cosa ancora più importante, desideravo stare con te. Ti amo con tutto il cuore.»

Dominic mi abbraccia, sussurrandomi all'orecchio. «Ti amo anch'io, maledettamente tanto. Giuro che farò tutto il possibile per sostenere i tuoi sogni e se significa che ogni tanto dovrai tornare a Los Angeles, a me sta bene».

Mi tiro indietro e lo guardo. «Davvero?»

«Davvero. Inserirò un altro veterinario nella clinica. Sto facendo spazio nella mia vita per te e Nora e qualunque altro piano avremo insieme in futuro.»

Gli getto le braccia al collo e lo bacio appassionatamente. Non ho mai pensato di poter avere questo tipo di amore, quello vero, per sempre. Ma eccolo ed è reale ed è tutto.

«Perché ci vuole tanto tempo per il caffè?» chiede papà, interrompendo il nostro momento. «Oh, mi dispiace.»

Do un'occhiata alla caffettiera. È piena. Da quanto ci stiamo baciando? «È pronto, perché non mi aiuti a portarlo in soggiorno?»

Qualche minuto dopo siamo tutti seduti in soggiorno, a bere caffè e a guardare Nora che cerca di insegnare a Theo come giocare con i suoi giocattoli. Lui è sdraiato sul fianco e la osserva intento.

Eli prende la sua chitarra acustica e comincia a suonare *I'll be home for Christmas*.

Dominic intreccia le dita con le mie. E, quando mi guardo

intorno nella stanza in quel momento d'oro, so di aver fatto la scelta giusta. Ho scelto Summerdale per l'amore e la famiglia. Per Nora, che ha bisogno di avere suo padre vicino.

E Theo.

E Jenna.

E mamma, papà ed Eli.

Desidero avere una famiglia da tutta la vita. Ho riscoperto la mia famiglia d'origine e forse un giorno ne avrò una con Dominic. È una possibilità che sto seriamente prendendo in considerazione.

Quando finisce la canzone, Dominic dice: «Ho un regalo per Eve».

«Oh, ne ho anch'io uno per te. È nella borsa perché è fragile.» Corro in sala da pranzo a prenderlo.

«Okay, posso aspettare» dice Dominic facendo ridere la mia famiglia.

Gli consegno il suo regalo e lo guardo aprire la piccola cornice a forma di cuore. È una fotografia di noi due davanti al Griffith Observatory a Los Angeles, quando era venuto a trovarmi per il Giorno del Ringraziamento.

«Grazie» mi dice, baciandomi la guancia. «Mi piace. Perché non ti siedi sul divano per avere il tuo?»

Eli si alza dal divano, indicandomi di prendere il suo posto accanto a Jenna, che mi dà un'occhiata eccitata prima di prendere il telefono e attraversare la stanza. Mi guardo intorno. «Sapete tutti che cos'è il mio regalo?»

Dominic apre una scatolina di velluto, mostrandomi un anello di fidanzamento mentre si mette su un ginocchio davanti a me.

Mi porto la mano alla bocca. Pensavo fossimo entrambi d'accordo che il matrimonio non era nelle nostre intenzioni, dopo i nostri terribili divorzi. Ma poi, guardando nei suoi occhi così pieni d'amore, qualcosa dentro di me cede. Crolla l'ultimo pezzetto di muro.

Dominic mi prende la mano. «Era solo la paura di rifare lo stesso errore che mi ha fatto rinunciare al matrimonio, ma con te un impegno per sempre non potrebbe mai essere un errore.

Ti amo, Eve. Giuro che ti amo di più ogni giorno e, se accetterai di sposarmi, ti amerò per il resto della mia vita.»

Mi trema il labbro, ho la gola troppo chiusa per le parole.

Nora corre al suo fianco e mi fissa con grandi occhi speranzosi. Ricaccio indietro le lacrime.

Dominic le mette intorno un braccio. «Nora mi ha detto che è contenta di averti come matrigna.»

«È vero?» le chiedo.

Lei annuisce. «E potrò essere la ragazza dei fiori e gettare petali davanti alla sposa.»

Le sorrido tra le lacrime e mi rivolgo a Dominic. «Sì!» dico con la voce soffocata. «Ti sposerò.»

Lui mi aiuta a infilare l'anello al dito tremante e mi stringe forte in un abbraccio. Applaudono tutti.

Appena il rumore scema, Nora dice: «Voglio una sorellina».

Dominic e io ci scambiato un'occhiata. Lui si appollaia sul bracciolo del divano accanto a me. «Che ne dici dei figli?»

Annuisco, con le lacrime che scendono. Non ho mai pensato che mi sarebbe successo, mai pensato che avrei potuto correre il rischio, ma, dato che amo tanto Theo e adesso Nora, so che mi piacerebbe avere un figlio mio.

«Bene, Nora. Magari diventerai una sorella maggiore.»

«Accertatevi che sia una bambina» dice lanciando un'occhiata disgustata a Theo. «I maschi sono noiosi.»

Lotto per non ridere. «I maschi possono essere carini. Theo è un bambino molto dolce.»

Nora si accuccia di fronte a lui che al momento si sta succhiando il pugno, steso su una coperta sul pavimento. «Giochi con le bambole?»

Lui la fissa, sembrando sorpreso.

«Non parla nemmeno» dice Nora.

«È perché è ancora piccolo» dico. «Prima deve crescere un po'»

«Come me?»

«Sì, tra due anni sarà molto divertente.»

Nora alza le mani. «Due anni!» esclama, facendo ridere tutti.

Dominic l'afferra e le fa il solletico. Lei ridacchia come una matta. «Sono sicuro che vorrai bene a un nuovo bambino proprio come vuoi bene a PJ.» La tira vicino, abbracciandola. «Dolce Nora.»

«Solo Nora» dice lei.

«Giusto. Solo Nora.»

Lei flette i muscoli. «Forte Nora.»

«Forte, intelligente, dolce Nora» dice Dominic. È un papà così bravo. È una cosa che adoro.

Jenna ci porta un vassoio di biscotti di Natale e Nora corre da lei.

Dominic mi prende la mano e mi guarda negli occhi. «Sono così felice. Possiamo avere un lungo fidanzamento, se vuoi. Mi basta solo sapere che abbiamo un futuro insieme.»

Il mio cuore manca un battito. «Sposiamoci appena tornerò per sempre a Summerdale.»

Eli torna a suonare canzoni di Natale con la chitarra mentre Nora fa fotografie tra un morso e un altro al suo biscotto a forma di omino di neve, saltellando da una persona all'altra. Sento un enorme senso di pace. Ho abbandonato una strada e se n'è aperta una più grande, con la famiglia e un amore vero tutto mio. Le fantasie si avverano. Dovrei sognare in grande per il mio futuro. Perché adesso credo nel lieto fine.

EPILOGO

Due mesi dopo

Dominic

Eve si è trasferita da me in febbraio. A San Valentino abbiamo deciso la data del matrimonio. Sarà a giugno. Ora, una settimana dopo San Valentino, ospitiamo un ricevimento per festeggiare la nostra convivenza. Lexi e Nora sono già passate. Lexi si sta "evolvendo" come dice Eve. È molto più facile avere a che fare con lei da quando è uscita per un po' con uno psichiatra che aveva incontrato sul lavoro, che l'ha convinta della validità della terapia e le ha consigliato un collega. Si è scusata per non avermi detto di Nora, si è scusata con Eve per gli inizi difficili e abbiamo trovato un accordo per l'affidamento congiunto. Tutto è finito meglio di quanto mi sarei mai aspettato.

Eve e io abbiamo deciso per un ricevimento informale, dato che la mia casa non è molto grande. La gente va e viene da tutta la sera. Ora siamo rimasti in pochi: Jenna ed Eli con Theo che dorme in braccio a Eli, Wyatt e la piccola, Quinn, che sta gattonando dietro al povero PJ che continua a scappare. Scommetto che PJ si era aspettato di dover avere a che fare con i piccoli umani quando l'ho adottato. Era già anziano, comunque è un bene per lui, lo mantiene attivo.

Ci sono anche Audrey e Drew, anche se non insieme. Audrey ha passato la serata tenendo in braccio i bambini a turno. Si capisce che ne vorrebbe uno con tutta se stessa. Si illumina quando li ha in braccio.

«Ho un annuncio da fare» dice Sydney. «Sono incinta e...»

Ridono tutti. È ovvio che è incinta, anche se ha cercato di tenerlo per sé nei primi mesi.

«Non mi avete lasciato finire» dice con un enorme sorriso. «Sono due gemelli identici.»

Wyatt gonfia il petto. «Dimostra come sono virile. Pow! Il mio sperma ha diviso in due quell'ovulo.»

«Whoa» dice Jenna.

«Ti innervosisce il fatto di avere due gemelli?» le chiede Audrey.

«All'inizio è stato uno shock» dice Sydney, accarezzandosi la pancia. «Ma poi ho pensato come sarà bello. I gemelli mi hanno sempre affascinata.»

«Avremo anche un aiuto» dice Wyatt.

«C'è anche quello. La mamma di Wyatt si trasferirà da noi per il primo anno.»

«Dovete avere un bel legame» dice Eve. La innervosisce un po' l'idea di conoscere i miei genitori quando andremo a trovarli nel Michigan.

«È così» dice Sydney. «Ho perso mia madre quando avevo dodici anni. Cynthia per me è come una seconda madre.»

Eve mi sussurra all'orecchio. «Spero di piacere ai tuoi genitori.»

Le metto un braccio sulle spalle e la stringo per rassicurarla. «Ti adoreranno.»

Eve mi sorride e poi si rivolge al gruppo. «Ho anch'io un annuncio da fare. Claire Jordan vuole che produca la sceneggiatura su un'eredità che ha poteri magici.»

«Mi piace quella storia!» dice Jenna. «C'è questa...»

La interrompo. «Zitta. Devi tenere tutto segreto finché non

sarà uscito il film. C'è un colpo di scena alla fine e non puoi rivelarlo.»

Segue un coro di congratulazioni finché Sydney dice: «Dove sono le mie congratulazioni?».

E poi tutti si congratulano con lei, ridendo e facendola sentire importante.

«Per dare altre buone notizie» dice Audrey, rimbalzando sui piedi. «Ho finalmente fatto l'ultima revisione del mio libro e sono pronta a mandarlo agli agenti letterari.»

«Vai, Aud!»

«Sei una dura!» aggiunge Sydney.

«No» dice Drew.

Audrey aggrotta la fronte, confusa. «No? Ma non hai letto la versione finale, è migliorata molto.»

Sembra che Drew stia per vomitare. «Non lo so, non sono un esperto di libri.»

E poi se ne va.

Eve e io ci scambiato un'occhiata. Ho la netta sensazione che Drew non abbia mai detto di aver mandato in giro il suo libro nello scorso novembre. Forse non ha avuto risposte positive come pensava.

Audrey si torce le mani. «Forse non dovrei mandarlo. Non importa. Ha bisogno di un'altra revisione.»

«Non dare retta a mio fratello» dice Sydney. «Lui legge più che altro non-fiction. Non saprebbe se la tua storia è pronta o meno. Se pensi che sia pronta, spediscila. Hai aspettato abbastanza a lungo.»

«Sì, probabilmente hai ragione» dice Audrey ma continua a sembrare incerta.

Poco dopo la gente se ne va, coi genitori che sembrano stanchi e Audrey che sembra preoccupata. Chiudo la porta e prendo Eve tra le braccia. «Finalmente ti ho tutta per me.»

Lei mi rivolge un sorriso sexy, passandomi le mani sul petto. «Che cosa hai intenzione di fare con me?»

«Cose brutte, veramente brutte...»

Eve si stacca. «Lasciami sistemare PJ nel suo lettino in soggiorno. Non voglio che veda l'animale che c'è in te.»

«Vorrebbe partecipare.»

«Esattamente.»

Aspetto mentre lei si affaccenda intorno a PJ proprio come si cura di suo nipote e mia figlia e, sicuramente, un giorno, i nostri figli.

«Okay» dice, diretta in camera. «Fai del tuo peggio.»

L'afferro da dietro e lei strilla. Le mordo piano il lato del collo. Eve sospira e si gira nelle mie braccia.

Mi guarda negli occhi. «La mia avventura di una notte è diventato il mio vero amore. Non riesco ancora a credere che sia successo.»

Le metto una mano sulla guancia. «È perché sono sempre stato il tuo unico vero amore.»

«E la mia avventura di ogni notte.»

Eve si allontana e va in camera, spogliandosi e gettando i vestiti dietro di sé mentre cammina. Il sangue scorre forte nelle mie vene e il respiro accelera. Mi spoglio a tempo di record e piombo su di lei.

Cadiamo sul letto in un intreccio di gambe e braccia, alimentati dalla passione e dall'amore.

Non perdetevi la storia di Drew e Audrey, dove la coppia che si gira continuamente intorno potrebbe finalmente trovarsi!

Loving - Drew

Audrey

Da bambina adoravo Drew. Ma poi sono cresciuta. Questa è la mia versione e non ho intenzione di cambiarla.

Lui mi vede solo come l'amica della sua sorellina. Non mi ha certamente presa sul serio quando gli ho aperto il mio cuore. È stato così umiliante.

Drew Robinson è stato l'inizio e la fine della mia fede nelle anime gemelle. Devo voltare pagina.

Drew

Anime gemelle. Amore eterno. *Favole.*

Se non fosse che adesso, con Audrey, voglio crederci. Spero solo che non sia troppo tardi.

Iscrivetevi alla mia newsletter per non perdervi le nuove uscite: https://www.kyliegilmore.com/ITnewsletter

ALTRI LIBRI DI KYLIE GILMORE

Storie scatenate

Fetching - Wyatt (Libro No. 1)

Dashing - Adam (Libro No. 2)

Sporting - Eli (Libro No. 3)

Toying - Caleb (Libro No. 4)

Blazing - Max (Libro No. 5)

Chasing - Spencer (Libro No. 6)

Daring - Gage (Libro No. 7)

Leading - Levi (Libro No. 8)

Racing - Dominic (Libro No. 9)

Loving - Drew (Libro No. 10)

I Rourke di Villroy,

Principi da sogno ed eroine tostissime.

Royal Catch - Gabriel (Libro No. 1)

Royal Hottie - Phillip (Libro No. 2)

Royal Darling - Emma (Libro No. 3)

Royal Charmer - Lucas (Libro No. 4)

Royal Player - Oscar (Libro No. 5)

Royal Shark - Adrian (Libro No. 6)

I Rourke di New York

Rogue Prince - Dylan (Libro No. 1)

Rogue Gentleman - Sean (Libro No. 2)

Rogue Rascal - Jack (Libro No. 3)

Rogue Angel - Connor (Libro No. 4)

Rogue Devil - Brendan (Libro No. 5)

Rogue Beast - Garrett (Libro No. 6)

Andate sul mio sito web kyliegilmore.com/italiano per vedere la lista aggiornata dei miei libri.

L'AUTRICE

Kylie Gilmore è l'autrice Bestseller di USA Today delle serie: I Rourke; Storie scatenate; The happy endings Book Club; The Clover Park e The Clover Park Charmers. Scrive romanzi rosa umoristici che vi faranno ridere, piangere e allungare le mani per prendere un bel bicchiere d'acqua.

Kylie vive a New York con la sua famiglia, due gatti e un cane picchiatello. Quando non sta scrivendo, tenendo a bada i figli o prendendo debitamente appunti alle conferenze per gli scrittori, potete trovarla a flettere i muscoli per arrivare fino all'armadietto in alto, dove c'è la sua scorta segreta di cioccolato.

Iscrivetevi alla newsletter di Kylie per avere notizie sulle nuove uscite e sulle vendite speciali: kyliegilmore.com/IT-newsletter. Controllate il sito web di Kylie per trovare altra roba divertente: https://www.kyliegilmore.com/italiano/.